TatortOst

Stefan Haffner, geboren 1962 im Münsterland, lebt und arbeitet nach einigen Lehr- und Wanderjahren zwischen Sevilla und Stockholm seit 1994 in Leipzig. Die Begeisterung für seine Wahlheimat Leipzig zeigt sich in der Reihe der historischen Kriminalromane rund um den Leipziger Kommissar Martin Held.

Die Reihe »Tatort Ost« bietet fesselnde Krimis mit Handlungsschauplätzen in Deutschlands Osten. Von Dresden über Magdeburg, von Berlin über Leipzig, von Halle bis Frankfurt/Oder ziehen ungelöste Verbrechen und Rätsel Liebhaber des Nervenkitzels in ihren Bann. Der enge Regionalbezug lässt Einheimische in Vergangenheit, Rätsel und Abgründe ihrer Heimat eintauchen.

Mehr im Internet unter www.tatortost.de

Kindermund

Ein historischer Leipzig-Krimi

Martin Helds dritter Fall

von
Stefan Haffner

mitteldeutscher verlag

2010

www.mitteldeutscherverlag.de
Originalausgabe

Konzeption und Lektorat: Momo Evers
Gesamtherstellung: Mitteldeutscher Verlag, Halle (Saale)

ISBN 978-3-89812-704-2

Printed in the EU

Für Sternchen

Nachtwächter Johann Möbius saß müde und in sich zusammengesunken Wachtmeister Kroll gegenüber. Von seinem Stuhl aus konnte Möbius das in krakeliger Schrift verzeichnete Datum auf dem Protokoll lesen. Sonntag, der 25. Mai 1845. Er versuchte ja, sich genau zu erinnern! Wenn ihm bloß der Kopf nicht so schmerzen würde.

Es war um kurz nach vier passiert. Er hatte sich auf seiner letzten Runde befunden, war dem Brühl Richtung Osten gefolgt und hatte gerade dessen äußerstes Ende erreicht. Begleitet von erstem Vogelzwitschern hatten sich die Häuserdächer aus dem tiefen Nachtblau des Himmels geschält, sich im Morgenlicht gedehnt und gestreckt. Johann hatte am Ende des Brühl nach rechts abbiegen und in Richtung Grimmaisches Tor und Augustusplatz weitergehen wollen ... Wieder schauderte es ihn und er meinte erneut, die Kühle zwischen den Schultern zu spüren, die von der hohen Fassade von Sankt Georgen abgestrahlt hatte. Düster und verschattet hatte das Zucht- und Waisenhaus über ihm hinauf geragt, als sei das Gebäude noch vollgesogen mit der Restkälte des Winters und mache sich einen bösen Spaß damit, den alten Mann zu seinen Füßen kalt anzuhauchen. Johann war es ganz schaurig zumute gewesen, und er hatte nicht länger nach oben geblickt, sondern war zügig weitergegangen. Drinnen in dem finsteren Gebäude saßen die Verbrecher, die Schwachsinnigen und die Findelkinder und er fühlte sich jedes Mal unwohl, wenn er das düstere Haus auf seiner Runde passierte.

Bis hierher war er, wie immer, langsam unterwegs gewesen, stets aufmerksam für ungewöhnliche Dinge an seinem Weg, mit einem kontrollierenden Blick hier und da hinauf zu den Gaslaternen, hatte die Haustüren überprüft und jede Stunde die Zeit ausgerufen. ›Findelkind‹, dachte er. ›Gefundenes Kind, verlorenes Kind.‹

Der alte Nachtwächter seufzte tief und rieb sich die Augen. Dann sah er den Wachtmeister wieder an, der ihn streng musterte und ihn wohl etwas gefragt hatte. »Wie bitte?«, musste Möbius nachhaken.

»Warum sind Sie sich so sicher über den genauen Zeitpunkt?« Die Stimme seines Gegenüber klang streng.

»Ich hatte gerade die vierte Stunde ausgerufen,« erwiderte Möbius, ließ den Oberkörper wieder vornüber sinken und stützte die Stirn mit dem grauen wirren Haar in die Handflächen. Jetzt war es acht Uhr früh, seit bald drei Stunden saß er nun schon hier. Und wieder und wieder scheuchte Kroll ihn zurück in die düsteren Gassen der Erinnerung. Inzwischen brannten ihm die Augen, seine Schicht war schon lange vorbei, und auch ein Mann seines Alters brauchte irgendwann einmal Schlaf. Er richtete sich wieder auf: »Ich bin fünfundsechzig, wissen Sie. Ich habe selbst sechs Kinder, der Große ist ja ein Kollege von Ihnen, mein Jüngster ist neun.« Nun lächelte er. Aber Kroll wirkte ungeduldig und schien sich nicht für seine Söhne zu interessieren. Der Große, der Karl, der hatte es weit gebracht, ach ja, aber die anderen Jungs ... Möbius atmete tief aus und hob den Blick. »Wie bitte?« Schon wieder war er innerlich abgeschweift und hatte Krolls Frage nicht verstanden. Ob sein Gehör nachließ? Das Alter war eine Plage.

»Was Sie dann gehört haben!« Wachtmeister Kroll schien langsam die Geduld zu verlieren. Möbius neigte den schweren, schmerzenden Kopf und sah blicklos auf Krolls kleinen Spitzbauch. Sie waren das nun schon mindestens dreimal durchgegangen, aber der Wachtmeister mit den rot geränderten Augen ließ einfach nicht locker. Auch der Polizist hatte eine Nachtschicht hinter sich und war offenbar ebenso zäh wie Johann selbst. In den vielen Jahren des Dienstes hatte Johann Möbius sich daran gewöhnt, nachts zu arbeiten und am Tag zu schlafen. Diese letzte Schicht im Mai hatte ihm endlich wieder mal eine schöne Nacht beschert, nachdem die vergangenen Wochen unter Kälte und Regen vergangen waren. Er hatte es genossen, so ganz allein durch die schlafende Stadt zu wandern und ungestört seinen Gedanken und Erinnerungen nachhängen zu können, während er seinen Dienst versah. Ein schöner Beruf war das. Ja, er glaubte kaum, dass es in Leipzig irgendjemanden gab, der in solcher Ruhe seine Arbeitszeit verbringen durfte wie er und seine Kollegen, die allnächtlich durch die schlafende Stadt schritten. Seine rheumatischen Knie hatten ihn nicht geplagt in dieser Nacht und seine Knochen hatten ihm signalisiert, dass er sich auf weitere trockene und warme Nächte freuen durfte.

Aber dann plötzlich hatte er Lärm über sich gehört und darum hatte er hoch gesehen. Ein Fenster im obersten Stockwerk des Zuchthauses war aufgeschwungen. Nur: So genau hatte er nicht erkennen können, was dort oben vor sich gegangen war. Seine Augen waren eben auch nicht mehr die besten.

Kroll unterbrach ihn: »Das Fenster ging auf. Gut. Geräusche ... haben Sie Geräusche oder Stimmen gehört, einen Streit vielleicht?«

»Ja, Geräusche, Sie sind gut. Geräusche hört man dort doch immerzu. Die Verrückten, da gibt‹s welche, die schreien die ganze Nacht, oder auch nur manchmal, so stoßweise, wissen Sie, so wie ein Wolf heult.« Einmal mehr versuchte Möbius, sich zu erinnern, genauer zu erinnern. Doch, ja, der Schrei hatte anders als sonst geklungen. Das Gebäude selbst hatte geschrien, es hatte sich schreiend auf ihn gestürzt.

Johann schloss die Augen, legte den Kopf in den Nacken und ließ in der Wachstube den Schrei hören, wie er ihn gehört hatte. Es war ein langer, weittragender Schrei, und er war von solcher Seelenpein und Verzweiflung, dass der Wachhabende vor ihm zurückwich und zur Tür sah, als erwartete er, dass sofort jemand hereinkommen und nach dem Rechten sehen müsste. Dann setzte eine Stille ein, die mehrere Atemzüge lang andauerte und während derer sie einander bloß mit offenem Mund ansahen. Johann schnaubte erleichtert, lächelte und lehnte sich zurück. Er wusste, dass er den Schrei gut getroffen hatte, das sah er im Gesicht des anderen. Jetzt ging es ihm besser. Er nickte. »So in etwa.«

»Wie bitte?«

Johann schüttelte den müden Kopf. »Das Kind hat so geschrien, und das hallte von allen Wänden wieder, bis es unten war.«

Johann hatte die Arme angehoben wie ein Vogel die Schwingen im Sturzflug und blickte Kroll mit weit aufgerissenen Augen an. Der Schatten war flatternd durch die Nacht gesegelt, hatte die laue Luft zerrissen und war direkt auf ihn zugeschossen. Er hatte sich gerade noch so mit einem Satz in Sicherheit bringen können. Der Schrecken saß ihm noch immer in den Knochen, aber in dem Moment hatte er sich bloß gewundert, dass er sich auf einmal wieder so behände hatte bewegen können, als wäre er noch einmal der junge Mann von 1813, der aus der Gefechtsreihe vor dem Hieb eines Österreichers zurückgesprungen war und sich dann auf diesen gestürzt und den Strauchelnden mit einem Degenhieb erschlagen hatte. Wenn's drauf ankam, besaß er sie noch immer, diese schnelle Reaktion.

»Es schlug genau vor meinen Füßen auf. Wenn ich nicht zurückgesprungen wäre, wäre es mir auf den Kopf gesprungen. Es kam wie ein Greifvogel herab, Füße voran und schlug auch so auf. Als hätte es sich zu hart auf die Schulbank gesetzt, so als wäre es vielleicht von der Hand seines Schulmeisters auf die Bank gedrückt worden, damit es endlich still sitzt, das Kind.«

Und dann hatte es mit einem Ruck still vor ihm gesessen. Johann hatte es knirschen gehört, das mussten die kleinen Knochen in seinem Körper gewesen sein. Es war zusammengesackt wie ein Mehlsack, den der Müllerbursche von der Schulter geschwungen hatte, der Kopf mitsamt dem Hals tief in den Brustkorb gestoßen und der ganze Körper war mit einem Mal in die Breite gegangen. Und dann war es langsam rückwärts umgesunken und hatte mit weit geöffneten blauen Augen in den Himmel geblickt, den nunmehr lichtblauen, hellen Himmel.

Johann bemerkte, dass Kroll ihn gebannt ansah, und zählte die Schweißperlen auf seiner Stirn. ›Kroll‹, dachte Johann, ›das hat einen weichen Klang, der passt zu ihm, der Name.‹

Sie mussten nicht mehr reden, denn Kroll sah wohl dasselbe entsetzliche Bild des gestürzten Kindes vor sich, das aus den Mundwinkeln quellende Blut, so wie Johann. Kroll war der erste Polizist am Unglücksort gewesen, nachdem Johann in sein Horn gestoßen und Alarm gegeben hatte. Und Kroll hatte ihm dann auch aufgeholfen und ihn hierher auf die Wache mitgenommen, denn auf einmal hatte er, Johann, sich nicht mehr bewegen können. Er hatte, bis Kroll ihn hochgezogen hatte, bloß mit offenem Mund dagesessen und es nicht gewagt, das Kind anzusehen, stattdessen hinaufgeblickt zur Statue des heiligen St. Georg, der in zentnerschwerem Sandstein über ihnen geschwebt und mit seinem Speer auf ihn und den kleinen Toten gezielt hatte.

»Reicht's jetzt?«, fragte der Nachtwächter und stemmte sich mühsam hoch.

»Ja, vorerst schon. Aber halten Sie sich bereit. Wenn ich noch etwas wissen will, lasse ich nach Ihnen schicken. Gehen Sie schlafen, Johann!« Auch der Polizist stemmte sich schnaufend hoch und geleitete ihn, den Arm um seine Schultern gelegt, zur Tür. Johann fühlte sich verunsichert durch die vertrauliche Geste. Schlafen? Wie denn schlafen?

Er verabschiedete sich mit einem vagen Gruß und schwankte durch den Vorraum der Wache und zur Haupttür hinaus. Bestimmt würde er nicht schlafen können, dachte er. Aber schon, als er auf den Naschmarkt hinab stieg, spürte er seinen Kopf vor Überreizung summen und das Licht blendete ihn schmerzhaft. Die Bilder schienen stoßweise zu kommen, unterbrochen von hellen Flecken. Er schnaubte kurz und beschirmte die Augen mit der Hand; dann stapfte er los. Als er zu Hause ankam und seine besorgte Frau, die sich schon für den Kirchgang angezogen hatte, ihn ausfragen wollte, winkte er bloß ab und verzog sich. Aber Krolls strenger Blick folgte ihm bis in seine stille Kammer hinein und endlich begriff er, warum ihn Kroll, der weiche Kroll, immer wieder gelöchert hatte, als hätte er, Johann, vielleicht irgendetwas vergessen haben können. Natürlich! Die einzige Frage, die er ihm nicht gestellt hatte, wohl um seine Erinnerung nicht zu beeinflussen, konnte natürlich nur lauten: Was glauben Sie, Möbius, ist das Kind wohl freiwillig gesprungen oder hat jemand nachgeholfen?

Johann Möbius erschrak, und der Schrecken ergoss sich wie ein Schwall kalten Wassers über seine Glieder und ließ ihn erzittern. Und dann stürzte er mit einem Schlag in einen brunnentiefen, lichtlosen Schlaf.

×××

Martin hatte gespürt, wie seine Hände langsam den Halt in der Mähne des Pferdes zu verlieren drohten. Der Rhythmus des stampfenden Tieres hatte seinen Körper auf und ab geworfen und er wusste, sollte das Tier die Richtung wechseln, würde er unweigerlich stürzen und unter den donnernden Hufen der Kavallerieformation zermalmt werden. Der durchgerittene Rücken des Militärgauls war viel zu breit für seine kurzen Jungenbeine gewesen. Der Eiter- und Verwesungsgestank, der unter dem Sattel hervorquoll, überlagerte den Körpergeruch nach Schnaps, Schweiß und Tabak, den der Kavallerist hinter ihm ausdünstete, und hatte Martins Drang verstärkt, sich zu erbrechen. Doch der Reiter hielt ihn in einem festen Würgegriff gepackt, der Druck des Unterarms auf Martins Kehle verstärkte den Brechreiz und unterband zugleich, dass er ihm nachgeben konnte. Mit vom Schrecken geweiteten Augen raste er durch den peitschenden Regen in die Schlacht um Liebertwolkwitz und versuchte mit aller Macht, nicht von dem stampfenden Tier abgeworfen zu werden.

Nun waren sie der feindlichen Kavallerie so nahe gekommen, dass er bereits die Entschlossenheit in den Zügen der gegen sie anreitenden Russen lesen konnte. Und da schoss ihm plötzlich der

Gedanke durch den Kopf, dass es ja ihn als Ersten treffen würde, wenn der Mann dort drüben seinen langen Degen eingelegte und sich ein Ziel suchte. Ein Schild gegen den Degen des Feindes sollte er sein, und dafür hatte ihn der Franzose mit dem tief herabgezogenen schwarzen Schnauzbart vom Boden gerissen und zu sich heraufgezogen, als er am Ortsausgang den Auszug der Kavallerie verfolgt hatte. Martin versuchte sich freizustrampeln, sich aus dem Griff des Mannes zu lösen und hieb wieder und wieder auf dessen Unterarm ein. Aber die stahlharten Muskeln hielten ihn unverrückbar vor dem Sattelhorn fest.

Nun sah er schon die Augen des Feindes, den Schaum vor dem Maul des Pferdes und das Glänzen der gesenkten Degenspitze, die pfeilschnell und präzise auf seinen Hals zusauste. Er konnte den Blick gar nicht mehr abwenden von diesem Blitzen. Dann kam der Zusammenprall, der Franzose riss Martins Jungenkörper hoch und der Stahl fuhr kalt durch seinen Unterleib und durch ihn hindurch. Und dann stürzte und stürzte und stürzte er schreiend in die Tiefe.

Er erwachte von seinem eigenen Schrei und brauchte eine Weile, um zu begreifen, dass er im Bett lag, in der Sicherheit seiner Wohnung in der Hainstraße und nicht zerteilt und verblutend im Matsch vor den Toren seines Heimatdorfes. Martin blinzelte und rieb sich die Augen. Vor dem Fenster dämmerte es und vereinzeltes Hufeklappern drang von der Straße her an sein Ohr. Halb sieben mochte es sein – und ein sonniger Tag kündigte sich an. Mit einem Seufzer ließ er sich wieder zurücksinken, kuschelte sich erleichtert in die Geborgenheit seiner Kissen, drehte sich auf die Seite und barg den Stumpf seines linken Unterschenkels in der Kniekehle des gesunden Beins. Fest presste er die Augen zu und verschloss damit die Tür zu seinem Traum. Welcher Tag war heute eigentlich?

Er drehte sich wieder zum Raum, hin zum Kalender an der Wand: Sonntag. Langsam gewannen die Sicherheit des Hier und Jetzt, die Ziele dieses Tages die Oberhand über seine Furcht und er öffnete sich der aufdämmernden Tagwelt. Sonntag, natürlich! Er hatte Bereitschaft und würde die Geborgenheit seiner vier Bettpfosten wohl oder übel verlassen und um neun Uhr Kroll ablösen müssen.

Leider würde er heute nicht in die Thomaskirche gehen und die Thomaner hören können. Er hätte die Motetten und Messen noch alle mitsingen können, wie zu den Zeiten, als er selbst oben auf der Empore gestanden hatte. Trotz der Aussicht, arbeiten zu müssen, seufzte Martin zufrieden und rekelte sich. Er lebte und wusste einen geordneten Alltag zu schätzen.

»Aufstehen!«, sagte er laut und gehorchte seiner Aufforderung sofort, richtete sich mit einem zufriedenen Gähnen auf und schwang seine anderthalb Beine über die Bettkante. Im Aufsetzen hatte er die Strippe am Kopfende erwischt, die nun seine Dienstmagd am Küchentisch aufscheuchen würde. Frau Backe saß wahrscheinlich schon seit einiger Zeit dort und bereitete parallel Frühstück und Mittagessen vor, damit sie in die Kirche gehen konnte, sobald er das Haus verlassen hätte.

Sie hatte sich seinem Tagesablauf in kürzester Zeit angepasst. Obschon Martin der Idee, sich statt einer jungen Frau eine unattraktive Haushälterin ins Haus zu holen, zunächst ambivalent gegenübergestanden hatte, war er inzwischen ganz zufrieden mit dieser Variante. Sicherer war es allemal gewesen, jemanden einzustellen, der ihn kalt ließ.

Es klopfte leise an der Tür und er rief sie herein. Mürrisch einen Guten Morgen wünschend, schlurfte sie an ihm vorbei und goss ihm heißes Wasser in das Emaillebecken im Waschtisch. Sie war ihm so gleichgültig, dass es ihm sogar einerlei war, ob sein Nachthemd ihn ordentlich verhüllte oder nicht, während er ihr bei ihrer Arbeit zusah. Eigentlich interessierte sie ihn nicht mehr als der Waschtisch selbst und es war offensichtlich, dass das auf Gegenseitigkeit beruhte. War es das, was man häuslichen Frieden nannte? Gleichgültigkeit, gepaart mit Rücksichtnahme?

Martin kratzte sich gelangweilt unter seinem dichten schwarzen Bart am Hals, bis sie wieder aus dem Zimmer heraus war. Ganz kurz hatte ihn ein Hauch von Wehmut gestreift und er hatte sich eingestehen müssen, dass er sich in diesem Moment nach dem Anblick der dichten schwarzen Locken, die Amalia nie unter dem Kopftuch hatte bändigen können, zurückgesehnt hatte. Ihr am Morgen zu-

zusehen, war schon belebender gewesen. Jeden Morgen, seit er sie herausgeworfen hatte, gab ihm das nun einen kleinen Stich und er beobachtete seine Reaktion mit Verärgerung.

›Ach was‹, dachte Martin, entschied sich zwischen Erinnerung und Wandel für den neuen Tag und rappelte sich hoch. Routiniert zog er sich am Fensterbrett entlang zum Waschtisch hinüber. Dort verkeilte er sich, auf dem einen Bein stehend und mit dem Stumpf des anderen auf dem Beckenrand, am Waschtisch und fing mechanisch an sich zu waschen. Dann befestigte er seine Prothese unter dem Knie und kleidete sich an. Schon bald stand er gestiefelt und gespornt im Flur und ließ sich von Frau Backe Stock und Zylinder reichen. Er wollte noch schnell zu Gustav hinüber und mit ihm wie jeden Morgen einen Kaffee trinken.

Das Frühstück hatte die Haushälterin ihm in ein Tuch eingewickelt, reichte es ihm nun und schlurfte murmelnd davon. Sie schien keinen Dank von ihm zu erwarten. Seltsamerweise fühlte Martin sich davon gekränkt. Das Gefühl der Irritation hielt an, während er die Brote in den Tiefen seines Mantels versenkte. Erst auf der Straße begriff er, dass er sich von seiner Haushälterin missachtet fühlte und eine leise Ahnung wehte ihn an, dass er dies nicht so empfinden würde, lebte er nicht in solcher Einsamkeit dahin. Er schnaufte seine Selbstverachtung in die frische Morgenluft hinaus und drückte die Schultern durch. Letztlich konnte es ihm völlig egal sein, wie sie zu ihm stand! Mit einem Achselzucken setzte er den Stock auf und schritt durch die sonntäglich ruhige Straße zum Markt hinauf.

Ein ihm unbekannter Herr mit einem großen gefleckten Rüden mit eingekniffenem Schwanz kreuzte seinen Weg und blickte ihn grimmig an, als er Martin ausweichen musste. Der Hund knurrte böse und sein Besitzer riss einmal kurz an der Führungsleine, damit das Tier nicht mit Martin zusammenstieß. Ansonsten querten nur vereinzelte Menschen in großer Distanz den weiten Platz vor dem Rathaus. Martin unterdrückte den Impuls, nach einem bekannten Gesicht zu suchen, schritt stattdessen zügig aus und betrat wenig später, unter lautem Läuten der Türglocke, Gustavs Barbierstube.

Gustav Gäbler hielt seine Barbierstube für gewöhnlich an den Sonntagen geschlossen. Aber da er nur die kleine Werkstatt und eine enge Schlafstube mit einer Kochnische hinter dem Geschäftsraum hatte, fand sein und Martins gemeinsamer Morgenkaffee auch an den Sonntagen zwischen Frisierstuhl und Brenneisen statt – was zudem den Vorteil hatte, dass Martin auch an diesen Tagen nicht unrasiert herumlaufen musste. Gustav freute sich schon auf das gemeinsame Schälchen »Heeßen« und ihre halbstündige Plauderei, ehe Martin zum Dienst gehen würde. Als er hereinkam, hatte Gustav gerade Kohlen nachgelegt, schloss nun die Ofenklappe, strich sich die schütteren Locken aus der Stirn und stemmte sich empor.

»Morgen, Gustav. Na, auch schon munter?« Martin wirkte aufgeräumt und schien guter Laune zu sein. Aber Gustav wusste es besser und fühlte sich alarmiert von Martins Tonfall

»Nü glooar!«, grinste er dennoch zurück, nahm ihm Handschuhe und Zylinder ab und führte seinen Freund am Ellenbogen zum Barbiersessel, wo dieser sich wie gewohnt niederließ und scheinbar entspannt zurücklehnte. Gustav band sich derweil die Schürze um. »Ist heute was Besonderes los?«

»Nicht dass ich wüsste. Wieso fragst du?« Martin sah ihn, mit sprungartig einsetzender Aufmerksamkeit, von unten herauf an, konnte aber den Kopf schlecht drehen, weil Gustav ihm gerade ein Tuch zum Schutz der Bekleidung umlegte und es ihm in den Kragen einschob.

»Na ja, mir war so, als wären einige deiner Kollegen heute früh in ziemlicher Eile unterwegs gewesen. So gegen fünf, halb sechs.«

»Du hast aber einen leichten Schlaf, mein Guter. Nein, ich weiß von nichts!« Erst als er Gustavs festen Druck auf den Schultern spürte, wurde Martin offenbar bewusst, dass er sich instinktiv aufgerichtet hatte, um ohne weitere Verzögerung zur Wache aufzubrechen.

Gustav lachte. »Nicht so stürmisch, Martin. Wenn's so wichtig wäre, hätten sie dich schon geholt« Aber Martin knurrte nur und Gustav sah, dass die Spannung nicht so ohne Weiteres wieder von ihm wich.

»Nicht Kroll. Du weißt ja ...«

Gustav nickte, er wusste Bescheid. Kroll litt unter seinem Vorgesetzten, unter Martin, der schon mit Mitte dreißig an dem viel Älteren vorbeigezogen war, stets die besseren Ermittlungsergebnisse hatte und der auch noch, ungewöhnlich genug für einen Polizeichef, angesehen, ja beliebt in der Bevölkerung war. Diese schwelende Konkurrenz belastete Krolls und Martins Zusammenarbeit schon seit Jahren, und Kroll nutzte jede Gelegenheit, um aus Martins Schatten herauszutreten.

»Sei doch froh, dass er dir Arbeit abnimmt. So viele gute Leute hast du ja nun auch wieder nicht.«

Martin lehnte sich zurück, entspannte sich etwas und schnaubte abfällig. »Das stimmt. Gut ist er, und ich weiß das auch zu schätzen. Wenn er es bloß selbst mal glauben würde. Ich habe kein Problem damit, wenn er gute Arbeit macht, aber in erster Linie müssen wir doch am gleichen Strang ziehen!«

Gustavs Lächeln war mild, als er Martin nun einschäumte und belehrte: »Das Wichtigste an einem guten Vorgesetzten ist doch, dass er ein Vorbild ist. Was er vorlebt, kann er guten Gewissens auch verlangen.«

Martin zog die Brauen zusammen. »Und das tue ich nicht?«

»Nun, Martin, wer wüsste das besser zu beurteilen als du selbst?«

Martin schnaubte erneut, aber die Entrüstung wirkte künstlich. Gustav wusste, dass er einen wunden Punkt getroffen hatte. Er fand, es lag an Martins Eitelkeit, die es ihm nur selten erlaubte, seinem Kollegen die Bühne frei zu machen. Und Martin lobte viel zu wenig – und ein Lob hätte ihn nun wirklich nichts gekostet. Gerade weil Kroll mehr konnte. Gustav seufzte. »Jetzt halt mal still. Ich will dich ja nicht schneiden.«

Martin entspannte sich und ließ die Rasur nunmehr schweigsam und mit geschlossenen Augen über sich ergehen. Für eine Weile hörte man nur noch das Uhrpendel und die schabende Klinge an Martins Hals.

»Hast du Amalia mal wiedergesehen?«, fragte Gustav schließlich. Es war ihm klar, dass er damit die Harmonie wieder gefährdete, die sie gerade umfing.

»Wie kommst du denn darauf?« Martin schien wirklich verärgert zu sein und setzte sich betont abrupt im Sessel auf. Aber Gustav ließ nicht locker. Er reinigte das Rasiermesser mit dem Lappen und drückte Martin dann sanft, aber bestimmt zurück in Position.

»Na, du bist doch öfter mal bei den Koopmanns zum Schach, oder nicht?« In Gustavs Tonfall schwang ein herausfordernder Unterton mit, aber wenn es um das Mädchen ging, war ihm das auch am Sonntagmorgen einen Streit wert.

Amalia war nach Gustavs Ansicht im Begriff gewesen, viel mehr als nur ein Dienstmädchen für Martin zu sein, und das hatte er völlig in Ordnung gefunden. Dann hatte eine enge Verwandte von Amalia einen Doppelmord begangen – aus Gründen, die Gustav sehr gut verstanden hatte. Martin schien insgeheim zu vermuten, dass Amalia ihre Tante dabei unterstützt hatte, und der Freund hatte den Mord zwar damals aufgeklärt, sich aber um die Erhellung dieses letzten Aspekts der Angelegenheit herumgedrückt. Trotzdem oder gerade deswegen hatte er Amalia seinerzeit mit zusammengekniffenen Lippen und ohne weitere Erklärung entlassen. Gustav fand, er hätte ihr eine Chance geben müssen, sich zu erklären. Sie war zu stolz gewesen, sich gegen die Kündigung zur Wehr zu setzen und war stattdessen mit unberührt scheinendem Gesicht und ohne ein Wort gegangen. Seitdem arbeitete sie als Hausmädchen bei einem gemeinsamen Freund, Karl Koopmann, der sie nur zu gerne aufgenommen hatte. Gustav vermutete, dass es Martin viel besser gegangen wäre, wenn er ein klärendes Gespräch mit Amalia geführt hätte. So aber arbeitete die Sache offensichtlich in ihm, stand zwischen ihm und Gustav, und natürlich zwischen Martin und Amalia selbst.

»Du weißt, warum ich sie herausgeworfen habe, oder nicht?« Martin stand nun auch gegen Gustavs Bemühen, den letzten Strich unter seinem Ohr zu vollenden, auf. Gustav seufzte und legte sein Messer weg. Kein Schälchen »Heeßen« heute, wie es aussah.

»Nein, das weiß ich nicht. Und ich glaube, du bist dir auch nicht sicher.«

Martin erwiderte seinen fordernden Blick nicht. »Lass mich in Ruhe damit! Die Sache ist erledigt.«

»Wie du meinst.« Ergeben reichte Gustav ihm seinen Hut; er kannte den Freund gut genug, um zu wissen, dass er nicht länger würde bleiben wollen. Über ein Jahr war das nun her, und noch immer reagierte Martin auf jede Erwähnung des Mädchens wie von der Tarantel gestochen.

»Ein Wort noch!«

»Was denn?« Martin blickte ihn grimmig an.

»Die heutige Tageslosung, mein Guter!« Gustav lächelte freimütig. Wenn Martin sich zumindest auf diesen Teil ihres Morgenrituals einließe, würde der Tagesbeginn vielleicht nicht ganz so trostlos enden.

»Na gut.« Martin entspannte sich ein wenig und setzte sich auf die Sessellehne. »Lass hören!« Mit einer Mischung aus Nachsicht und Skepsis blickte er Gustav an, schien sich aber tatsächlich nicht im Unrecht zu fühlen.

Gustav seufzte und blätterte mit einem angefeuchteten Finger in der Bibel. »Wir suchen uns mal selber eine.« Scheinbar blind schlug er eine Seite im hinteren Teil des dicken Buches auf, setzte sich zum Lesen auf einen Stuhl, lehnte sich zurück, hielt das Buch mit einem konzentrierten Ausdruck etwas von seinen Augen entfernt und wartete, bis er Martins Aufmerksamkeit ganz und gar auf sich gerichtet spürte. »Buch Galater, Kapitel sechs, Vers eins. Na schau an, das ist ja eine nette Stelle.« Gustavs aufmunternder Blick traf Martins gerunzelte Brauen.

Ungemütlich reichte der Freund seine Handschuhe zwischen den Händen hin und her und brummte dann: »Nun fang schon an!«

»Liebe Brüder, so ein Mensch etwa von einem Fehler übereilt würde, so helfet ihm wieder zurecht mit sanftmütigem Geist, die ihr geistlich seid!«

»Ach Gustav, was soll das denn jetzt?« Martin erhob sich.

»Was kann ich dafür? Ich hab's zufällig aufgeschlagen und du hast gehört, was da steht. Zu hören und nicht zu folgen ist eine größere Sünde als in Unkenntnis zu fehlen!«

»Und so sollte ich also der größere Sünder sein von uns beiden, ja? Ich bin schuldiger als sie?«

»Wer aber ohne Schuld ist unter euch, der werfe den ersten Stein!« Gustav gab nicht so schnell klein bei, und Martin verstand wohl, was er meinte, denn er lief rot an, aber Gustav sah auch die Zornesader auf seiner Stirn anschwellen.

»Bis morgen Gustav, und lies auch mal Luthers Erläuterungen zu deinem hübschen Zufallsfund.« Er schnaubte verächtlich. »Das könnte dir nicht schaden. Und jetzt adieu, ich muss.« Und unter Scheppern und Knallen von Glocke und Tür verschwand er.

Als der Freund schon einige Minuten verschwunden war, stand Gustav noch immer reglos da. So hatten sie noch nie gestritten, niemals. Gustav keuchte ein, zwei schnelle Takte, dann sackte sein jagender Puls, schwer wie die Erde selbst, in einem Schlag hinab. Während seine Hand noch nach der Stuhllehne suchte, hatte sich sein Körper schon gesetzt. Er musste auf sich Acht geben, das wusste er, er war nicht mehr der Jüngste. Schließlich fing er sich und nahm mit zitternder Hand den Faden, den Martin ihm hingehängt hatte, wieder auf. Na, mal sehen, was der Junge gemeint hatte!

Gustav begann in Luthers Losungen zu blättern und fand wie erwartet auch bald die Stelle, die er Martin soeben vorgelesen hatte, dieses Mal mitsamt der Auslegung des Reformators, verfasst am 29. Mai: »Es gibt also Fallens und Aufstehens, weil wir hier leben. Dieser Trost gilt aber nur denen, welche aus Schwachheit sündigen und nicht aus Bosheit oder wissentlich.«

»Das war einfach, da hast du wohl schon ein bisschen vorausgeblättert. Nur blöd, dass ich das nicht selber gemerkt habe.« Gustav runzelte angestrengt die Stirn und schalt sich selbst einen Narren. »Na gut, Martin. Aber ich glaube eben nicht, dass sie was von der Sache gewusst hat. Punkt!« Und damit schlug er das Büchlein, das bis heute stets sein Verbündeter gewesen war, zu, warf es achtlos auf das Regal und setzte den Wasserkessel auf, um sich endlich seinen Kaffee zuzubereiten. Zu dumm, dass Martin gemerkt hatte, dass seine Textwahl nicht so zufällig gewesen war, wie sie hatte aussehen sollen. Hatte er sich so ungeschickt angestellt? Diesem verdammten Kriminalisten konnte man nichts vormachen! Gustav grinste schief. Na ja, eine Schlacht war verloren gegangen, aber da stand ja, es gab

Fallen und Aufstehen, nicht wahr? Und er würde Martin nicht im Unglück sitzen lassen. Kam gar nicht infrage! Langsam fand das Licht von der Gasse wieder den Weg in seine Stube. Wie um sich selbst Mut zu machen, schüttete Gustav ein paar Löffel Kaffeebohnen in die Mühle und begann energisch die Kurbel zu drehen. Wer sich nicht helfen lassen wollte, na ja, der musste eben alleine weitersehen. Und weil er wusste, dass es Martin schrecklich geärgert hätte, pfiff er dabei laut die Marseillaise.

×××

Sie brauchte sein Gesicht nicht zu sehen. Der Druck seiner Hand auf der ihren verriet ihr seine Erregung und sie hörte, wie auch er versuchte, ein Wort zu bilden, das zu dem Bildnis passte, das sie aus Brotteig geknetet hatte. Keinen Mann, kein Haus, nein, das große Wesen hatte sie gemacht, aber das richtige Wort dazu fiel ihr nicht ein, wie ihr auch für den Mann und das Haus keine Worte einfielen, sosehr sie auch nach ihnen suchte, auch wenn sie sie gemeinsam suchten.

Er begann, Laute auszuprobieren, die zu dem Gespürten passten, und tastend ahmte sie die Laute nach, die er aus dem Dunkel zu ihr sprach. Aber auch dieses Mal fanden sie das Richtige nicht, es klang nicht so, wie sie es gehört hatte, dieses einzige Mal, aber sie wollte, dass es so klang.

Also suchten ihre Stimmen gemeinsam, boten einander etwas an, suchten und probierten mit leisem Jaulen, Auf und Ab, in Modulationen, Schnalzen und Klicken, bis sie abfiel und endlich verstummte mit einem letzten wütenden Wimmern, denn das war alles nicht – wieder nicht – das Abbild des richtigen Wortes, welches sie suchte.

Sie hatte es bloß einmal gesehen, das Wesen, das kein Mann war, das kein Haus war und das auch keinen Namen hatte, und sie hatte es nur dieses eine Mal gehört, das richtige Wort für das große Wesen, als sie es aus einem offenen Fenster hatte sehen können, auf Zehenspitzen stehend. Da war Licht gewesen und Menschen, von denen sie gar nichts gewusst hatte, und groß und massig war es vor das Fenster geschritten gekommen und dort stehen geblieben, um sie abzuholen. Es hatte sie angeschaut mit hoch erhobenem, mächtigem Haupt, auf Kopfhöhe mit ihr, weil sie sich an der Wand und der Fensterbank hinaufgezogen hatte bis in das sonnige Viereck hinein, hin zum Licht, diesem warmen, beglückenden Licht. Riesige dunkle Augen und ein Schnauben und Schnuppern mit weißem Dampf auf ihrer Haut.

Aber dann waren da die riesenhaften Hände gewesen, die sie heruntergezerrt hatten und hinab in die Finsternis, wo sie immer bleiben würde und nie wieder dieses Wesen sehen sollte, das sie hatte fortbringen wollen.

Aber in ihren Augen hatte Schwesterchen es mitgenommen und sie sah es nun alle Tage in der Finsternis und suchte und zeigte und suchte und zeigte es Brüderchen in der Stille.

Aber jetzt war es wieder vorbei. Sie ließ das Figürchen aus Brotkrumen zur Erde fallen und rollte sich auf die Seite. Es war ihr egal, dass er danach griff, denn sie teilte ja nicht seinen unstillbaren Hunger und sie wusste, dass er es dringender brauchte als sie.

Aber über den Abgrund der Gier war er ihr mit der Beute nun ganz im Dunkeln entschwunden und sie blieb allein zurück, auf dem nackten Boden, am Ende der Welt.

×××

Martin hörte die Glocken acht schlagen, als er vom Sandgässchen her durch den engen Durchgang zwischen Handelsbörse und Rathaus auf den Naschmarkt kam, wo das Polizeiamt lag. Es waren erst wenige Kirchgänger unterwegs in den Gassen unterhalb des Rathauses und die Reiter führten heute ausnahmsweise fast alle ihre Pferde am Zügel, wie es in der Innenstadt Vorschrift war. Im Gehen kontrollierte Martin seine Taschenuhr und zog sie um ein, zwei Umdrehungen auf. Die Uhr hatte ihm Gustav zu seinem vierzigsten Geburtstag geschenkt, ein wertvolles Geschenk, wahrhaftig. Wer weiß, wie viele Bärte er dafür hatte schneiden müssen.

Ach, Gustav! Martin seufzte und stapfte die Stufen zum Eingang hinauf. Er ärgerte sich über seinen Freund. Konnte der ihn nicht endlich in Ruhe lassen mit dieser Geschichte mit Amalia? Ach was! Überhaupt Frauen! Sein Bedürfnis nach ihnen war selten darüber hinausgegangen, ihnen im Halbdunkel mit fliegenden Händen das Mieder zu öffnen und sie dann für kurze Zeit im Bettzeug zu fixieren. Und danach hatte er meist nicht gewusst, ob die Sache den Aufwand, sie so weit zu bekommen und vor allem, sie dann wieder loszuwerden, überhaupt wert gewesen war.

Unwirsch schüttelte er die Erinnerungen ab, blickte, so direkt er es eben ertrug, in das gleißende Sonnenlicht und fühlte sich wie gehäutet, frisch, lebendig, knisternd vor Energie. In seinen Adern prickelte die Kraft des nahenden Sommers. Wozu da der Vergangenheit allzu viel Aufmerksamkeit schenken, wo doch ein neuer Tag vor ihm lag?

Im Luftzug der Tür zur Wachstube fiel der letzte Ärger von ihm ab. Mit einem legeren Gruß in die Runde klappte er die Sperre im Tresen hoch und trat hinter die Barriere, welche die Beamten von den Bittstellern trennte. Ein flüchtiger Blick auf den Dienstplan sagte ihm, dass Wrangel, Portzinger und Kroll die Nacht hier verbracht hatten, doch der erste Kollege, der Martin begegnete, war der grauhaarige Schuster. Martin begrüßte ihn mit Handschlag, aber der Alte murmelte unfreundlich irgendetwas vor sich hin und zuckte auch auf Nachfrage nur mit den Schultern, was Martins Blick auf Schusters mit Schuppen bedeckten Uniformkragen lenkte. Es ärgerte ihn, dass der Alte schon wieder so ungepflegt zum Dienst erschienen war.

Doch da war Schuster schon zu einem Milchmann geeilt, der sich, mit dem Ellenbogen auf der Theke, winkend um die Aufmerksamkeit des Polizisten bemühte. An der Wand hinter dem Milchmann machte es sich gerade ein alter Hund bequem, der Martin aus einem Auge ansah. An der Stelle des anderen klaffte eine halb vernarbte leere Höhle.

Martin zuckte die Schultern, und als nun Kollege Bernd Freytag ebenso einsilbig an ihm vorbeihuschte und auf dem Weg zu den Wartenden hinter der Theke lediglich brummte: »Gehen Sie mal zu Kroll rein! Sie sehen ja …«, machte Martin sich endgültig Sorgen. Leander Koslic, Freytags Spannemann, der ebenfalls heute Dienst schob, tat gar so, als hätte er den Chef noch gar nicht bemerkt, zog gemächlich die Standuhr der Dienststelle auf und wandte Martin dabei konsequent sein breites Kreuz zu. Auch Hanschmann, der hoffnungsvolle Nachwuchs, sah Martin nur betrübt von ferne an, um sich dann schnell wieder abzuwenden. Martin schüttelte den Kopf und betrat nach einem kurzen Klopfen sein eigenes Büro.

Gottlieb Kroll sprang sofort auf, als Martin hereinkam. Er hatte ihn offensichtlich schon ungeduldig erwartet, kam hinter Martins Schreibtisch hervor und herrschte dabei den Jungen am Ofen an. »Los, Paul, mache voran!« Der Junge warf eilig die restlichen Scheite in den Kachelofen und verneigte sich.

Martin war Gottliebs Grobheit unangenehm. Er lächelte Paul zu, grüßte ihn mit einem Kopfnicken und wartete, bis er mit Eimer und Handbesen hinausgewischt war. Erst dann legte er Schal und Mantel ab und setzte sich an seinen Platz hinter dem Tisch. »Was ist los, Gottlieb?«

»Tja«, begann Kroll und bereits in diesem Wort spürte Martin das Unwohlsein des Kollegen. Und dann berichtete Kroll von den Ereignissen der Nacht, und je weiter er damit kam, desto besser verstand Martin die Missstimmung der Kollegen. Krolls Tonfall war sachlich und nüchtern, aber seine flatternden Gesten, seine Stimme und Blicke machten Martin mehr als deutlich, dass er das Beschriebene nicht auf Distanz bringen konnte, nicht mit dem Gesehenen zurechtkam.

Ein totes Kind also. Wenn die Sache selbst Kroll derart mitnahm, wie würde es dann dem alten Nachtwächter gehen?

Gottlieb schien seine Gedanken erraten zu haben. »Na ja, und dem Johann geht es jetzt natürlich auch nicht gut, wirklich nicht gut«, brummte er, sackte schwer in seinen Sessel vor Martins Tisch und wischte sich mit einem geblümten Taschentuch den Schweiß von der Stirn. Martin nickte stumm, wohl wissend, dass Kroll eigentlich über sich selbst Auskunft gab. Weil Kroll stumm vor sich hin blickte, wartete Martin einen Moment lang ab, ehe er die entscheidende Frage stellte. »Meinst du, es war ein Unfall?«

»Wahrscheinlich schon. Wer sollte schließlich einen Grund haben, ein siebenjähriges Kind zu töten?«

Aber welchen Grund könnte ein Kind haben, sich selbst zu töten, ging es Martin durch den Kopf.

Kroll schwieg.

»Dann wird es wohl ein Unfall gewesen sein?«, wiederholte sich Martin.

»So sieht es aus.«

»Ist dir denn etwas Außergewöhnliches aufgefallen, das dich an einem Unfall zweifeln ließe?«

»Nein, eigentlich nicht. Außer ...« Der Zweifel stand deutlich in Krolls Züge geschrieben.

»Außer was ...?«

»Das Kind war angezogen wie zu einem Ausflug. Nicht im Nachthemd, wie ich es um die Zeit erwartet hätte, weißt du?«

»Und?«

»Na ja. Warum ist ein Kind morgens um vier, fünf Uhr ausgehfertig angezogen?«

»Keine Ahnung. Aber wenn dich das beunruhigt, dann geh bitte ins Sankt Georgen und kläre das ab. Und wenn es denn doch ein Unfall war, schließt du eben die Akte, nicht wahr?«

»Gut«, antwortete Gottlieb, aber in seinem Tonfall schwang noch immer der Zweifel mit. ›Wenn dieser Mann doch bloß mal selbst entscheiden würde, was er will‹, dachte Martin. Er konnte nun gar nicht mehr einschätzen, wie Kroll die Sache eigentlich beurteilte und das ärgerte ihn. Dieses ewige Zaudern Gottliebs, diese Unsicherheit, das machte ihn noch verrückt. Natürlich hoffte auch Martin, dass es sich um einen Unglücksfall handelte und dass er den Fall ohne Weiteres vom Tisch bekäme. Erstens würde es Kroll leichter fallen, sich von den schrecklichen Bildern in seinem Kopf zu lösen, und zweitens hatte auch Martin nicht die geringste Lust auf einen solchen Mordfall. Er hatte als Kind selbst genügend Gewalt erleben müssen, und er wünschte sich, er könnte zum Beispiel etwas für die Straßenkinder tun, mit denen er tagtäglich zu tun bekam, weil sie als Taschendiebe oder wegen Bettelei festgesetzt wurden. Ausgerechnet eines von den armen Dingern aus dem Waisenhaus! Er konnte als Polizist bloß aufräumen, selten etwas lösen. Ein Unfall würde auch ihn seelisch weniger belasten als der Mord an einem Kind. Unfälle passierten eben. Ein Mord aber …

Martin stand auf und reichte Kroll die Akte hinüber; Gottlieb erhob sich ebenfalls. »Geht in Ordnung Martin, ich bin schon weg.« Er zog sich den Uniformrock straff und schien dabei auch innerlich wieder an Haltung zu gewinnen.

»Und danach gehst du bitte nach Hause und schläfst dich endlich einmal aus!« Martin lächelte Gottlieb aufmunternd an und begleitete ihn zur Tür. Kroll nickte zögernd, setzte dann zu einer Antwort an, doch Martin schob ihn mit einem wohlmeinenden Klopfen auf den Rücken hinaus, und Kroll gab nach und ging.

»Paul?« Martin winkte den Burschen heran, und wenige Sekunden später stand er frech grinsend vor ihm. »Herr Held?«

»Na Junge, wie ist es in der großen Stadt?« Sie hatten Paul erst vor einer Woche eingestellt und den Tauchaer Amtmann nur mit Mühe davon überzeugen können, ihnen seinen Gehilfen zur Ausbildung zu überlassen.

»Einfach prima, Herr Held. Hier ist wenigstens was los!«

Der Rotschopf strahlte, und Martin musste lachen. »Das ist noch gar nichts! Warte mal bis zur Herbstmesse.« Aber dann spürte er den vorwurfsvollen Blick Krolls von der Tür her auf sich ruhen und das Lachen blieb ihm in der Kehle stecken. ›Mensch, Gottlieb!‹, dachte er und blickte dem gebeugten Rücken hinterher, der im hellen Lichtfeld der geöffneten Tür nach draußen verschwand. Griesgram, alter!

Dann wanderte Martins Blick durch den Empfangsraum und suchte nach dem einäugigen Hund. Und tatsächlich, der blickte zurück und deutete höflich ein Wedeln an. Martin wandte sich ab und kehrte mit schlechtem Gewissen in sein Büro zurück. Paul brachte ihm die Zeitungen herein, legte sie neben das noch aufgeschlagene Journal, dessen jüngste Einträge von den Ereignissen der Nachtschicht kündeten.

»Bring mir einen Kaffee, Paul, sei so gut!«

»Jawohl, Herr Held!« Der Junge deutete Strammstehen an und sauste los, während Martin seine Brote auspackte und die Einträge der Nacht durchsah. Ein paar randalierende Studenten, die einen über den Durst getrunken und einen Karrenhund mit Stockhieben wild gemacht hatten, sodass dieser seinen Herrn umgerissen und der sich den Knöchel verstaucht hatte. Ein, zwei Lärmbelästigungen durch fliegende Händler. Nichts besonderes. Schließlich dieser Vorfall in Sankt Georgen. Martin zog die Brauen hoch und stützte beim Lesen das Kinn auf die Faust.

Krolls Vernehmungsprotokoll machte einen guten Eindruck. Seine Schrift war zwar schrecklich und er machte so viele Rechtschreibfehler, dass Martin manchmal grinsen musste, aber er hatte den Nachtwächter scheinbar umsichtig befragt. Der arme Alte! Es war aber auch ein Elend. Das düstere Haus war so etwas wie die städtische Deponie für Gescheiterte. Hier lieferten Bürger Verwandte ab, die das Familienvermögen zu verspielen drohten, die Behörden wiesen Straßenkinder ein, die beim Diebstahl erwischt worden waren, ebenso Gemütskranke und verwaiste Kinder, um die sich niemand kümmern konnte oder wollte. Irgendwo musste man ja mit ihnen hin. Die Lage der Kinder beschäftigte Martin am stärksten. Wohl deswegen, weil er selbst mit zehn Jahren Waise geworden war, durch die Völkerschlacht im Oktober 1813, in der seine Eltern umgekommen waren. Die Kriminellen verwahrte man in Zellen und ließ sie arbeiten, bis sie entlassen wurden. Die Irren ebenfalls, bis sie entweder wieder vernünftig geworden oder verrottet waren. Und die Kinder? Die wurden mit strenger Zucht und schmaler Kost bis zum Erwachsenenalter aufgezogen und dann vor die Tür gesetzt, in der Hoffnung, dass sie anständig leben und kein Heimweh nach dem Zuchthaus verspüren würden.

Aber viele kamen doch zurück, denn es waren ja die Ratschläge der Betrüger, Prostituierten und Halsabschneider vom Nachbarflur, die ihnen den Weg ins Leben gewiesen hatten. Darüber, dachte Martin, sollte er einmal einen langen Artikel schreiben und ihn in das Leipziger Tageblatt setzen. Es wäre zu zeigen, was die Stadtgesellschaft sich auf lange Sicht damit antat, Kinder unter solchen Umständen aufwachsen zu lassen. Es müsste doch möglich sein, anstelle der Heimunterbringung Pflegefamilien für die Kinder zu finden.

Man könnte sie ja mit einem kleinen Geldbetrag, etwa dem, den die Heimunterbringung kostete, für ihre Mühe entschädigen. Na ja. Aber er war nun mal weder Ratsherr noch Journalist und hatte auch so Arbeit genug.

Martin klopfte sich die Krümel von der Weste, pfefferte das zusammengeknüllte Brotpapier geübt in den Eimer neben dem Ofen und nahm sich das zuoberst liegende Blatt von seinem Zeitungsstapel. Der Ton, den die Demokraten, die deutschen Katholiken und diese selbst ernannten Leipziger Arbeiterführer anschlugen, ärgerte ihn mehr als der Inhalt der Artikel. Diese lauwarme Soße aus pathetischen Anklagen und hündischer Ergebenheit an die Adresse der Obrigkeit. Das kam nur von der Verschärfung der Zensur unter der neuen Regierung! Das vergiftete einfach die Atmosphäre im öffentlichen Diskurs und löste dabei doch gar nichts. Die Probleme musste man angehen, nicht die Kritiker der Zustände.

Bald schon legte er die Zeitungen angewidert wieder fort.

Woher bloß diese innere Unruhe kam? Vor dem Fenster hörte er das Geklapper von rennenden Schuhen auf dem Pflaster. Er stand auf, eilte zum Fenster und lehnte sich hinaus. Richtig geraten, es waren ein paar Thomaner, die mit wehenden Mänteln hinüber zur Nikolaikirche rannten. Martin grinste. Wahrscheinlich waren sie zu spät zum Gottesdienst und würden tüchtig Ärger bekommen. Auch Martin war als Junge oft einer dieser Nachzügler gewesen. Aber diese Gottesdienste an den Sonntagen, erst in der Thomaskirche und dann schnell, schnell in die Nikolai hinüber, das war auch kaum zu schaffen gewesen, gerade für ihn nicht, außer wenn Gustav ihn rennend im Handkarren hinübergeschoben hatte. Martin spürte im Kreuz gleich wieder die Stöße des Kopfsteinpflasters auf diesen rasanten Fahrten. Gustav, ach Gustav. Nur seinetwegen hatte Martin nicht ins Waisenhaus gemusst, denn Gustav hatte ihn damals im Chor untergebracht.

Martin schüttelte den Kopf, ging einen Bogen durch sein Büro und zog auf dem Weg einen Aktenstapel, den er durchsehen wollte, aus dem Regal. Er legte die Unterlagen auf seinen Schreibtisch, ging noch einmal zum Fenster und verschloss es, damit der Straßenlärm ihn nicht weiter ablenkte. Noch immer leicht widerstrebend wandte er sich seiner Arbeit zu. Es klopfte und Paul kam mit dem Kaffee herein. Der Junge sah ihn fragend, fast bittend an: »Ein Botengang, Herr Held?«

»Nein, danke, Paul!« Martin lächelte. Dieser Junge musste immer in Bewegung sein.

»Soll ich dann noch mal nachlegen?« Paul zeigte auf den Ofen.

»Ja, mach nur!«

Blicklos sah Martin zu, wie Paul ein paar Kohlenbrocken in den Kachelofen schob, und auf einmal fröstelte ihn. Bis ins Herz ihres Hauses war die neue Jahreszeit doch noch nicht vorgedrungen. Zumindest am Vormittag war es hier noch kühl.

»Keine Störung in der nächsten Stunde, verstanden? Häng das Schild draußen an meine Tür!«

»Jawohl, Herr Held!« Der Junge verschwand. Sie kannten einander schon ganz gut, und Martin hatte das Gefühl, in Paul einen neuen Verbündeten gefunden zu haben. Es war offensichtlich, dass ihn der Bursche mochte und bewunderte.

Martin las und sortierte seine Akten. Die Routine beruhigte ihn und er vertiefte sich in seine Arbeit. Es ging gut voran und das Pflichtpensum war nach nur einer Stunde erledigt. Martin streckte sich, setzte sich bequem hin, zog die Stiefel aus und breitete endlich wieder die Unterlagen für seine geheime Anklageschrift auf dem Tisch aus. Ja, auch er schrieb, nicht nur diese Demagogen. Im Unterschied zu ihnen schrieb er mit Stil und Sachkenntnis. Jahrelang hatte er versucht den Mangel zu verwalten, die Ordnung mit polizeilichen Mitteln zu sichern, aber man musste irgendwann doch einmal an die Wurzeln gehen! Der Verleger Paulssen hatte ihm bestätigt, dass er schreiben konnte. Dem hatte er im Vertrauen einmal ein paar Seiten zum Lesen gegeben. Vorerst schrieb er zwar insgeheim und nur für die Schublade, aber zu schreiben gab ihm fast schon das Gefühl, er täte auch etwas. Die Versuchung, auch einmal seine Meinung zu den Zuständen, die in dieser Stadt herrschten, öffentlich zum besten zu geben, war gewaltig. Paulssen hatte ihm eine eigene politische Kolumne in dessen Zeitung angeboten, unter dem Schutz eines Pseudonyms. Das wäre riskant, aber was gäbe es nicht alles zu erörtern! Im Moment, so dachte Martin, würde er sich am liebsten auf das Thema der Waisenkinder und ihrer Unterbringung stürzen. Aber das ging ihm gerade viel zu nahe und außerdem hatte er doch viel größere Zusammenhänge im Blick. Hungersnöte und Ernteverluste durch schlechtes Wetter hatten schon zu empfindlichen Preissteigerungen geführt, während der verstärkte Zustrom an Arbeitskräften die Löhne in den Städten und Dorfgemeinden immer mehr drückte. Die Folge war, dass es zu ersten Hungeraufständen auf dem Land gekommen war. In Oberschlesien hatten die Preußen einen Weberaufstand einfach zusammengeschossen. ›Polizeiarbeit‹, dachte Martin bitter und schnaubte wütend. So ging das natürlich auch.

Langsam rieb Martin sich die Sorgenfalten auf der Stirn. Die Verantwortung für die kommunale Sicherheit drückte ihn ganz schön. Und wenn das mit dem kleinen Jungen jetzt doch noch ein Mordfall würde? Obwohl, so beruhigte er sich, wahrscheinlich hatte der Junge fliehen wollen und war deswegen in Ausgehkleidung gefunden worden. Bestimmt wäre die Sache bald erledigt. Das Richtige für Kroll.

Mit einem schweren Schnaufen lehnte Martin sich im Sessel zurück und ließ die Gedanken schweifen. Es wäre schön, am kommenden Sonntag mit Gustav hinaus zu den Weyrichs zu fahren, um ihre Patenkinder Greta und Benjamin zu besuchen. Martin lächelte zufrieden in Gedanken an die beiden. Sie waren auch Waisen und Straßenkinder gewesen, die ihm im Zuge einer etwa zwei Jahre zurückliegenden Ermittlung quasi zugelaufen waren. Benjamin war, obwohl er stumm war, der wichtigste Zeuge gewesen. Eine alte Trauer wehte Martin an, als er für einen Moment die Erinnerung an diesen Fall zuließ. Dass er die beiden Waisen bei dem jungen kinderlosen Bauernpaar hatte unterbringen können, versöhnte ihn etwas mit dem Gefühl des vollkommenen Versagens, das er ansonsten mit dieser alten Geschichte verband. Die Vorstellung, versöhnt mit Gustav in der guten Stube der Weyrichs am Mittagstisch zu sitzen, tröstete ihn und er begann, die letzten Seiten seines Textes zu redigieren.

Sein Thema heute war weder der Hungeraufstand in Oberschlesien noch das Armenwesen, sondern die unselige Pressezensur in Sachsen. Er war kein Freund der veröffentlichten Meinung, nein, wahrlich nicht. Aber seiner Ansicht nach sollte man entweder alles bis auf eine Art Informationsblatt der Behörden verbieten oder volle Pressefreiheit gewähren, sodass sich auch der klarste und überzeugendste Gedanke Bahn brechen könnte. Diese unklaren Verhältnisse zwischen Staat und Presse führten zu gar nichts, da war er sich sicher. Und bereits nach wenigen Minuten hatte er alles um sich herum vergessen, selbst das zerschmetterte Kind und Amalia, und schrieb, als ginge es um Kopf und Kragen.

×××

Sie hatte das Gerücht gehört, dass ein Polizist im Haus war und konnte es kaum erwarten, dass der Gottesdienst endlich vorbei wäre und sie nachsehen konnte, ob es Gottlieb Kroll oder Martin selbst war. Einer der beiden musste es sein, aber sie vermutete, dass Martin Gottlieb vorschicken würde. Ob er wusste, dass sie sich hier in ihrer Freizeit um die Kinder kümmerte? Wohl eher nicht. Trotzdem war Kroll derjenige, den Martin in der Regel erst einmal voraus schickte, vor allem dann, wenn die Sache nicht so dringend erschien. Und was sollte schon dringend sein am Tod eines Waisenkindes? Sicherlich störte es die feinen Herrschaften nicht weiter. Sie schnaubte wütend, und die dürre junge Frau neben ihr begann im selben Augenblick wimmernd vor- und zurückzuwippen. Sofort umfasste Amalia die Hand der Frau und streichelte sie sacht. Sie kannte das Mädchen gut und wusste, dass es Angst bekam, wenn jemand in ihrer Nähe wütend wurde. Die Irre hatte Amalias Empfindungen sofort aufgenommen und artikulierte sie laut und ungehemmt, sodass auch Amalia sich ihrer Gefühle schlagartig wieder bewusst wurde.

Sie hatte keine Angst vor den Kranken, anders als die meisten Menschen kannte sie sie ja aus der Nähe. Und sie hatte sie annehmen, wenn auch nicht immer begreifen gelernt. Ihr Dienstherr ließ ihr genug Zeit, sich im Waisenhaus nützlich zu machen. Karl Koopmann war ein großzügiger Mann und behandelte sie mehr wie eine Tochter und weniger als seine Magd. Im Grunde hatte sie es gut hier, wie sie fand – auch wenn sie einst einen Ort gekannt hatte, an dem sie lieber gewesen wäre. Doch das war schon lang vorbei, der Schlüssel weggeworfen, die Tür sorgsam versperrt.

Das Wimmern der Kranken neben ihr hatte auch die anderen Teilnehmer des Gottesdienstes unruhig gemacht; ein paar der Kriminellen in den hinteren Reihen klapperten mit ihren Fußschellen und machten sich einen Spaß daraus, die Unruhe zu verstärken. Die Kinder vorne in den ersten Reihen und ein paar Wärter sahen sich schon tadelnd oder unruhig nach ihnen um, und Amalia und eine andere Betreuerin bemühten sich, das Mädchen zu beruhigen, ehe der Pfarrer seine Predigt unterbrechen und sie mahnend und missbilligend ansehen würde. Es ärgerte ihn sowieso schon, hier predigen zu müssen, das wusste sie, da wollte Amalia nicht auch noch den Anlass zu einem Eklat geben.

Leise stand sie auf und schlich sich hinaus. Dabei musste sie an den Kriminellen vorbei, die ihr die Kleider mit den Augen förmlich vom Leibe rissen. Vorsichtig drückte sie die Tür des kleinen Gotteshauses hinter sich zu und lehnte sich mit dem Rücken gegen das dunkelrote Holz. Ihr Blick wanderte hinauf zu den vergitterten Fenstern des Kranken- und des Gefangenenflügels. Links wurde die Kapelle von dem anderen Flügel, in dem die Waisen und die Verwaltung untergebracht waren, flankiert. Seltsam eingekeilt stand die Kapelle inmitten des Hofes und schien sich mit ihrem Turm ins Freie hinausrecken zu wollen, was ihr mit der Turmspitze auch gerade so gelang. Da der Hof sehr eng war, konnte man die Spitze wohl erst mit etwas Abstand, etwa vom Johannisplatz aus, erkennen. So halfen auch die hohen Glasfenster nichts. Immer war es düster und kalt in der Kapelle. Zur Stadt hin ragte die Fassade des Georgenhauses abweisend und nahezu fensterlos empor. Und von dort oben, aus einem der wenigen Fenster über den Verwaltungsräumen, sollte sich der kleine Konrad herabgestürzt haben? Niemals. Er war ein ängstliches Kind gewesen. Niemals wäre er aus freien Stücken auch nur an ein offenes Fenster in dieser Höhe herangetreten.

Amalia spürte die Tränen aufsteigen, als sie an den kleinen Kerl dachte. Gerade hatte sie ihn so weit gehabt, dass er etwas mit ihr malte und auch ein paar erste Worte mit ihr sprach, er, der Mürrische, der Schweiger, von dem der Lehrer erst sogar behauptet hatte, er wäre stumm, verstockt zumindest, und vielleicht doch besser bei den Verrückten aufgehoben. Ihr kleiner dunkler Engel, ihr armer Konrad mit den traurigen Augen. Mit nur mühsam unterdrückter Wut blickte sie hinauf zum Himmel und drängte die Tränen zurück. Sie musste herausfinden, was wirklich passiert war. Niemals hatte dieser Junge sich selbst umgebracht. Und wenn sie denn Martin Held oder Kroll gegenübertreten musste, gut, dafür würde sie es tun. Natürlich; Martin verstand überhaupt nichts. Er war ein Vollidiot. Aber sie brauchte seine Hilfe.

Sie putzte sich die Nase und schritt mit neu erwachter Entschlossenheit über den Hof. Besser, es wäre Kroll, der im Hause war. Dann würde sie nicht auf die Wache gehen müssen. Der Gedanke an Martin Held trieb ihr die Scham- und Zornesröte ins Gesicht. Der große Herr war ja doch nur ein armes Würstchen. Und weil er wusste, dass sie das wusste, schon darum würde er Kroll schicken. ›Ich muss ihn erwischen, noch ehe der Gottesdienst zu Ende ist‹, dachte sie und eilte durch den Flur. Laut hallten ihre Schritte auf den Fliesen wieder, die Schwingtüren öffneten sich weit vom entschlossenen Druck ihrer schmalen Hände und schlugen hinter ihr an die kalten Mauern des Waisenhauses, als sie, einem Racheengel gleich, Raum um Raum durchmaß.

×××

Gottlieb Kroll fühlte sich unwohl in seiner Haut. Eine unangenehme Geruchsvermischung von Seife und Erbrochenem belästigte ihn; die Wände strömten eine feuchte Kühle aus. Es gab keine Farben, alles schien in diesem Haus entweder Schwarz oder Weiß zu sein. Er mochte den Gedanken nicht, dass hinter den meisten der Türen, die an diesem Gang lagen, wahrscheinlich entweder Irre oder Verbrecher saßen. Nein, Angst hatte er natürlich keine, aber solange er auch schon hier saß und die Vorübergehenden beobachtete, er hatte trotzdem noch nicht herausgefunden, wie man die Gesunden von den Verrückten unterscheiden konnte. Unbehaglich weitete Gottlieb sich mit drei Fingern den feucht anliegenden Kragen der Uniform. Was würde er tun, wenn sich so einer unvermittelt auf ihn stürzte? Er wartete nun schon einige Zeit vor Hagedorns Büro, und immer wieder waren Leute an ihm vorbeigegangen, bei denen er sich nicht sicher war, was er von ihnen halten sollte. Und das wurde immer schlimmer, je länger er hier hockte.

Kroll streckte die Beine aus und winkelte sie halb wieder an, denn die Hose kniff in den Kniekehlen. Wenn er doch bloß mal eine halbe Stunde schlafen könnte! Aber daran war in dieser Umgebung nicht zu denken.

Zwei Männer gingen vorbei, ihm schienen sie normal zu sein und er entspannte sich. Dann aber sah er, dass sie an den Handgelenken aneinandergefesselt waren. Schon fragte er sich wieder, welcher von ihnen denn nun der Verrückte war. Oder war der eine ein Verbrecher und der andere ein Wärter? Beide Männer waren in Weiß gekleidet und zu allem Überfluss blickten ihn beide auch noch gleichermaßen feindselig an, geradeso, als müssten sie ihn fürchten und nicht er sie, wie es ja wohl einleuchtender gewesen wäre. Bestimmt war seine Uniform daran schuld. Er wünschte sich, bloß schnell wieder an der frischen Luft vor dem Haus zu stehen.

Da schreckte ein Geräusch von rennenden Füßen ihn auf, eine Tür schlug heftig gegen die Wand und eine Frau mit aufgelöstem Haar rannte auf ihn zu. Mit plötzlichem Herzrasen riss es ihn von der Bank empor und mit einem Mal wuchs in ihm, einem Reflex gleich, die Notwendigkeit, sich auf sie zu stürzen, sie festzuhalten, Ordnung zu schaffen im Durcheinander. Noch zwanzig Schritte, fünfzehn!

»Kroll!«, rief sie und winkte. Gottlieb war völlig perplex, als er das schwarzlockige Mädchen, das vor ihm zum Stehen kam, endlich erkannte.

»Mein Gott, Amalia, Sie sind es. Sie haben mir einen ganz schönen Schrecken eingejagt!« Er reichte der jungen Frau die Hand und nahm sie zur Begrüßung halb in den Arm. Das Mädchen sah blass aus, als hätte auch sie nicht geschlafen, aber sie blickte ihn mit strahlenden Augen an. »Ja, Gottlieb, Sie brauchen wohl eine Brille. Was haben Sie denn gedacht, wer ich bin? Sie sind ja ganz weiß um die Nasenspitze.«

Kroll war verunsichert und schämte sich auch ein wenig. Aber er fühlte sich tatsächlich nicht gut und ließ sich nach dem Händeschütteln sogleich wieder auf die Bank sacken. Es war wohl die Hitze, oder eher die Kühle in diesem Gemäuer. Er lehnte sich kurz an die feuchte Wand und löste sich wieder, weil er spürte, wie sich seine Schultern von der Berührung verspannten, dann sah er zu Amalia auf: »Ich habe Sie tatsächlich nicht erkannt. Sie arbeiten also immer noch hier?«

Amalia ließ sich neben ihm nieder. »Ja, es macht mir Freude, obwohl es heute ein furchtbarer Tag ist für uns. Sie haben davon gehört, nicht wahr?«

»Von dem toten Kind? Natürlich. Deswegen bin ich ja hier, wegen des Unfalls, das können Sie sich ja denken.« Er wischte sich den kalten Schweiß von der Stirn und blickte unbehaglich zu Boden.

»Warum denken Sie, es war ein Unfall?« Ihre Freundlichkeit war tiefem Ernst gewichen.

»Denken Sie denn etwas anderes?« Er sah sie skeptisch an.

»Ich kannte Konrad sehr gut, wissen Sie, und ich bin absolut sicher, dass er sich nicht mal auf Armeslänge an ein offenes Fenster herangewagt hätte, schon gar nicht in dieser Höhe. Er war schüchtern, ängstlich, ein verlorener kleiner Kerl. Und zu einer solchen Tat hatte er überhaupt keinen Grund.«

»Woher wollen Sie das wissen?« Er blickte sie fragend an.

»Darüber brauche ich nicht nachzudenken, mein Gefühl sagt es mir. Selbst mit einem guten Grund hätte er gar nicht den Mut dazu gehabt. Und warum hätte er sich umbringen sollen? Er war noch ein kleiner Junge ...« Sie verstummte, den Tränen nahe.

Kroll seufzte. »Ein kleiner verzweifelter, einsamer Junge, ja? Einer, der vielleicht keinen Sinn in seinem Leben mehr gesehen hat? Ach, liebes Fräulein Bernhardt, was wissen wir denn schon von unseren Mitmenschen. Sitzen Sie hier mal eine halbe Stunde herum, meinetwegen auch auf dem Marktplatz oder auf der Wachstube, und werfen Sie einen Blick auf die Menschheit. Dann wissen Sie Bescheid. Wir wissen gar nichts!«

Amalia sah schweigend zu Boden.

»Im Moment neigen wir tatsächlich eher zur Unfalltheorie,« fuhr Kroll fort. »Es ist einfach plausibler. Falls Sie das anders sehen, dann sagen Sie es hier lieber nicht zu laut.« Er hob warnend die Augenbrauen. »Was meinen Sie, wann kommt wohl der Direktor aus der Kirche zurück?«

Sie schniefte kurz und putzte sich die Nase. Auf einmal tat sie ihm sehr leid.

»Ich denke, eine halbe Stunde müssen Sie schon noch warten. Pfarrer Bratsch ist erst zufrieden, wenn auch der Letzte eingeschlafen ist.« Schon lächelte sie ihn wieder an, wenn auch halbherzig, wie ihm schien.

Kroll tätschelte beruhigend ihre Hand, erhob sich mühsam und blickte sie fragend an. »Tapferes Mädchen! Ob Sie mir wohl inzwischen mal das Fenster zeigen würden? Schaffen Sie das? Vielleicht ist es auch gut für Sie, wenn sie besser verstehen, was passiert ist.«

Amalia nickte, und Gottfried reichte ihr lächelnd den Arm, damit sie sich auf ihn stützen konnte. »Na dann wollen wir mal.«

Sie wandte sich um und zog ihn halb mit sich mit. »Hier entlang. Wir müssen erst zum Hausmeister, nach den Schlüsseln für die obere Etage fragen. Die Verwaltung ist heute geschlossen.«

»In Ordnung!«, versuchte Kroll matt die Führung wiederzugewinnen und spürte doch, dass es ihm nicht recht gelang.

Kurz darauf standen sie vor der Wohnungstür des Hausmeisters im Halbparterre. Kroll zog an der Klingelschnur.

»Wer hat eigentlich alles Schlüssel zur oberen Etage, zu den Verwaltungsräumen und den Dachgelassen?«

Aber Amalia kam nicht mehr dazu, seine Frage zu beantworten. Innen wurde die Klinke heruntergedrückt und dann öffnete ihnen ein kräftiger, dunkelhaariger Mann in den Fünfzigern die Tür.

»Guten Morgen, Herr Schöpf!« Der Angesprochene schüttelte Amalias freundlich ausgestreckte Hand und reichte auch Kroll seine riesige Pranke. Kroll war nicht eben hochgewachsen, aber dieser Mann war so groß wie Martin, das heißt, er überragte ihn um Haupteslänge – und er war doppelt so breit. Männer dieser Statur schüchterten Gottlieb ein. Missmutig nahm er zur Kenntnis, dass der Mann kein überflüssiges Gramm Fett am Leib hatte, die Muskulatur zeichnete sich deutlich unter Hemd und Ärmeln ab.

»Tag, Herr Schöpf«, sagte auch Gottlieb, »nicht im Gottesdienst?«

Der Hüne winkte grinsend ab. »Nichts für mich, kommen Sie rein, ich habe mir gerade Kaffeewasser aufgesetzt. Wenn's dem gnädigen Herrn recht ist.«

In diesem Augenblick kam ein Mädchen hinter ihm hervorgewischt, sie schlüpfte aus dem breiten Schatten seines Rückens und war auch schon wie der Blitz um die nächste Ecke verschwunden. Schöpf lächelte, als wäre nichts gewesen, und Kroll war einen Moment zu langsam und zu befangen um nachzuhaken. Das Mädchen hatte hüftlange rote Zöpfe gehabt und mochte etwa vierzehn, vielleicht auch fünfzehn Jahre alt gewesen sein, aber er fand keinen Vorwand, Schöpf nach ihr zu fragen, und so übersprang er seine Irritation: »Sehr freundlich, aber ich bin dienstlich hier«, lehnte er das Angebot des Hünen ab.

»Natürlich, was kann ich für Sie tun, Herr Wachtmeister?« Erwartungsvoll sah Schöpf ihn an.

»Schnappen Sie sich die Schlüssel und zeigen Sie mir die oberen Etagen. Insbesondere das Fenster muss ich mir noch einmal ansehen. Waren Sie eigentlich schon vor mir dort oben? Heute Nacht, meine ich.«

»Nein. Wieso meinen Sie?«

Kroll schien es, der Hausmeister wäre plötzlich auf der Hut.

»Na kommen Sie, Sie haben uns doch heute Nacht schon erwartet!«

Schöpf kratzte sich am Kopf und sah ihn interessiert, aber nicht im Geringsten eingeschüchtert an: »Nein, ich bin ja von Ihrem Läuten erst wach geworden. Wir sind doch miteinander hochgegangen. Erinnern Sie sich nicht mehr?«

Doch, das tat Kroll und er ärgerte sich, dass der Mann sich seinem Druck so leicht entzog. Auf einmal wurde es ihm mulmig zumute. Übersah er nicht vielleicht etwas ganz Offensichtliches? Wenn er bloß nicht so verflucht übermüdet wäre und etwas mehr Zeit zum Nachdenken hätte!

Der Mann hatte wirklich ausgesehen wie gerade aus dem Bett gefallen, als sie ihn herausgeläutet hatten. Eigentlich hatte er keinen Anhaltspunkt, Schöpf irgendeiner Unaufrichtigkeit zu verdächtigen. Trotzdem, der Kerl war komisch.

Kroll versuchte sich genau zu erinnern. Sie waren heute früh im Halbdunkel die Treppen hinaufgehastet; der Hüne war im wehenden Nachthemd barfuß vor ihm den Flur entlanggeflattert, hatte die Schwingtür zum oberen Stock aufgeschlossen, sie waren durch den langen Flur der Verwaltung gelaufen, hatten nach einer weiteren Halbtreppe eine der kleinen Kammern erreicht und dort drinnen, wie erwartet, das weit offen stehende Fenster vorgefunden.

»Eigenartig, nicht wahr?«, murmelte Kroll zu sich selbst. »Wer könnte die Tür zugesperrt haben?« Natürlich! Das war es, was ihn eben so irritiert hatte.

»Wie bitte?«

Aber Kroll antwortete nicht auf Schöpfs Frage und erwiderte stattdessen: »Ja, na ja, das sehe ich dann mal selber. Gehen wir hoch!« Er war schlicht nicht ausgeruht genug, weiter mit diesem Hausmeister Verstecken zu spielen. Zu müde. Zu konfus. Amalia sah ihn auch schon mit zweifelndem Blick an. Gottlieb spürte, wie er rot anlief, und versuchte es mit gespielter Entschlossenheit: »Auf geht's!«

Schöpf setzte sich eine alte Filzkappe auf, aber Kroll war schon los gegangen, sodass der Hausmeister und Amalia ein paar Schritte laufen mussten, um ihn wieder einzuholen. Gemeinsam stiegen sie zu dem Unglückszimmer empor.

Der Hausmeister übernahm wegen der Schlüssel an den Türen die Führung, trat aber, oben angekommen, einen Schritt zur Seite, damit Kroll als Erster den kleinen Raum betreten konnte. Drinnen sah

Gottlieb sich um. Das raumhohe Fenster war inzwischen wieder mit Riegeln und Klinke versperrt. An der Wand hingen eine Baubohle und ein aufgerolltes Seil.

»Kann es sein, dass jemand anderes die Tür zugesperrt hat? Ich meine, der Unfall muss um kurz nach vier passiert sein und ich war mit Ihnen erst gegen halb, dreiviertel fünf hier oben.« Er sah Schöpf erwartungsvoll an.

»Sie meinen, wer noch einen Schlüssel hat?«

»Sie denken mit!«

»Na, der Herr Direktor natürlich.«

»Und wo bewahren Sie Ihre Schlüssel auf?«, fragte Gottlieb und schalt sich sogleich einen Narren, hatte er doch selbst erst vor wenigen Minuten gesehen, wie der Mann den Bund aus dem Schlüsselschrank im düsteren Korridor seiner Dienstwohnung genommen hatte.

»Na in meiner Wohnung. Da kommt auch niemand dran, eigentlich.« Er zögerte und Kroll hakte sofort nach: »Was heißt ›eigentlich‹?«

Schöpf stieg unruhig von einem Fuß auf den anderen und knautschte seine Mütze zwischen den Pranken. »Na ja, manchmal renne ich rein und raus, und da schließe ich nicht immer ab.« Er wirkte schuldbewusst. »Also rein theoretisch könnte sich jemand den Schlüssel ausgeliehen haben. Ich nehme nicht immer alle Schlüssel mit, wenn ich im Haus unterwegs bin. Und den Schlüssel zur Verwaltung oder für die Räume hier oben, den hätte ich wahrscheinlich gar nicht so schnell vermisst. Ich meine, wann brauche ich die schon?«

»Tja, wann brauchen Sie die schon. Hingen sie denn am Abend an ihrem Platz?« Kroll sah ihn prüfend an.

»Weiß nicht, ich habe nicht darauf geachtet, ehrlich nicht. Da hängen so viele Schlüssel, wissen Sie!«

Gottlieb rieb sich mit Daumen und Zeigefinger die müden Augen und versuchte, sich zu konzentrieren. Selbst wenn das Kind den Schlüssel an sich genommen hätte, wie wäre er dann zurück an seinen Platz gekommen? Es hätte ihn natürlich selbst zurückgebracht haben können. Die Hausmeisterwohnung war nachts sicher auch nicht verschlossen, wozu auch, innerhalb des versperrten Gebäudes.

Aber so verhielt sich kein Selbstmörder. Dem war es doch egal, ob man nach seinem Tod einen Schlüssel vermisste. Also war wohl eher der Schlüssel des Direktors verwendet worden, oder jemand hatte die Geistesgegenwart besessen, den Bund zurückzuhängen, und das zwischen etwa vier und halb fünf Uhr in der Früh. Oder jemand hatte die Türen schon zu einem anderen Zeitpunkt aufgeschlossen, vor dem Mord, Unfall oder was auch immer. Aber auch dann blieb die Frage ungeklärt, wieso die Tür dann wieder versperrt gewesen war, als sie hier am Unglücksmorgen eingetroffen waren. Er musste herausfinden, wer die Zwischentür verschlossen hatte.

Kroll entging nicht, dass der Hausmeister sich immer unbehaglicher fühlte, auf den Lippen kaute und sich mit der Linken den Bart zwirbelte. »Ist Ihnen doch noch etwas eingefallen?«, hakte er nach. Endlich sah der Mann einmal nach schlechtem Gewissen aus.

»Na ja, das ist kein schöner Ort. Und die junge Dame, dass Sie die hierher ... na ja, wissen Sie!« Er hatte geflüstert und zog mahnend die Augenbrauen hoch. Sein Daumen zeigte unauffällig auf Amalia, die wie gebannt am Fenster stand und hinabblickte.

Kroll schalt sich abermals stumm einen Narren. Der Kerl hatte alles andere als ein schlechtes Gewissen. Diese beschlich nun Kroll selbst. Was war er bloß wieder für ein Tollpatsch gewesen! Gottlieb ging auf Amalia zu und führte das zitternde Mädchen sachte vom Fenster weg. »Kommen Sie, Fräulein Bernhardt, gehen wir«, sagte er und Amalia ließ sich mit gesenktem Kopf aus dem Zimmer führen.

Bis zur Wohnung des Hausmeisters sprach niemand ein Wort. Kroll verabschiedete sich von Schöpf, und Amalia begleitete ihn zur Haupttür des Gebäudes. Sie verschloss die schwere Tür hinter sich, dann wandte sie sich ihm zu: »Sie bleiben noch?«

Amalia nickte. »Ja, ich habe frei und ... ich denke, die Kinder können mich brauchen, gerade heute.« Kurz hielt sie inne, dann fuhr sie fort: »Und, was denken Sie? Glauben Sie immer noch, dass es ein Unfall war?«

Sie standen nebeneinander und sahen auf die Straße hinab, die sich inzwischen mit Passanten gefüllt hatte, die geschäftig hin und her eilten.

Kroll nickte. »Mehr denn je!«

»Aber die versperrte Tür!« Amalia sah ihn mit weit aufgerissenen Augen an. So in Rage und in ihrem hellen Kleid vor der dunklen Eichenholztüre sah sie wunderschön aus.

»Die Sache mit dem Schlüssel wird sich klären lassen. Und ich habe keinerlei Spuren eines Kampfes entdecken können.«

»Und ein offenes Fenster, dort oben? In einem ungenutzten Raum? Das macht doch keinen Sinn!« Sie war wütend, und Kroll vergingen die ästhetischen Betrachtungen.

»Ich habe schon bemerkt, dass Sie sich das auch gefragt haben«, setzte sie nach.

Kroll wiegte seinen schweren Kopf hin und her. »Tja, das offene Fenster. Wissen Sie, wie viele Kinder aus Fenstern stürzen, weil Eltern vergessen haben, sie ordentlich zu verschließen? Das beweist leider gar nichts.« Er winkte ab und sah, wie sie sich versteifte. »Nehmen Sie es sich nicht so zu Herzen, Fräulein Amalia. Und so oder so, erzählen Sie nicht gerade im Waisenhaus herum, dass Sie an einen Mord glauben. Ob Sie nun recht damit haben, und das glaube ich nicht, oder ob Sie sich das einbilden: Es ist nicht gut, wenn Sie damit hausieren gehen!« Aber Gottlieb sah, dass seine Worte in den Wind gesprochen waren. Er atmete tief aus und warf einen Blick auf die Uhr. Schon bald Mittag, und ihm knurrte der Magen. Mit Direktor Hagedorn würde er später sprechen müssen.

»Sie … Sie …« Amalia vollendete den Satz nicht. Stattdessen drehte sie sich um und stapfte grußlos die Treppe hinauf. Noch ehe Kroll sich's versah, knallte die schwere Tür vor seiner Nase ins Schloss.

»Guten Tag!«, sagte er leise zu den dunklen Holzbohlen, hob bedauernd die Schultern und machte sich auf den Weg zurück zur Wache.

×××

Er war durch die Unruhe im Mittelschiff auf Amalia aufmerksam geworden. Als sie die Kirche verließ, war ihm sofort klar gewesen, was sie vorhatte. Die Polizei würde heute früh sicher noch einmal im Waisenhaus aufkreuzen um weitere Nachforschungen anzustellen, und sie würde versuchen, auf die Ermittlungen, sofern es denn welche geben sollte, Einfluss zu nehmen. Sie hatte nicht geglaubt, dass es ein Unfall gewesen war, das hatte er gleich geahnt. Aber wieso eigentlich nicht? Außerdem, was zum Teufel gab ihr das Recht, sich einzumischen!

Er fluchte leise, glitt mit einer gewisperten Entschuldigung zu den Sitznachbarn aus seiner Bank und verließ eilig die Kirche durch die Seitentür. Dann folgte er der jungen Frau ins Haupthaus und entschied nach kurzem Überlegen, dass es besser wäre, sie aus dem Verborgenen heraus zu beobachten. So sah er, wie Kroll vor ihr erschrak und grinste. Sie schienen einander zu kennen, der dickliche Polizist mit den stelzigen dünnen Beinen und dieses aufdringliche Fräulein Amalia.

Aus dem Schatten einer Säule heraus behielt er die zwei im Auge und verfolgte, wie sie sich nach einer kurzen Unterhaltung gemeinsam auf den Weg machten. Er vermutete, dass ihr Ziel die Hausmeisterwohnung war und überholte sie über ihren Köpfen, lief ihnen über das Treppenhaus und das obere Stockwerk entgegen und erreichte gerade rechtzeitig einen Winkel, aus dem heraus er ihre Ankunft beobachten konnte. Er schmunzelte, als er die Kleine hinter Schöpfs Rücken aus der Wohnung wischen sah. Sie versuchte ungesehen zu entkommen, und der Polizist und Amalia mochten sie wohl auch nicht gesehen haben. ›Ach ja, Schöpf‹, dachte er, ›wir haben alle unsere kleinen Geheimnisse!‹

Als die drei, Amalia vorneweg und trotz ihres weißen Sonntagskleides mit resoluten Schritten, die Stiegen erklommen, musste er mangels Deckung Abstand halten. Aber er hörte, wie sie vor der Tür zur Verwaltung anhielten und einen längeren Wortwechsel hatten. Natürlich! Der Polizist wunderte sich, dass sie verschlossen war. Er begriff, was das bedeutete, und fluchte lautlos. Weil er wusste, was sie oben vorfinden würden, verzichtete er aus Sicherheitsgründen auf die weitere Verfolgung. Plötzlich hatte er ein Problem, und diese misstrauische junge Frau, die sich hier eingeschlichen hatte, war schuld daran. Obschon … Nein, ehrlicherweise musste er sich eingestehen, er selbst trug die Schuld daran, und das ärgerte ihn noch mehr.

Wütend eilte er die Treppen hinab und über den Hof. Zwei Minuten später saß er wieder auf seinem Platz in der Kirche. Er musste schnell etwas unternehmen, um die Folgen seiner Nachlässigkeit abzumildern. Soeben beendete der Pfarrer seine Predigt über die ewige Verdammnis der Selbstmörder. Er spürte, wie die Kopfschmerzen wieder einsetzten. Und zu allem Überfluss begann irgendwo hinter ihm auch noch eines dieser verdammten Kinder zu heulen. Irgendjemand würde heute noch Prügel beziehen, soviel war gewiss.

×××

Obwohl es Sonntag Mittag war, bekam man in der Wachstube inzwischen kaum noch einen Fuß auf den Boden. Verunfallte Wagenlenker, Zechpreller und im Suff aufgegriffene Tagediebe traten einander auf die Füße und warteten darauf, dass sich die Beamten mit ihnen befassten. Bernd Freytag blickte umher und zählte kurz durch. Sie waren zu siebt heute, gerade genügend Männer für den Normalbetrieb. Hanschmann sortierte Akten und durchpflügte alle paar Minuten laut fluchend die Wachstube, mit riesigen Papierstapeln vor dem Leib. Hausdiener Kessler wuselte hektisch vor der Schranke und schob sich fortwährend die mottenzerfressene Perücke auf der feuchten Glatze hin und her. Der alte Schuster stand, stoisch sinnend an die Wand gelehnt, im Hintergrund und stopfte seine Pfeife. Das Gespann Wrangel und Portzinger sicherte am rechten Ende des Tresens, und er, Freytag, stand mit Leander am linken Ende. Der raubauzige Portzinger stauchte gerade einen Taschendieb zusammen, während Schwabbel-Wrangel wieder mal irgendetwas Fetttriefendes in sich hineinstopfte und zeitgleich ein Protokoll schrieb. Bernd versuchte, Portzingers dröhnenden Bass, mit dem dieser seine Fragen auf den armen Jungen abfeuerte, zu ignorieren und konzentrierte sich auf die drei Bittsteller, die vor ihm standen und alle zugleich redeten. Er fühlte sich gut, denn gewandt wie er im Umgang mit Menschen war, fühlte er sich hier genau am rechten Platz.

Aufmerksam behielt er den Raum im Auge. Unruheherde gab es vor der Schranke genug. Er sah, wie viel Mühe es Hausdiener Kessler kostete, die Leute zu Warteschlangen zu ordnen. Schon waren die ersten Raufereien vom Nikolaikirchhof hereingekommen; das lange Stillsitzen im Gottesdienst hatte den jungen Burschen wohl Durst gemacht und dann war e,s unter dem Einfluss des Alkohols, zu Handgreiflichkeiten gekommen.

Sankt Nikolai war traditionell die Kirche der Kaufleute, und hier brannte fast jeden Sonntag die Luft. Schimpfend standen sich ein schlanker Ungar und ein Italiener mit blutunterlaufenen Augen gegenüber, aber noch hatte Leander Koslic die Sache offensichtlich allein im Griff. Sein Freund stand wie ein Wall zwischen den beiden Männern, hatte gerade dem Ungarn seine rot behaarten Pranken auf die Schultern gelegt und ihm von weit oben herab erklärt, was ihm blühte, wenn er seinen Knotenstock nicht sofort auf den Boden legte. Der Mann sah ihm kurz über seine von einem Faustschlag blutige Nase hinweg in die Augen und dann tat er, wie ihm geheißen. Noch ein, zwei mahnende Worte und die Streithähne setzten sich nebeneinander auf ihre Hosenböden und ergaben sich der sedierenden Wirkung des Wartens.

Um kurz nach zwölf schwang die Tür auf und Kroll, der kleine Chef, kam herein. Er sah völlig fertig aus, aber das war nichts Ungewöhnliches. Er kaute im Gehen an einer Bratwurst. Bernd hob lässig die Hand zum Gruß und Kroll wischte sich auf dem Weg zu ihm die Hände an der speckigen Uniformhose ab.

»Na, was gibt's Neues?« Müdes Lächeln aus grauem Stoppelrand.

»Nichts soweit. Alles klar.«

Bernd lächelte zurück. »Wie war's im Waisenhaus?« Auch er hatte von dem schrecklichen Vorfall gehört und war neugierig.

»Nichts für uns, nur ein tragischer Unfall, wie's aussieht.« Kroll sah ihm nicht in die Augen, verstummte unsicher und blieb mit hängenden Armen vor ihm stehen, als hätte er vergessen, wo er war.

»Alles in Ordnung, Chef?« Bernd Freytag wusste, dass sein Vorgesetzter mal wieder eine Nacht ohne Schlaf hinter sich hatte und eigentlich längst nicht mehr dienstfähig war.

»Ja, ja. Essen regelmäßig, Stuhlgang schmeckt!« Kroll hatte sich mit Daumen und Zeigefinger der Rechten die Augen gerieben und grinste. Bernd akzeptierte den Versuch, seine Anteilnahme abzuwimmeln. Selten genug, dass Kroll überhaupt mal einen Witz machte. Meistens misslang es. So wie jetzt.

»Ist der Chef da?«, wollte Kroll wissen.

»Schläft hinten.« Bernd zeigte mit dem Daumen über die Schulter hinter sich. Freytag wusste, dass Kroll ihn nun tadelnd ansehen würde, aber er hatte bewusst den Blick gesenkt und sortierte Papiere auf dem Tresen. Sollte Kroll doch ruhig wissen, was er dachte. Die Bemerkung an ihn war schließlich auch anerkennend gemeint gewesen. Doch als Bernd wieder aufsah, schloss sich auch schon die Tür hinter Kroll, und so nahm er sich den nächsten Bittsteller vor.

Schon bald jedoch hörte er die Stimmen der beiden hinten aus dem Büro lauter werden. Schau an, man war nicht einer Meinung. Zufrieden blinzelte Freytag dem alten Schuster zu, der grinste zurück und nickte wissend. Dann wandte Bernd sich dem Ungarn zu, der nun an die Schranke vorgerückt war, und konzentrierte sich auf die Arbeit. So entging ihm, wie auf Schusters Miene höhnische Verachtung die freundliche Fassade bröckeln ließ.

×××

»Wie bitte? Amalia Bernhardt? Was zum ...«

Martins Laune sank schlagartig gen null und er war schon fast zu laut geworden, obwohl Kroll natürlich auch nichts dafür konnte.

»Ja, sie arbeitet dort. Sie hat sich ziemlich aufgeregt, dass ich nicht sofort irgendjemanden festgenommen und wegen Mordes an ihrem Schützling habe aufhängen lassen.« Kroll hob die Schultern und Martin drehte sich wieder zu ihm um. Martins Gesichtsausdruck konnte Gottlieb nicht lesen, da der Vorgesetzte mit dem Rücken gegen das Licht stand. Aber er wusste, dass Martin richtig sauer war, mehr als Gottlieb es erwartet hätte. Kroll senkte die Augen und fühlte sich wie der berühmte Bote, dem für die schlechte Nachricht das Hängen droht.

»Ich dachte, sie arbeitet jetzt bei Koopmann.« Die Wut in Martins Stimme war binnen Sekunden tiefer Müdigkeit gewichen.

»Ja, ja, das tut sie auch. Aber sie geht da wohl sonntags hin und kümmert sich ein bisschen mit um die Kinder, unterstützt den Anstaltslehrer. Sie ist halt ein gutes Mädchen, was weiß denn ich.« Kroll wischte sich den Schweiß von der Stirn. Er hatte keine Lust mehr, die schlechte Laune seines Vorgesetzten zu ertragen.

Martin kam zum Schreibtisch herüber und ließ sich mit erbostem Schnaufer in seinen ledernen Ohrensessel sacken: »Also gut, was haben wir?«

Kroll spürte sofort, wie sein Magen unruhig kribbelte. Held war gereizt. Ein schlechter Moment, sich jetzt irgendeine Blöße zu geben.

»Also, ich war mit Fräulein Amalia Bernhardt und dem Hausmeister, der heißt Schöpf, noch mal oben.« Kroll klappte seinen Block auf, blickte kurz hoch und sah, dass Martin die Brauen zusammengezogen hatte. »Leck mich«, entfuhr es ihm in Gedanken, und er fuhr fort: »Auf dem Weg nach oben fiel mir ein, dass heute früh eine Zwischentür verschlossen gewesen war, die man auf dem Weg nach oben passieren musste.«

Martin hatte die Augen geschlossen und stupste mit der Nase unruhig auf seine gefalteten Hände: »Halt!« Er sah auf. »Was heißt das?«

»Das heißt, jemand hat die Tür zugesperrt.«

»Zwischen dem Moment, als das Kind sie passiert hatte und dem Moment, als du sie passieren wolltest.«

»Genau«, sagte Kroll. ›Sehr genau‹, dachte er und seufzte.

»Da sind diverse Varianten denkbar, nicht wahr? Na ja. Weiter!« Und Martin lehnte sich wieder zurück.

»Das Fenster, das heute Nacht offen gestanden hatte, war mit zwei Riegeln, einem oben und einem unten, und einer Klinke gesichert, als ich heute Mittag dort war. Der Hausmeister …«

»Wie hoch über dem Boden ist der obere Riegel?«

»Etwa sieben Fuß. Zu hoch für ein Kind.«

Martin nickte mit geschlossenen Augen. »Stand etwas im Raum herum, womit man das Fenster hätte entriegeln können?« Jetzt blickte er Gottlieb an und der spürte, wie er rot wurde. War da etwas im Raum gewesen, womit man das Fenster hätte öffnen können, wenn man selbst nicht an den oberen Riegel kam? Simple Frage eigentlich. Wieso hatte er sich die nicht gestellt?

»Ähm, ich weiß es nicht. Der Raum war, glaube ich, leer, abgesehen von …«, stockte er, »… ich weiß es nicht, ich kann mich nicht erinnern.« Er ließ den Kopf sinken. Stimmt, da war irgendetwas gewesen, aber was nur? Da war es wieder, sein Problem, die Konzentration oder was auch immer ihm fehlte, und wieder mal hatte er es vermasselt. Kroll ließ den Block auf die Knie sinken und die Schultern hängen. Martin stand auf und ging erneut mit schwerem Schritt ans Fenster. Er schwieg. ›Ich habe sowieso schon verloren‹, dachte Gottlieb, ›ich kann also genauso gut weitermachen.‹ Er senkte den Blick wieder auf seine Notizen.

»Sonst gibt es von dem Zimmer nichts mehr zu berichten. Amalia sagte, der Junge hätte sich nicht so nah ans Fenster gewagt. Höhenangst. Sie besteht darauf, dass jemand nachgeholfen haben muss.«

»Hat der Hausmeister das gehört?«

»Ich glaube nicht. Wieso?«

»Und, hat sie da etwas Substanzielles, oder bloß ihre weibliche Intuition?«, fragte Martin gereizt und wandte sich wieder Kroll zu.

»Nichts Konkretes. Nur ihr Gefühl, wie sie sagt.«

»Plus den Riegel. Immerhin.« Martin sah nachdenklich drein und Kroll ließ seinen Block sinken und wartete ab.

»Was denkst du?«, fragte Martin und blickte ihn erwartungsvoll an.

Kroll wunderte sich, dass er noch gefragt wurde und entspannte sich ein wenig: »Der Hausmeister ist in meinen Augen irgendwie nicht ganz sauber.«

»Inwiefern?«

»Kann ich nicht sagen. Er verbirgt irgendetwas, ist auch bloß so'n Gefühl.«

»Und was sagt dir dein Gefühl genau?« Martin Held setzte sich auf die Fensterbank und verschränkte die Arme, aber Gottlieb konnte nur die Schultern heben.

Martin seufzt: »Na gut. Die Tür könnte von dem Kind, dem Mörder oder dem Hausmeister verschlossen worden sein.«

Kroll sah ihn überrascht an. »Wieso von dem Hausmeister?«

»Na, wenn er lügt und zwischendurch oben gewesen ist ...«

Kroll wartete ab.

»Er könnte auch bloß so getan haben, als ob er sie aufgeschlossen hätte, und sie war in Wirklichkeit offen heute früh«, fuhr Martin fort.

»Wozu sollte das gut sein?«

»Weiß ich doch nicht. Möglich ist es aber.«

Kroll nickte. »Vielleicht hatte er bloß ein schlechtes Gewissen, weil er so schlecht auf die Schlüssel aufgepasst hat und wollte zeigen, dass sie so verschlossen waren, wie sie es gefälligst zu sein hatten.«

Martin nickte: »Dann hätte er bloß nicht nachgedacht und sein einziger Fehler wäre es gewesen, ein dienstliches Versäumnis vertuschen zu wollen. Ist er dämlich genug dafür?«

Gottlieb wiegte nachdenklich den Kopf und schwieg – unsicher, fast schon verschüchtert, wie er betrübt feststellte. Dieses Spekulieren lag ihm nicht.

Martin fuhr fort: »Oder das Kind hatte sich schon viel früher dort oben versteckt. Vielleicht ist der Raum zu einem früheren Zeitpunkt zugänglich gewesen, dann versperrt worden, und dann saß der Junge da oben fest.«

Gottlieb war überrascht. Natürlich, auch das war denkbar. »Und dann hätte er versuchen können, sich über das Fenster aus seiner Lage zu befreien, statt um Hilfe zu rufen«, schloss er sich an.

Martin nickte lebhaft. »Das wäre möglich. Er hatte bestimmt nichts in einer verschlossenen Sektion des Gebäudes zu suchen. Vielleicht wollte er sich also alleine befreien, und das ist schiefgegangen. Wenn Kinder spielen, na du weißt ja. Ich muss mir das selbst mal ansehen und noch mal diesen Hausmeister ausquetschen.«

Gottlieb meinte nun fast schon, Martins Gedanken lesen zu können. Er musste also wieder einmal Krolls Arbeit nachbessern. Es würde zwar außer vergeudeter Zeit nichts dabei herauskommen, aber es war nicht zu vermeiden. Gewissheit brauchten sie ja doch. Aber dann legte Martin ihm zu seiner Überraschung freundlich lächelnd die Hand auf die Schulter: »Und du machst heute nichts mehr. Du gehst schlafen.«

Gottlieb erhob sich mit knackenden Knien. Nach Hause gehen. O ja, das wäre es jetzt.

»Sicher?«

»Na los, geh schon.« Martin lächelte noch immer, und müde gab Kroll seinem Vorgesetzten die Hand und schlurfte zur Tür. Schlafen, bloß endlich schlafen. Wieder hatte er alles falsch gemacht. Aber er würde es irgendwie wiedergutmachen. Wie ein geprügelter Hund schlich er hinaus.

×××

»Mein herzliches Beileid, Herr Direktor!« Martin stand in Hagedorns Tür, reichte ihm die Hand und ließ den ersten Eindruck auf sich wirken: ein kräftiger älterer Herr mit Gönnermiene und unerschütterlichem Selbstbewusstsein, das war Martins erste Assoziation. Bis zum heutigen Tag waren sie einander nicht begegnet, Martin und der Zugereiste aus Süddeutschland, der seit immerhin schon vier Jahren das Sankt Georgen leitete. Der Arzt und Gelehrte hatte sich in der Vergangenheit mit seinen Leserbriefen und seinen neumodischen Ansichten zur Waisenpflege schon mehrfach ins Gespräch gebracht und Martin war gespannt, wie der Mann wohl wäre. Nun hob der Direktor eine Braue und lächelte mit einer, wie es Martin schien, ironischen Melancholie. Hanschmann blieb in respektvollem Abstand hinter Martin und wartete auf Anweisung.

»Beileid?« Hagedorn schien sich nicht sicher zu sein, ob Martin ihn auf den Arm nehmen wollte.

»Finden Sie es unpassend, dass ich Ihnen kondoliere?«

»Oh, nein, die Adresse stimmt.« Hagedorn klopfte an seinen Türrahmen. »Ich bin wohl der Einzige, der dafür infrage kommt. Ihnen tut das arme Kind also auch leid. Aber damit stehen wir ziemlich alleine da, glauben Sie mir. Na, kommen Sie herein!« Während er weiterredete, zog er den überraschten Martin – der als Polizeichef nun wirklich an eine andere Ansprache gewöhnt war und auch daran, dass die Initiative in einem Verhör bei ihm lag – einfach am Ärmel hinter sich her. Hanschmann bezog vor der Tür Posten, da ihn niemand aufgefordert hatte mitzukommen.

»Der Abfall der Gesellschaft!« Der Direktor hob die Schultern und nickte im gleichen Atemzug heftig vor sich hin. »Sie wissen ja. Und die Stadt ist wohl um jeden froh, den sie nicht weiter durchfüttern muss.« Nun hielt er sich Martin auf Armeslänge vor und musterte ihn wie kurzsichtig. Martin ließ es sich amüsiert gefallen und erwiderte den Blick des Älteren. Er meinte, ernsthafte Bekümmerung in den Zügen des Mannes zu lesen, der nun den grau gelockten Kopf schüttelte und sich die wilde Mähne, die zusammen mit einem ebenso weißen Backenbart das Gesicht umrahmte, aus der Stirn strich.

Dann wandte er sich ab, ohne Martin loszulassen. »Ich begreife noch immer nicht, wie das passieren konnte.« Er zog und schob Martin am Ellenbogen zu dem roten Sessel in einem Winkel des großen hellen Büros hinüber und streckte ihm die andere Hand entgegen, diesmal um ihm Hut und Handschuhe abzunehmen. »Setzen Sie sich!«

Martin legte ab. Die autoritäre Freundlichkeit des alten Herrn war ihm zu seiner eigenen Überraschung angenehm und er ergab sich ihr bereitwillig. Der Direktor schritt durch das Zimmer zu einer Vitrine hinüber und erstaunte Martin nun mit seinen dynamischen Bewegungen. Er bewegte sich wie ein Dreißigjähriger, nicht wie ein Mann von Mitte sechzig.

»Porter, Sherry oder Whiskey?« Hagedorn wandte sich halb um und wies auf die geöffnete Vitrine, doch Martin winkte dankend ab. »Zu früh, ich habe noch nicht zu Mittag gegessen, danke!« Daher also die gerötete Nase des Herrn Direktor.

»Was kann ich dann für Sie tun, spucken Sie's aus!« Hagedorn kam nun zu ihm herüber und sie ließen sich zugleich in die Samtsessel am Rauchtisch gleiten.

»Wir gehen davon aus, dass es sich um einen Unfall handelt. Trotzdem muss ich Ihnen ein paar Fragen stellen.«

»Nur zu, nur zu!«

Martin klappte sein Notizbuch auf und zückte den Stift. »Ich muss folgende Dinge klären.« Er tat nun bewusst linkisch, um das Gefälle zwischen seinem Gegenüber und sich zu verstärken und den alten Herrn dadurch noch mehr zu lockern. »Wann war dieser Raum in den letzten vierundzwanzig Stunden zugänglich? Wann und wo wurde das Kind zuletzt gesehen? Oder wurde es schon am Abend oder am Tag zuvor vermisst? Wer hat tagtäglich Umgang mit den Kindern? Wo befanden sich Ihre Schlüssel zwischen etwa gestern Mittag und heute früh um vier, fünf Uhr?«

»Das sind aber eine Menge Fragen! Und wieso meine Schlüssel?«

»Die Zwischentüren waren verschlossen, und auch sehr kleine Kinder gehen nur durch offene Türen. Der Hausmeister hat einen Schlüssel und Sie haben einen. Voilà.« Martin hob die Schultern, da die Berechtigung der Frage auf der Hand lag.

Hagedorn betrachtete ihn wachsam, bevor er zur Antwort ansetzte. Scheinbar hatte er noch keinen Gedanken daran verschwendet, wie das Kind in das Dachgeschoss hatte gelangen können: »Meine Schlüssel verwahre ich des Nachts in diesem Sekretär.« Der Direktor zeigte auf das Möbel neben dem Fenster. »Und am Tage habe ich sie manchmal auch bei mir, meist in der Innentasche meines Gehrocks. Aber ich habe den Schlüssel zu meinem Büro hier abgemacht. Ich komme ja selten aus der Verwaltung heraus, da brauche ich in der Regel nur den einen. Die zur Außentür und die anderen hole ich nur hervor, wenn ich das Haus verlasse, weil sie alle an einem Bund hängen.« Er winkte heftig ab. »Und selbst dann lasse ich sie oft hier drin, weil sie doch recht unbequem auf den Leib drücken.«

»Wie kommen Sie dann hinein und hinaus?«

»Läuten, ganz einfach. So wie Sie.«

»Also kommen die Schlüssel hier eigentlich selten heraus?«

»Richtig.«

»Würde Ihnen ihr Fehlen auffallen?«

»Puh …« Hagedorn kratzte sich nachdenklich und besorgt im Nacken. »Möglicherweise nicht gleich. Wenn ich darüber nachdenke, sie könnten auch mal einen oder zwei Tage da drinnen vor sich hin rosten, ohne dass ich sie vermissen würde. Für den ganzen hausinternen Kram ist ja sowieso Meister Schöpf zuständig.«

Er bemerkte wohl Martins bedenklichen Blick, denn er ergänzte sofort: »Aber das Büro ist ja verschlossen, wenn ich nicht drinnen sitze.«

Martin ließ sich keinen Zweifel anmerken: »Und die Schlüssel für die Unterrichtsräume, die Zellen, die Keller und Dachböden?«

»Brauche ich nicht. Die Dachböden und Keller sind zu, da habe ich sowieso selten zu tun. Wenn ich etwas in der Schule suche, ist der Lehrer ja da, im Gefängnis ein Wärter oder auf der Krankenstation der Arzt. Zudem stehen am Tag, außer im Gefängnistrakt und bei den Irren, ja die Türen offen.«

»Haben Ihr Lehrer und der Arzt Schlüssel?«

»Ja, Schulmeister Größ und unser Herr Niedlich wohnen im Haus. Und ein paar von den Wärtern haben wohl auch welche.«

Martin sah nun klarer. Dieser Mann mochte eine wissenschaftliche Koryphäe sein, aber von den Sicherheitslücken in seinem Haus hatte er keinen blassen Schimmer. Außerdem schien er alles, was auch nur im Entferntesten mit Arbeit zu tun hatte, zu delegieren. Langsam ließ Martin seinen Blick über die überquellenden Bücherregale schweifen, die die Wände bedeckten.

»Und Fräulein Bernhardt?«

»Ach, die Gute!« Hagedorns Augen bekamen einen freudigen Glanz und Martins Stimmung sank schlagartig in den Keller.

»Fräulein Bernhardt benötigt keinen Schlüssel. Wenn sie zu uns kommt, läutet sie um Einlass und geht dann direkt in die Schule zu Herrn Größ.«

Die Herzlichkeit, mit der Hagedorn ihren Namen ausgesprochen hatte, erbitterten Martin und er ärgerte sich auf einmal über ihn. Wie wollte ein so nachlässiger Mensch diese Institution leiten!

»Heißt das, hier kann jedermann ein und aus gehen, wie er will?«

»Nein, nein!« Hagedorn winkte mit beiden Händen ab. »Wir führen eine Besucherliste. Nur bestimmten Personen ist der Zutritt überhaupt gestattet.«

›Stimmt‹, dachte Martin. Selbst er hatte sich an der Pforte in eine Liste eintragen müssen. Die zentralen Entscheidungen dieses Hauses lagen offensichtlich in den Händen des Hausmeisters. Aber wer sich hier auskannte, der kam sicher auch an Hagedorns Schlüssel, wenn er erst einmal die Eingangstür passiert hatte. Alles eine Frage der Planung oder der Gelegenheit. Selbst ein Kind hätte hier mit den Schlüsseln ein und aus spazieren können. Martin seufzte und sah den Direktor an. Es gab mindestens zwei komplette Bünde Schlüssel zur Auswahl und jeder hier im Haus hätte, sofern er wild entschlossen genug wäre, Zugang zu beiden von ihnen.

»Ich verstehe. Und ... hatten Sie das Kind schon gestern Abend vermisst? Ich nehme an, es gibt so etwas wie einen abendlichen Kontrollgang durch den Schlafsaal?«

»Den gibt es, und es wurde niemand vermisst.« Hagedorn war das reine Gewissen selbst. »Ich selbst habe mich davon um neun Uhr überzeugt, ehe ich mich zurückgezogen habe.«

Martin ließ sich seine Skepsis nicht anmerken: »Gut. Dann sagen Sie mir bitte, wer täglich Kontakt mit den Kindern hat.« Er hatte den Notizblock auf den Knien und neigte sich wie kurzsichtig darüber. Starke und gesunde Menschen wie der Waisenhausdirektor neigten dazu, Menschen mit körperlichen Mängeln zu unterschätzen, was sie in der Regel unvorsichtig werden lässt.

»Unser Herr Größ, er unterrichtet die Kinder in allen Fächern.«

»Da muss er ja ein besonders umfassend gebildeter Mann sein, nicht wahr?« Martin dachte an seinen eigenen Lehrer, damals in Liebertwolkwitz, ein lieber Mann, gewiss, aber nicht viel weltgewandter als die Tapeten an seinen Wänden.

»Ach, wissen Sie, er hat Philosophie, Geschichte und ein paar Semester Medizin studiert, da wird es für die Kinder gerade so reichen.« Hagedorn grinste und sah Martin erwartungsvoll an, dieser war aufrichtig erstaunt: »Und da unterrichtet er in einem Waisenhaus? Wieso denn das?«

»Er baut seit vielen Jahren an seinem Doktor. Ich unterstütze ihn da übrigens auch ein wenig. Aber er kommt nicht zum Ende damit, und solange kann er sich bei mir seinen Lebensunterhalt verdienen.«

»Da kann er Ihnen aber dankbar sein, nicht wahr?«

»Vielleicht. Ich habe ihn aus Karlsruhe mitgebracht und hoffe für ihn, dass er bald fertig wird.«

»Und wer betreut ihn hier? Ich meine, in welchem Fach will er denn promovieren?«

»Das ist recht schwierig. Es ist ein Thema, das die Philosophie und die Medizin eng miteinander verbindet. Da ist er hier bei Professor Fechner genau richtig.«

Professor Theodor Fechner! Martin kannte den genialen Mediziner, der nach einer mysteriösen Erkrankung schon seit einigen Jahren zurückgezogen über seinen Forschungen brütete, recht gut. Sie waren in den Gewandhauskonzerten miteinander bekannt gemacht worden und er hatte sich mit dem Professor blendend unterhalten. Es gab kaum ein wissenschaftliches oder politisches Thema, über das dieser keine fundierten Kenntnisse besaß.

»Und neben Herrn Größ?«

»Fräulein Amalia, die hier freiwillig aushilft.«

Martin winkte ab. »Ist bekannt, danke!«

Hagedorn zog kurz erstaunt die Brauen hoch, aber dann tat er Martin den Gefallen und überging dessen Bekanntschaft mit seiner Mitarbeiterin. »Und unser Hausarzt, auch noch in der Ausbildung, aber durchaus schon ein sehr guter Arzt, Herr Niedlich, Wolfgang Niedlich. Er betreut alle Insassen des Hauses.«

»Und Hausmeister Schöpf«, vervollständigte Martin die Liste für Hagedorn.

»Richtig, Meister Schöpf ist für alle handwerklichen Dinge zuständig, Größ für die Betreuung der Kinder, wenn sie nicht in den Werkstätten sitzen, und dann dürfen Sie mich noch mitrechnen.«

»Ja, was machen Sie denn mit den Kindern?«

»Ich bin vor allem für die Koordination des Ganzen zuständig. Wissen Sie, am besten ist es, man gibt den Leuten in ihren Bereichen möglichst freie Hand. Dann zeigen sie erst recht, wozu sie fähig sind! Führen und Führen sind zweierlei, wissen Sie?«

›Ja, ja‹, dachte Martin, ›du alter Filou, die Art Führung, die lasse ich mir gefallen.‹ Laut sagte er: »Und was haben Sie nun nach neun Uhr getan?«

»Oh, nach neun, das sind mir die liebsten Stunden. Bis Mitternacht etwa habe ich hier gesessen und studiert, dann bin ich ebenfalls ins Bett gegangen. Ich habe da ein faszinierendes neues Buch, von einem Herrn Fröbel. Sie werden es nicht glauben, das habe ich von Fräulein Bernhardt bekommen, über die Erziehung der Kinder im Vorschulalter!«

›Na klar‹, dachte Martin, ›schnell noch ein eiliger Gang durch den Schlafsaal und dann ab zu den Büchern. Allzu gründlich wird die Inspektion nicht gewesen sein, wenn man ein Buch vom Fräulein Amalia zu lesen bekommen hat.‹

Er beherrschte sich mühsam und kaschierte sein verärgertes Schnauben, indem er sich aus dem tiefen Samtsessel herausstemmte. Am liebsten hätte er zumindest noch nachfragen wollen, wie Hagedorn gedachte, ähnliche Unfälle in Zukunft zu vermeiden. Möglicherweise auch durch eine Umstellung seines Führungsstils? Aber er vermied jeden Anflug von Ironie und leitete stattdessen seinen Abgang ein: »Nur noch eine Frage: Ich gehe doch wohl zu Recht davon aus, dass Sie in dieser Nacht nicht noch einmal aufgestanden sind, oder?«

»Natürlich nicht!«

»Natürlich nicht!«, wiederholte Martin und kratzte sich am Kopf. Der Notizblock, den er sowieso nicht gebraucht hatte, verschwand wieder im Gehrock.

»Nun, ich will dann mal wieder los, ich halte Sie ja doch nur von der Arbeit ab.«

»Nein, nein, das ist schon in Ordnung. Wenn's der Wahrheitsfindung dient. Aber was denken Sie, wann Sie die Sache abschließen?« Der Direktor hatte auf einmal etwas Lauerndes, fand Martin. Na klar, wer mochte die Polizei schon länger als nötig im Haus haben.

»Geben Sie mir noch ein, zwei Tage. Ich möchte natürlich auch noch mit Größ und Niedlich sprechen. Ob Sie mir morgen zuerst Herrn Niedlich vorbeischicken könnten?«

»Aber natürlich, das werde ich tun. Und Größ ist unten, neben dem Eingang der erste Flur links.« Martin schien, Hagedorn war enttäuscht. Er geleitete seinen Gast zur Tür und klopfte ihm zum Abschied mit flauer Herzlichkeit auf die Schulter. Als die Tür sich hinter ihm geschlossen hatte, stand Martin noch eine Weile davor und lauschte, wie Hagedorn drinnen den Schreibtischstuhl zurechtschob. Dann hörte er ihn fluchen und ein paar Bücher schienen auf den Dielenboden zu poltern.

Martin lächelte Hanschmann an, der unverbindlich zurückgrinste. Diese Gelehrten hatten es doch gut, dachte Martin, ein Platz am Schreibtisch, ein wenig Ruhe, und sie waren glücklich. Er kannte das Gefühl nun auch schon von seinem eigenen Schreiben. Tatsächlich hatte man seltsamerweise doch nirgendwo ein intensiveres Empfinden der Freiheit als an einem Schreibtisch hinter verschlossener Tür. Er hätte jetzt bloß zu gerne gewusst, welches Thema Hagedorn so dermaßen beschäftigte, dass er dafür seine Arbeit schleifen ließ, Abend für Abend stundenlang studierte und es ihm gegenüber zudem mit keinem Wort erwähnte. Das tote Kind schien ihn nicht ernsthaft zu belasten. Andererseits las er die neuesten pädagogischen Veröffentlichungen. Ein begeisterter Theoretiker als Leiter eines Waisenhauses? Martin stand kopfschüttelnd vor der Tür des Direktors. Dann drehte er sich um und orientierte sich neu, für seinen nächsten schweren, unvermeidbaren Gang.

»Na dann«, sagte er zu Hanschmann, »wollen wir uns mal mit diesem Fräulein Bernhardt befassen. Soll ja eine ganz bezaubernde Person sein.« Und mit einem gequälten Grinsen machte er sich auf den Weg, den jungen Kollegen im Schlepptau.

×××

Amalia hatte ihn gehört, noch ehe er in ihr Blickfeld getreten war. Er hatte sehr leise gesprochen, aber sie hatte die Stimme in ihrem

Rücken sofort erkannt und gespürt, wie ihr kalter Schweiß auf die Stirn getreten war. Gottlob hatte sie sich gerade auf eines der Pulte gestützt und das Hinsacken in den halben Kniefall an der Seite des Mädchens, dessen Schreibhand mit dem Griffel sie führte, sah natürlich aus und verriet wohl nicht ihren Schreck. Außerdem musste sie Martin so nicht gleich zur Kenntnis nehmen, da er weiterhin leise mit Magister Größ sprach und auch im Türrahmen stehen geblieben zu sein schien. Sie dachte überhaupt nicht daran, sich umzudrehen, bevor sie sich nicht wieder vollkommen unter Kontrolle hätte.

Mein Gott, wie lange hatten sie einander nicht gesehen? Seit dieser schrecklichen Vernehmung, in der sie sich bloß angeschwiegen hatten, eine halbe Stunde vielleicht? Er hatte sie angesehen und sie hatte ihn angesehen und beide hatten sie das erste Wort gescheut. War das jetzt tatsächlich schon etwas mehr als ein Jahr her? Sie hatten ihren Onkel und ihre Tante geschnappt, die gemeinsam die Vergewaltiger ihrer Tante zur Strecke gebracht hatten. Sie war damals Martins Dienstmädchen gewesen und Martin musste sich bis heute fragen, welche Rolle sie in der Geschichte eigentlich gespielt hatte. Am Ende dieses eigenartigen Verhörs war er aufgestanden, hatte sie aus dem Sessel hochgezogen und hinausgeworfen. Aus seinem Büro, aber auch aus ihrer Stellung und aus seinem Leben. Noch am selben Tag hatte sie bei den Koopmanns angefangen.

Wie er jetzt wohl aussah? Wie würden sie einander ansehen, nach alldem? Was würde sie empfinden, wenn er sie anspräche? Sie spürte ihr Herz rasen und versuchte sich mit einem energischen Ausatmen in den Griff zu kriegen. Nun lächelte sie das große rothaarige Mädchen an, das sie verwirrt und fragend anblickte. »Schon gut, schon gut, mein Schatz. Versuch' es selber mal!« Sie richtete sich wieder auf und drehte sich langsam zu den beiden Männern um, die nun auf sie zukamen.

»Fräulein Bernhardt!« Größ sprach sie leise aber, wie stets, freundlich, ja liebevoll an. »Könnten Sie bitte einen Augenblick mit uns hinaus kommen?«

Es waren zwei Polizisten, die sie erwarteten, und während Größ sie fast schon verschämt anlächelte, wich Martins Blick dem ihrigen aus und wanderte stattdessen interessiert und mit einem Ausdruck höflicher Überraschung durch den Raum. Ob sie sich über seine scheinbare Nichtbeachtung ärgern oder freuen sollte, wusste sie nicht, nutzte aber die Zeit, ihn ihrerseits zu betrachten. Er hatte sich nicht verändert, kein weißer Faden durchzog seinen dunklen Bart und er wirkte auf sie so kraftvoll und beherrschend wie eh und je. Neben dem schlampig angezogenen Größ, der wie immer in seiner alten Wolljacke, an der sogar ein paar Knöpfe fehlten, herumlief, sah Martin in seiner angeknitterten Uniform geradezu elegant aus. Seine Nachlässigkeit in äußerlichen Dingen hatte sie schon geärgert, als sie ihm den Haushalt geführt hatte. Und er ärgerte sie schon wieder, denn ihn schien tatsächlich einzig und allein das Unterrichtszimmer zu interessieren, während er sie nach nunmehr geschlagenen drei Minuten noch immer ignorierte.

Dass es hier freundlicher aussah als in Klassenzimmern sonst üblich, wusste sie. Stets sorgte sie für Blumen und hatte es erst vor Kurzem durchgesetzt, dass der Raum in hellen Blau- und Gelbtönen gestrichen worden war. Goethes Farbenlehre. Auch die hatte sie in Martins Haushalt kennengelernt. Wie so vieles. Ach je! An den Wänden hatte der Hausmeister auf ihre Initiative hin bunte Schautafeln mit den Tieren des Waldes, heimischen Nutzpflanzen und anderes mehr aufgehängt, vor denen einige Kinder saßen und sich im Zeichnen übten. Die Kinder arbeiteten still und konzentriert. Sonja, die Älteste, kämpfte noch immer mit einer schwierigen Bruchrechnung.

»Kommen Sie bitte?«, wiederholte Größ leise und winkte sie herbei.

»Aber natürlich!« Sie war sehr zufrieden, dass ihre Stimme nicht im Mindesten zitterte. Aufrecht, blick- und wortlos schritt sie an Martin vorbei auf den Flur hinaus. Sie spürte, wie er sich sofort vollkommen auf sie orientierte und noch vor Größ und seinem jungen Kollegen einschwenkte und ihr folgte.

»Ja, ähm, Fräulein Bernhardt, das ist Herr Held. Herr Held, darf ich vorstellen, Fräulein Amalia Bernhardt.« Harald Größ stand unsicher zwischen Martin und ihr und fühlte sich sichtlich unbehaglich. Amalia reichte Held die Hand, aber er neigte nur knapp den Kopf und schwieg. Sofort wurde sie wütend und merkte, wie ihr das Blut in den Kopf stieg. Größ kratzte sich unruhig am Ellenbogen und sah verständnislos zwischen ihnen hin und her, konnte sich aber wohl keinen Reim darauf machen.

»Was gibt es denn? Ich dachte, Sie hätten das Interesse an der Sache schon verloren. Bloß ein Kind, ein Unfall, nichts Besonderes, nicht wahr?«, schnarrte sie. Helds frostige Maske bekam sofort Risse, aber er zeigte zu ihrer Überraschung keine Verärgerung, sondern kühles Amüsement. Dass sie sich mit ihrer Heftigkeit eine solche Blöße gegeben hatte, ärgerte sie. Sie fand ihn absolut unerträglich.

»Ein schöner Raum. Sie haben ihn gestaltet, nicht wahr?« Er lächelte sie an und sie spürte, wie sie bis unter die Haarwurzeln errötete.

Martin fuhr, jetzt sanfter, fort: »Nichts Besonderes? O doch, der Tod eines Kindes, das ist wohl schon etwas Besonderes, wie auch immer es dazu gekommen sein mag.«

Er hatte ohne jede Aggressivität gesprochen. Mit einem Mal fühlte sie sich so elend und seltsamerweise auch so verstanden, dass sie kurz davor war, in Tränen auszubrechen und sich ihm an den Hals zu werfen. Mühsam beherrschte sie ihre Emotion und stand steif da, nicht mehr fest, nicht mehr überlegen, das wusste sie, aber sie wollte sich in keine Richtung mehr bewegen lassen, sich keine weitere Blöße geben. Deutlich spürte sie Größ' Verunsicherung und tatsächlich begann er sogleich, von dem großen Unglück zu erzählen, das sie ereilt hatte; er redete und redete und füllte damit die Spanne, die sie brauchte, um sich in das Schweigen Martins hineinzulauschen, zugleich seinen Blick vermeidend, den sie auf sich spürte und der nun Kontakt mit ihr suchte, ihn aber nicht haben sollte, nicht so leicht, nicht jetzt und für ein paar Heller Mitleid.

»Hören Sie auf, Größ!« Sie legte dem Lehrer freundlich, aber bestimmt die Hand auf den Arm, und er verstummte, sichtlich überrascht von ihrer Autorität und wohl auch von der Berührung. »Wären Sie so nett, mir meine Handtasche zu holen?« Das hatte sie sehr freundlich gesagt, und Größ eilte sofort zurück ins Klassenzimmer, um ihren Wunsch zu erfüllen. Als er fort war, blickte sie Held geradewegs an.

»Was haben Sie vor? Dieses Kind ist das Opfer eines Verbrechens geworden. Werden Sie die Ermittlungen aufnehmen oder nicht?« Messerscharf war das gekommen und das war auch der einzige Ton, den sie in dieser Lage für angebracht hielt. Trotzig hielt sie seinem Blick stand, der ihr nun, da Größ im Nebenzimmer war, unverhohlen Milde, ja Freundlichkeit zeigte. Sie wusste, sie war blass und sah sicherlich angegriffen aus und das mochte einen solchen Blick gerade noch rechtfertigen, aber von diesem Mann wollte sie ihn nicht. Ihre Wut nahm zu, und endlich blickte er zur Seite und räusperte sich verlegen.

Größ kam zurück und überreichte ihr ihre kleine Samttasche. Sie bedankte sich, stützte sich leicht auf dessen Unterarm und nestelte mit einer Hand ihr Taschentuch heraus. Auch Helds jungenhaft-schüchterner Kollege hatte ihr mit rotem Kopf ein Taschentuch reichen wollen. Nun aber hing sein Arm hilflos in der Luft. Mit verlegenem Gesicht steckte er es wieder fort, als sie abwinkte. Dann trat er sofort wieder einen Schritt zurück.

»Sie machen hier eine besondere Art des Unterrichts, nicht wahr?« Martin mochte sie angesprochen haben oder auch Größ oder sie beide. Auf jeden Fall gab er sich Mühe, ihrer Frage auszuweichen. Zum wiederholten Male sprang Größ in die Bresche: »O ja, wir unterrichten an den Sonntagen probehalber nach neuen Methoden. Das ist eine Idee von Fräulein Bernhardt gewesen, und Herr Hagedorn unterstützt uns darin.«

Amalia wusste, dass Martin sofort klar war, was hier lief. Größ tat nur mit, weil er weder ihr noch Hagedorn etwas abschlagen konnte; aus unterschiedlichen Gründen. Aber das ironische Lächeln, das sie erwartet hätte, blieb aus, und Martin fragte bloß sehr sachlich und konzentriert nach. Größ antwortete dem Polizeioffizier wie im Examen. Selbsttätigkeit der Kinder, Lernen mit Geist, Herz und Hand und so weiter. Der Lehrer spulte die Dinge ab, die sie ihm tagtäglich vorbetete und für die er schon zu alt war, die er nie begreifen würde. Nur ihr zuliebe ließ er diese Dinge einen Tag in der Woche zu, an dem sie dann alle seine Unterlassungen der Woche ausglich, mit Leichtigkeit ausglich! Aber gut, wenn er das inzwischen als seine Ideen verkaufte, um den Kommissar zu beeindrucken, umso besser. Immerhin konnte er reden, bemerkte sie überrascht. Und so alt war er gar nicht, verglichen mit Martin.

Dann spürte sie Martins Blick und sie sah deutlich, wie von einem Blitz erhellt, dass er ihre Gedanken gelesen hatte, kaum dass sie ihr durch den Kopf geschossen waren. Und er zeigte ihr in diesem einen Moment des Blickkontakts auch, was ihm gerade durch den Kopf ging, indem er den Lachfältchen in seinen Augenwinkeln, für den Bruchteil einer Sekunde und gerade noch für sie erkennbar, Ausgang gab. Verflucht noch mal. Würde sie ihm auch nur einmal, bloß ein einziges Mal, voraus sein? Sie straffte sich. Aber auch von seiner Seite war der verräterische Moment der Vertraulichkeit schon wieder beendet, so schnell, dass sie sich nun schon nicht einmal mehr sicher war, ob sie sich das nicht bloß eingebildet hatte. Jetzt schien Martin sie lediglich kühl zu mustern, und Amalia funkelte ihn wütend an: »Gehen wir jetzt endlich?«

»Wohin?« Größ hatte über seinem Vortrag offensichtlich den Gesprächsanlass vergessen. Auch Helds blonder Kollege war abgelenkt und sah nun fragend zwischen Amalia und Größ hin und her.

»In das Zimmer, aus dessen Fenster Konrad gestürzt worden ist natürlich.«

Größ sah Martin verlegen an, und nun begriff sie, dass auch der Lehrer sie nicht ernst nahm. Warum hatte er dann bisher immer so getan, als glaubte er ihr? Sie löste sich brüsk von seinem Arm. Vielleicht hätte sie ihm doch nichts von ihrem Verdacht mitteilen sollen. Kroll mochte mit seiner angedeuteten Warnung ja recht haben, und er war der Mörder. Nun brauchte sie ihr Taschentuch wirklich, um sich damit die Stirn abzutupfen. Dann steckte sie es fort und hob den Blick.

»Gehen wir!«

»Ja, gehen wir hoch!«, bestätigte Größ.

Seine Zustimmung überraschte sie, aber weil es das war, was sie hatte hören wollen, machte sie auf dem Absatz kehrt und stapfte los, klackernd auf ihren kleinen Absätzen den hallenden Steinboden entlang.

Martin folgte ihr und sie führte ihn zur Hausmeisterwohnung, während sie sich von dem Gedanken abzulenken versuchte, wie die beiden Polizisten hinter ihrem Rücken einander wohl ansehen würden. Aber oben würde er schon sehen, dass sie nicht verrückt war, er würde schon sehen! Entschlossen ging sie voran, ohne sich weiter um die Männer in ihrem Windschatten zu scheren.

×××

Harald Größ ging neben dem Offizier her und beobachtete ihn aus den Augenwinkeln. Herr Held wirkte besorgt. Ob es an den Begleitumständen des zu lösenden Falles lag oder an der Grobheit, mit der Fräulein Amalia ihn behandelt hatte, wusste Harald nicht zu sagen. Er hatte Amalia die Anspannung schon am Rücken angesehen, als er mit dem Offizier den Unterrichtsraum betreten hatte, so wie er stets jede ihre Stimmungen erkannte, vielleicht bevor sie selbst sie bemerkte. Zunächst hatte er vermutet, ihre Anspannung rühre von diesem toten Konrad her. Mein Gott, was soll's, ein schwieriger Bengel weniger. Aber da hatte noch etwas anderes in der Luft gelegen, als sie sich unterhalten hatten, ungreifbar, aber unabweisbar wie ein Wechsel des Luftdrucks. Ob er ihre Gedanken unzutreffend wiedergegeben, sie verärgert hatte? Sie nahm das so ernst!

Lehrer zu sein war eine Plage. Diese Brotarbeit hielt ihn bloß von seiner Forschung ab. Er kannte ja diese Stimmungen, die Frauen manchmal hatten. Mit seiner Frau hatte er gelernt, das auszusitzen, aber dass sie, seine wunderbare Amalia, ebenfalls solche Anwandlungen zeigte, war ihm neu. Es musste an diesem düsteren Kommissar liegen, der da eilig neben ihm her schritt, wie er bemüht, mit ihr Schritt zu halten. Nein, nein, er hatte nichts falsch gemacht. Der Polizist war es, der ihren Frieden gestört hatte. Harald Größ entwickelte auf einmal einen ernsten Groll gegen diesen Kerl in seiner eleganten Uniform. Aber auf der anderen Seite wollte sie ja, dass er hier ermittelte. Sie war grob zu ihnen beiden gewesen. Harald sah jedenfalls keinen Grund dafür, sich mit dem Kerl übertrieben freundschaftlich zu stellen, auch wenn er sich weiter anbiederte.

Dass Amalia sie zur Hausmeisterwohnung führte, ärgerte ihn. Schöpf, der fehlte ihm jetzt gerade noch. Auch mit diesem Offizier musste man vorsichtig sein. Er hatte größere Macht als man selber, zumindest außerhalb der Mauern des Georgenhauses. Also sollte er die Ermittlungen schnell zu Ende bringen und seine und Amalias Kreise nicht weiter stören, ihre Sonntage, fern von der zänkischen Alten daheim, fern von den drei Kindern und dem vierten, das nun auch schon unterwegs war, als könne er das Geld drucken. Er glaubte sowieso nicht, dass es seine Kinder waren, so dumm und hässlich waren sie.

Amalia zog an der Klingelschnur und Harald Größ verfolgte düster, wie sie sich die Schlüssel aushändigen ließ. Niemand hatte ihn gebeten, ihnen zu folgen, und sie und der Polizist hatten auch dieses Mal nicht auf ihn gewartet. Jetzt grinste Schöpf ihm auch noch frech hinterher, oder bildete es sich das ein? Er konnte sie nicht allein miteinander lassen. Eilig folgte er den beiden, die Kopf an Kopf die letzten Treppenstufen zur Zwischentür, die in die oberste Etage führte, hinaufstapften. Dabei stieß der Offizier sich mit seinem Stock ab und Größ sah, wie er vor der Tür stehend die Schlüssel von Amalia verlangte. Widerstrebend händigte sie ihm diese aus, und er schob sie mit einer behutsamen Bewegung von der Tür fort. Größ schloss zu ihnen auf.

»Und? Schon etwas entdeckt?« Sein Kontaktversuch prallte ab. Amalia sah ihn nicht einmal an, und der Polizist sortierte in großer Ruhe die Schlüssel und inspizierte dann das Schloss und dessen Umgebung. Dabei grummelte er leise vor sich hin und schien sie beide vollkommen vergessen zu haben. Größ seufzte tief. Hier oben war es ziemlich warm, dafür dass es gerade einmal Ende Mai war. Von dem zügigen Aufstieg war er regelrecht feucht am Rücken.

Interessiert beobachtete er den Offizier, der das Schloss und die Fläche drum herum betastete. Dann öffnete Held die Tür und lauschte mit schräg gelegtem Kopf dem Klang des sich drehenden Schlüssels. Es knirschte und quietschte wie bei einer selten benutzten Tür. Amalia stellte sich jetzt hinten an, ließ aber den Kommissar keinen Augenblick aus den Augen. Größ fühlte sich völlig abgemeldet. Wegen eines blöden Waisenkindes, dachte er, bloß wegen so eines räudigen Balgs ein solches Theater. Aber er hatte begriffen, dass es Amalia mehr als Ernst damit war, also hütete er seine Zunge.

Oben war es der Polizeichef, der als Erster den Raum betrat. Der lange Blonde, den er dabei hatte, bezog Posten vor der Tür und zog seinen Tabakbeutel aus der Tasche. Gespannt schob sich Harald Größ mit in den Türrahmen hinein und sah der kleinen Amalia über die Schulter, um nicht zu verpassen, was der Kommissar da tun würde, doch er wurde enttäuscht. Der Offizier stand einfach in der Mitte des Raums und sah um sich. Dann zog er doch tatsächlich einen Apfel aus den Tiefen seiner Gehrocktaschen und drehte sich kurz zu ihnen um. Unschuldig hob er die Schultern und sagte: »Ich hatte noch keine Zeit zu Mittag zu essen, verstehen Sie. Man kommt zu gar nichts, nicht wahr?« Damit biss er in den Apfel und kaute genüsslich, während er sich, leicht zurückgelehnt, im Kreis drehte und den Raum ohne weitere Aktivität auf sich wirken zu lassen schien. Größ langweilte sich schnell und sah selbst im Raum umher. Nichts Besonderes, sah aus wie immer. Ein kahler Raum, darin der hohe, alte Kleiderschrank, in dem der Hausmeister seine Farben, Fensterkitt und derlei Dinge aufbewahren mochte, darauf die Fahnenstangen, sonst nichts, nur dass Schöpf noch mal gründlich gewischt zu haben schien. Das einzig Aufregende hier war Fräulein Bernhardt, die offensichtlich vor Wut kochte.

»Was soll das, Herr Held?«, brach es plötzlich aus ihr heraus. »Haben Sie denn kein bisschen Pietät im Leibe?« Es schien ihr zu heiß zu sein, der Schweiß stand ihr auf der Stirn und darum schritt sie zum Fenster hinüber und öffnete die Klinke und den unteren Riegel.

Der Polizist kaute weiter seinen Apfel und schien unbeeindruckt. Größ grinste, merkte aber sofort, dass sie ihn Hilfe suchend und auch verärgert ansah. Er eilte sogleich herbei und griff sich eine der Fahnenstangen, die für Feiertage auf dem Schrank in der hinteren Zimmerecke lagen, und schob den oberen Riegel damit auf. Dann stand er mit Amalia im offenen Fenster und holte tief Luft. Wunderbar. Der verfrühte Sommer spannte einen strahlend blauen Himmel über Leipzig, und man hatte einen wunderschönen Blick über die Altstadt. Der Turm der Universitätskirche links, dann St. Nikolai gerade voraus, die vielen kleineren und größeren Türmchen der Bürgerhäuser, die aus dem Gassengewirr von Innenstadt und Rahnschem Viertel herausragten und weit am Horizont die Pleißenburg. Glücklich sah er Amalia an, die zum Greifen nah neben ihm stand und heftig atmend in die Tiefe sah. Harald zog sich zurück und lehnte die Stange neben dem Fenster an die Wand. Kurz darauf schalt er sich einen Dummkopf, denn der elendige Polizist stellte sich nun neben Amalia, genauso nah wie er eben, und warf mit einer lässigen Bewegung den Apfelrest aus dem Fenster. Aber anstatt wegzugehen, blieb sie neben ihm stehen, lehnte sich selbstvergessen an ihn und sah mit ihm dem Apfel hinterher. Sie wirkten auf ihn wie ein Paar, das von einer Brücke herab blickte. Jetzt sahen sie einander auch noch lange schweigend an und sahen wieder gemeinsam hinaus. Harald hatte genug. »Reicht es jetzt? Die Kinder werden über Tisch und Bänke gehen, wenn wir noch länger fortbleiben«, sagte er laut in das tiefe Schweigen hinein.

Sie drehten sich wie in Trance zu ihm um. Amalia erwachte als Erste aus ihrer Erstarrung. »Ja, ja, Herr Größ, ist gut, wir können gehen.« Sie hatte gestottert und war blass, schlug das Fenster zu und versuchte erfolglos, nach der Fahnenstange auf dem Schrank zum Verschießen des Riegels zu langen. Aber der Polizist hob seinen Spazierstock, verriegelte damit das Fenster und schob sie mit erhobenem Arm vor sich her aus dem Raum.

»Ach, eh ich's vergesse, Herr Größ!«

Harald blickte den Polizisten überrascht an. »Ja, bitte?«

»Wo waren Sie eigentlich heute Nacht zwischen Mitternacht und sechs Uhr früh?«

Harald war völlig irritiert, sein Nacken verspannte sich. Gereizt blickte er den Polizisten an und verzögerte die Antwort. Was wollte der Mann von ihm?

»Ich muss Sie das fragen, ich frage das jeden hier.« Der Offizier zuckte die Achseln und leckte etwas linkisch seinen Bleistift an, während er mit der Linken etwas in den Taschen seines Gehrocks suchte.

»Ich war natürlich im Bett, meine Frau kann Ihnen das bestätigen.« Bei der Erwähnung seiner Frau überfiel ihn eine kurze Welle der Verärgerung. Wie immer, wenn er sie in Fräulein Bernhardts Gegenwart erwähnen musste, wurde ihm schmerzhaft bewusst, dass er nicht frei war.

»Ja, natürlich; das habe ich nicht anders erwartet.« Der Offizier kritzelte etwas in seinen Block, den er endlich herausgekramt hatte. Größ schnaubte und drehte ihm und Amalia brüsk den Rücken zu. Ohne ein weiteres Wort verließen sie das Zimmer und gingen hinab. Der eigenartige Moment der Intimität zwischen Amalia und dem Offizier schien vorbei zu sein; beide schienen sogar bewusst Abstand voneinander zu halten.

Harald beschränkte sich aufs Beobachten, während er mit dem Begleiter Helds den seltsamen Turteltäubchen die Treppen hinab folgte. So sollte sie mit ihm umgehen, nicht mit diesem wildfremden Mann! Aber sosehr er sich auch seit Monaten um sie bemühte, die Distanz zwischen ihnen wollte sich nicht verringern, genauso wenig, wie seine Alte davon lassen konnte, ihm Nacht für Nacht auf den Pelz zu rücken. Die Lust auf Konversation war ihm vergangen.

Schöpf hatte sie wohl erwartet, denn auf Helds Klopfen hin öffnete er sofort die Tür. »Und? Was gefunden?«, fragte er aufgeregt und forderte von dem Polizisten mit offener Hand die Schlüssel zurück.

»Nein, Herr Schöpf. Aber sehen Sie sich in Zukunft vor, dass Sie die Tür zu halten, verdammt!« Held händigte dem Hausmeister das Bund Schlüssel aus und wandte sich von ihm ab. Harald verstand nicht, was er meinte. Die Tür war doch zu gewesen, als die Polizei heute morgen hier war. Aber der Hausmeister schien zu verstehen und blickte schuldbewusst zu Boden.

»Ich habe gestern Nachmittag die Tauben im Dachboden gescheucht, bevor sie da oben wieder anfangen, ihre Nester zu bauen. Sie finden doch immer wieder einen Weg herein; es ist so ein großes

Haus, wissen Sie. Da muss ich vergessen haben, hinter mir zuzusperren.« Er zuckte entschuldigend mit den Schultern.

Taubenzecken! Harald Größ wusste Bescheid. Ein Riesenproblem.

Der Polizist ließ nicht locker. »Aber so ist der Kleine da raufgekommen, und dann ist er aus dem Fenster gestürzt! Das ist die einzige Möglichkeit« Held blickte streng. »Und Sie haben, um Ihr Versäumnis zu kaschieren, zugesperrt, bevor mein Kollege heute früh hier geläutet hat, stimmt's?«

Der Hausmeister ließ den Kopf hängen und schwieg. Auch Amalia sprach kein Wort. Sie sah zu Boden.

»Passen Sie gefälligst in Zukunft besser auf, Mann!« Held machte eine Pause, dann wandte er sich an Harald. »Grüßen Sie Herrn Hagedorn, und erinnern Sie ihn daran, dass ich gerne noch mal mit Ihrem Herrn Niedlich …«

»Unserem Arzt?«

Der Polizist lächelte ihn an. »Genau, dass ich mit Ihrem Hausarzt ein paar Worte wechseln möchte. Vielleicht hat er ja doch noch etwas beizusteuern. Er soll morgen bei mir auf der Wache vorbeikommen.« Held tippte sich an den Hut und verabschiedete sich mit einer knappen Verbeugung.

»Ich bringe Sie noch hinaus«, sagte Amalia, und ehe Harald Größ sich dranhängen konnte, gingen sie, immerhin mit reichlich Abstand voneinander, in Richtung Ausgang. Der blonde Lehrling tappelte hinter ihnen drein.

»Und, war's das jetzt?«, fragte Schöpf betreten.

»Sie Vollidiot, für Sie fängt es gerade erst an!«, blaffte Harald, der hörte, wie in Schöpfs Wohnung jemand leise eine Tür zuzog. Er lächelte böse. Schöpf verstand und ließ den Kopf hängen. Harald wandte sich um und ging mit durchgedrücktem Kreuz davon. Das hatte mal gutgetan.

×××

»Wie geht es Jakob?« Sie standen an der großen Pforte des Georgenhauses, und Martin hatte ihr diese Frage gestellt, nur um überhaupt irgendetwas zu sagen und den Moment zu verlängern, den sie gemeinsam dort standen, denn sie hatte nicht sofort kehrtgemacht. Hanschmann hatte er vorausgeschickt. Er brauchte ihn hier nicht. Martin fühlte sich mit Amalia wie in einen Schwebezustand gebannt, mit dem einen Fuß noch in ihrer Welt und mit dem anderen draußen in der seinen. Jakob war der schwerkranke Sohn der Koopmanns, bei denen Amalia arbeitete, seit Martin sie herausgeworfen hatte. Jakob war infolge schwerster Schädel- und Hirnverletzungen seit seiner Jugendzeit rund um die Uhr auf Pflege angewiesen. Nach einem langen Schweigen, während dem sie von der obersten Stufe aus gemeinsam auf den Apfelgriebs schauten, den Martin aus dem Fenster geworfen hatte und der nun vor ihnen auf dem Pflaster lag, antwortete sie: »Er lehrt mich das Leben.«

»Wie bitte?«

»Wissen Sie, wir sitzen am Freitag Nachmittag immer im Badezimmer und streicheln zusammen den Karpfen.«

»Den Karpfen?« Martin konnte ihren Gedankensprüngen nicht folgen. Sie streifte ihn mit einem Seitenblick und starrte dann weiter auf die dunkle Stelle auf dem Vorplatz.

»Frau Koopmann kauft jeden Freitag auf dem Markt einen lebenden Karpfen. Wenn sie vom Markt kommt, setzt sie ihn, ehe sie ihn für das Abendessen schlachtet, in die Wanne. Und dann sitzen wir zwei zusammen dort und streicheln ihn.« Noch immer sah sie an Martin vorbei.

»Merkt Jakob denn nicht …?« Martin brach ab und biss sich auf die Lippe. Falsche Frage! Würde er im Umgang mit ihr je den richtigen Ton treffen? Zum Teufel auch!

»Vielleicht«, erwiderte sie tonlos nach einer kurzen Pause.

»Was bringt er Ihnen bei? Über das Leben, meine ich.« Martin suchte ihren Blick.

»Das weiß ich noch nicht. Aber wie geht es eigentlich Ihnen, Herr Held?«

»Mir?« Martin war vollkommen überrumpelt. Er fühlte, dass er sich überhaupt nicht spürte, darum stürzte ihre Frage ihn in tiefe Unsicherheit.

»Nicht wahr?«, sagte sie. »Sie sind wütend, rasend wütend!« Martin sah auf die weißen Knöchel seiner Hand, die den Schwanenkopf aus Elfenbein umklammerten, und es hätte nicht viel gefehlt und er hätte sich genau dort, wo er stand, auf der Treppe des Georgenhauses, auf seinen Hintern gesetzt. Er blickte auf ihre Schuhe und atmete tief aus. Sie hatte natürlich recht, er war unglaublich wütend, weil das Opfer ein Kind war. Es konnte nichts Schlimmeres geben, als ein Kind zu töten, und er war wütend. Klar. Aber warum musste sie ihm das erst sagen? Warum hatte er das nicht selbst gemerkt? Stattdessen bloß diese Taubheit im Kopf. Da hatte man sich ein Jahr oder länger nicht gesehen und mit einem der ersten Sätze warf sie ihn zu Boden. Aber er kam nicht dazu zu antworten, und das wäre wohl auch unnötig gewesen. Als er aufblickte, hatte sie sich schon von ihm abgewandt und war die Stufen wieder hinaufgeschritten.

›Seien Sie vorsichtig!‹, wollte er noch sagen, aber da war sie schon hinter der schweren Tür verschwunden. Martin seufzte. Auf einmal spürte er, wie heiß es geworden war, und er fühlte in höchster Klarheit, wie sich ein Schweißtropfen seinen Rücken hinabtastete.

Entschlossen schritt er die Stufen zur Straße hinunter und bückte sich nach seinem Apfelgriebs. Der lag in höchstens acht Fuß Abstand zur Wand des Gebäudes. Er würde noch einmal nachlesen, aber seine Erinnerung müsste ihn schon sehr täuschen, wenn auf der Fundortskizze nicht geheißen hätte: »Dreißig Fuß Abstand zur Wand.« Das hatte dort ganz sicher gestanden, in Krolls krakeliger Schrift – und dieser täuschte sich nie, wenn es um Zahlen und Fakten ging. Am Tatort war er im Moment Martins bester Mann. Kroll konnte zwar nicht besonders gut zeichnen, aber er konnte immerhin schreiben. Und der eifrige Hanschmann maß stets alles nach. Ab jetzt mussten sie also tatsächlich nicht mehr vom Fundort, sondern von einem Tatort ausgehen. Er würde in dieser wohltätigen Institution keinen Stein auf dem anderen lassen, darauf konnte Hagedorn sich verlassen.

Hoffentlich war Amalia vorsichtig. Sie hatte ihn oben mit großen Augen angesehen, und für einen Augenblick hatten sie ihren Hader vergessen. Sie konnte eins und eins genauso gut zusammenzählen wie er, das war ihm klar. Ein Kind, das aus dem Fenster sprang, brauchte einen ziemlich langen Anlauf, um in diesem Abstand zum Gebäude aufzuschlagen – oder jemanden, der es mit großer Kraft beschleunigte, also hinauswarf. Das Übersteigen des Simses hätte die Anlaufbeschleunigung gleich wieder gebremst, damit schied diese Version aus. Martin brauchte keinen Tatortbefund, um das Offensichtliche zu erkennen: Der Apfelgriebs hatte weit weg von dem Blutfleck dort vor ihm gelegen, den die Schritte der Passanten noch nicht hatten auslöschen können, und viel zu nah am Gebäude. Es handelte sich um Mord.

Eine Woge der Wut überschwemmte ihn und es kostete ihn Mühe, sich diese auf offener Straße nicht allzu sehr anmerken zu lassen. Im Grunde genommen hatte er es von Anfang an gespürt, es bloß nicht wahrhaben wollen. Verdammt!

Martin warf den Apfelgriebs ein zweites Mal fort. Er hatte seine Schuldigkeit getan. Der Blick empor ließ ihn schaudern. Wer brachte es über sich, ein Kind aus dem Fenster zu schleudern? Nun, Martin, sagte er sich, jemand, der einen guten Grund dafür hat, stark genug ist und zu dieser Zeit dort oben sein konnte. Im Grunde ganz einfach, und doch zum jetzigen Zeitpunkt ungreifbar für ihn.

»Was hat der kleine Bengel euch bloß getan?«, fragte er in Richtung des Gebäudes, aber der steinerne Ritter, der über dem Eingang auf seinem Pferd die Lanze auf ihn eingelegt hatte, schwieg grimmig. »So kommst du nicht davon, glaube das bloß nicht«, beschimpfte ihn Martin mit finsterem Blick. Dann wandte er sich um und ging. Kurz vor drei betrat er, mit Wut im Herzen, die Wache.

×××

Die Wärme des Tages war noch nicht in Martins Büro gedrungen; das dicke Gemäuer des Gebäudes hielt sie ab. Unruhig ging er im Büro auf und ab, hielt nur gelegentlich am Schreibtisch inne und blickte zum hundertsten Mal auf die Tatortskizze. Seine Erinnerung hatte sich als richtig erwiesen, und daher hatte er alle Kollegen, die er brauchte, zu einer Besprechung einbestellt und Paul mit ein paar eilends hingeworfenen Briefen losgeschickt. Einer war an Karl Koopmann gerichtet und enthielt die Bitte, er möge Amalia für einige Tage vom Waisenhaus fernhalten. Martin machte sich ernsthafte Sorgen um ihre Sicherheit. Ein anderer ging an Professor Theodor Fechner, den er um eine Unterredung gebeten hatte.

Unruhig sah Martin auf seine Taschenuhr. Er hatte vor, heute Abend noch eine von diesen Arbeiterversammlungen zu besuchen. Nicht, dass man ihn eingeladen hätte. Ganz im Gegenteil. Er schnaubte angewidert bei dem Gedanken an die schöne Zeit, die er dort vergeuden würde. Aber es gärte in der Leipziger Arbeiterschaft, und er musste auf dem Laufenden bleiben. Sein schäbigster abgetragener Anzug hing schon für diese Gelegenheit bereit.

Draußen im Vorraum rumorte es, aber er hatte den diensthabenden Kollegen aufgetragen, Portzinger und Wrangel das Tagesgeschäft für eine Weile allein erledigen zu lassen. So ging nun dauernd die Tür, und einer nach dem anderen trudelten sie in Martins Büro ein. Der alte Schuster stellte sich mit dem Rücken zu ihnen ans Fenster, wortkarg wie immer an seiner erloschenen Pfeife kauend, Freytag und Koslic hatten sich, halb im Spaß, halb im Ernst, tuschelnd über irgendetwas in den Haaren. Hanschmann stand stumm in der Ecke und mied den Kontakt zu den Kollegen. Martin hatte ihn im Verdacht, Liebeskummer zu haben. Er machte einen in sich gekehrten und nachdenklichen Eindruck. Aber an ihrer gemeinsamen Tatortbesichtigung konnte es doch nicht liegen, oder? Sie hatten sich nicht darüber unterhalten. Ach was, der lange blonde Kerl war einfach übernächtigt, die tiefen Augenringe sprachen Bände. Kroll kam zum Schluss. Er hatte wohl etwas gerochen oder sein schlechtes Gewissen hatte ihn nicht zu Hause ruhen lassen. Damit war Martins Ermittlungsgruppe vollständig.

»Männer!«, eröffnete Martin das Gespräch. »Ruhe bitte!«

Kroll zog sich leise einen Stuhl heran und setzte sich kerzengerade hin.

»Es ist doch ein Mord!«

Alle hielten die Luft an.

»Wie bitte?«, fragte Kroll und gab damit der allgemeinen Überraschung Ausdruck.

»Ich sagte, wir haben es doch mit einem Mord zu tun«, wiederholte Martin und setzte sich hinter den Schreibtisch. Alle außer Hanschmann, der befriedigt nickte, starrten ihn mit ungläubigen Mienen an.

»Erstens: Der Fenstersturz ist nicht ohne fremde Einwirkung möglich gewesen. Ich habe mir die Sache angesehen. Dieses Kind – Konrad«, präzisierte er, »konnte niemals aus dem Stand vom Fensterbrett einen Sprung von dreißig Fuß Weite hinlegen. Nicht einmal einer von Ihnen könnte das. Zweitens: Ich habe das Mittel gefunden, um den Riegel zu öffnen. Eine Fahnenstange. Aber …«

»Na ja, dann hätte Konrad das Fenster doch selbst öffnen können!«, unterbrach ihn Bernd Freytag. Er hatte offenbar die Akte gelesen.

»Hätte er nicht. Die Stange lag auf einem Schrank. Außerhalb seiner Reichweite. Es musste schon jemand deutlich über fünf Fuß Größe daherkommen, um sie überhaupt da oben zu entdecken.«

»Ach so.«

»Ja, genau.« Martin sah Freytag an. »Und diese zwei Indizien reichen mir vollkommen aus, um von nun an davon auszugehen, dass hier ein kräftiger Erwachsener nachgeholfen haben muss. Oder halten Sie etwas anderes für denkbar?«

Niemand widersprach ihm, und unter einigem Geraune und Kopfschütteln kehrte langsam wieder Ruhe unter den Kollegen ein.

»Aber wieso bringt jemand ein Kind um?« Koslic hob die breiten Schultern und blickte zweifelnd in die Runde.

»Und wer hatte Zutritt zu den Räumen und war zu der Zeit überhaupt im Haus?«, ergänzte Freytag, der sich als Erster wieder gefasst hatte.

Martin nickte anerkennend. »Genau! Motiv und Gelegenheit. Männer, ich habe das Gefühl, im Sankt Georgen geht so Einiges nicht mit rechten Dingen zu.«

Sie sahen ihn mit großen Augen an, aber er sprach nicht weiter. Eigentlich hätte er sagen wollen, dass Sankt Georgen stinke wie ein toter Hammel, egal von welcher Seite man hineinsticht. Aber er wollte sie nicht noch mehr aufscheuchen. Stattdessen trug er vor, was er bisher herausgefunden hatte. Gespannt hörten ihm die Kollegen zu. Es lag auf der Hand, dass Größ und Niedlich ohne Hagedorn stellungslos wären. Zusätzlich war zumindest Größ von dem Direktor und seinen Beziehungen zu seinem Doktorvater Fechner abhängig. Fechner würde, aufgrund seiner Erkrankung, Größ kaum selbst betreuen.

Die Kollegen nickten, vor allen anderen Kroll, sichtlich überrascht und unter leisem Kopfwiegen. Martin fuhr fort. Er vermutete Ähnliches in Bezug auf den halb fertigen Arzt, diesen Niedlich. Auffallend war auch, dass Schöpf für einen Hausmeister unglaubliche Freiheiten genoss und dass Hagedorn selbst sich wenig interessierte für die Zustände in seinem Haus. Dieser Eindruck wurde verstärkt durch die Tatsache, dass er Aushilfen ohne besondere Qualifikationen beschäftigte, wie etwa Amalia. Hier sah er, wie Kroll zweifelnd die Augenbrauen hob, und biss sich fast noch auf die Lippen, aber er blieb auf Kurs. All das wäre sicherlich für den Direktor zeit- und kostensparend, und im Geiste fügte er für sich hinzu: und mochte möglicherweise sogar einiges an überschüssigem Betriebskapital in Hagedorns private Kassen spülen. ›Was wohl eine Finanzrevision ergeben würde?‹, fragte Martin sich im Stillen. Im Rathaus erfreute man sich wahrscheinlich unschuldig und ohne Interesse an Details über den günstigen Tarif, zu dem der Hausherr die Geschäfte führte. Hagedorn hatte ihm selbst zu erkennen gegeben, dass man ihn für seine Dienste nicht mit Geld überschütten mochte. Aber diese Gedanken behielt Martin für sich.

Die ganzen Alibis waren keinen Kreuzer wert. Schöpf hatte er nicht einmal mehr gefragt, weil ihm ja doch jeder erzählte, was er wollte, ohne dass er das ernsthaft überprüfen konnte. Martin merkte im Laufe seines Vortrags, dass die Kollegen Blut geleckt hatten, und sie wollten es jetzt, vorsichtig gesagt, genauer wissen. Vor allem natürlich, welcher dieser »braven« Menschen, die in dieser wohltätigen Institution arbeiteten, ein kleines Kind aus dem Dachfenster geschleudert hatte.

»Wo fangen wir an?«, fragte Schuster.

Martin war überrascht. Selten, dass Schuster von sich aus das Wort ergriff. Er nahm seine siebzig Jahre in der Regel zum Anlass, die anderen seine Verachtung spüren zu lassen und ansonsten der Arbeit weiträumig aus dem Weg zu gehen. Sollte er sich in ihm getäuscht haben?

»Genau, Chef: Was ist die große Linie?« Das war Hanschmann gewesen, endlich auch wieder für die Arbeit entflammt.

»Wir müssen unauffällig alles über die Mitarbeiter des Georgenhauses erfahren. Ich will unseren Mörder nicht aufschrecken. Wir tun so, als würden wir die Sache routinemäßig abwickeln und verlangen einen internen Bericht von Hagedorn, damit wir die Akte schließen können. Der Mann arbeitet nicht so gerne, also werden wir ein paar Tage abwarten und aus der Deckung heraus beobachten, was sich tut. Schuster, Sie kennen doch Hinz und Kunz im Rathaus und in der Universität.« Der Alte knurrte zustimmend.

»Dann gehen Sie los und bekommen Sie alles heraus, was es über Hagedorn, Niedlich und Größ zu erfahren gibt. Ich will wissen, was in ihren Führungszeugnissen steht, ob da mal irgendetwas gegen sie vorlag. Sie wissen schon, politische Hintergründe, Veruntreuungen meinetwegen, aber auch akademische Verdienste und so weiter. Alles, was Sie kriegen können. Klar?«

Schuster nickte. »Bestimmte Richtung, in der ich suchen soll?«

»Eigentlich nicht. Ich will wissen, woran sie vorher gearbeitet haben, warum die beiden jungen Männer mit ihren Studien nicht zu Ende kommen, was Hagedorn vorher beruflich gemacht hat, alles eben. Wir stochern im Nebel, bisher keine Festlegungen in irgendeine Richtung.«

»Geht in Ordnung.« Schuster grinste, er grinste ihn tatsächlich an. Das war eine Premiere. Martin konnte sich nicht erinnern, Schuster je lächeln gesehen zu haben.

»Na gut. Bernd, Leander, ihr bewacht im Schichtdienst das Haus. Aber ebenfalls unauffällig. Ich will nicht, dass ihr jemanden aufschreckt. Ich will bloß wissen, wer ein und aus geht. Nicht dass wir jemanden übersehen, der als Täter infrage kommt. Nehmt Paul mit, für den Fall, dass ihr jemanden besonders interessant findet. Er kann dann hinterhergehen und den Namen feststellen. Seine erste Doppelschicht. Hanschmännel löst euch und Paul morgen früh bis zum Mittag ab.«

Koslic nickte, seine Augen blitzten: »Geht klar, Chef. Wir machen das. Komm, du fauler Hund, es gibt Arbeit!« Er zog Bernd Freytag mit einem festen Griff hoch, und der kantete ihm zum Dank dafür einen völlig wirkungslosen Aufwärtshaken unter den Rippenbogen. »Halt still, du Feigling, ich hab dich gleich!«, schimpfte Bernd und dann standen sie beide an der Tür und salutierten zum Abschied.

»Wann sollen wir Bericht erstatten?«

»Morgen früh um acht reicht mir. Und aufpassen, klar?«

»Nü gloar, Chef!« Sie verließen das Büro. Hanschmann folgte ihnen.

Kroll und Schuster sahen ihn abwartend an.

»Was denken Sie?«, fragte Martin in die Runde und sortierte die Papiere auf seinem Tisch.

»Warum habe ich die Fahnenstangen nicht gesehen?«, fragte Kroll. Seine Stimme klang verzweifelt, und plötzlich tat er Martin leid: »Du hast sie wahrscheinlich sogar gesehen.«

Gottlieb sah ihn verwundert an. »Wie kommst du darauf?«

»Du warst unsicher, als ich dich fragte, ob etwas im Raum war, womit man den Riegel hätte öffnen können. Aber du hast ganz zu Recht nur nach Dingen gesucht, die in Reichweite eines Kindes waren. Und dann hast du den Gedanken an die Stangen wahrscheinlich gleich wieder weggeschoben, weil er im Gesamtzusammenhang keinen Sinn ergab. Es ist verdammt schwer, seine Wahrnehmungen nicht gleich zu bewerten.«

Gottlieb schüttelte den Kopf, als würde er an sich selbst zweifeln, was er ja auch stets tat, wie Martin wusste.

»Man muss eben mit Distanz sehen und ganz bewusst den Blickwinkel wechseln, gelegentlich«, ergänzte Martin vorsichtig.

»Ich gehe dann mal«, verkündete Schuster und ging grußlos hinaus.

»Und was mache ich?« Kroll wirkte deprimiert.

»Du verfasst ein Protokoll unserer Unterredung, soweit es den Fall betrifft, und dann gehst du nach Hause und schläfst dich endlich mal aus. Ich erteile dir hiermit Hausverbot bis morgen früh um acht! Und dann machst du dich an den Hausmeister heran. Ich will wissen, was läuft im Sankt Georgen. Mach ihn betrunken, mach, was du willst, aber sieh zu, dass du aus ihm etwas herauskriegst! Und schreibe die Besucherliste des Georgenhauses ab, sagen wir, für die letzten zehn Tage. Inklusive aller Einträge, während Leander und Bernd Wache schieben. Nicht dass Schöpf uns einen unterschlägt, du verstehst?«

Gottlieb Kroll nickte, und Martin stand auf und klopfte ihm erneut auf die Schulter.

»Aber hör mal, Martin. Es könnte doch auch sein, dass Schöpf die Stange auf den Schrank gelegt hat, als er oben war. Auch wieder, um die Spuren seiner Nachlässigkeit zu beseitigen. Die herumliegende Stange wäre ja in dem Zusammenhang etwas gewesen, das man ihm erneut als Nachlässigkeit hätte anlasten können.«

»Völlig richtig. Aber wie hätte der Junge so weit springen sollen, selbst wenn er den Riegel allein aufbekommen hätte? Abgesehen davon: Wenn Schöpf die Stange auf den Schrank gelegt hätte, wäre das für mich vor allem ein Hinweis darauf, dass er die Selbstmordtheorie nicht unterstützen wollte. Er hätte sie sonst ja eher offensichtlich direkt neben das Fenster stellen müssen. Das macht es für ihn doch eher schlimmer. Mit dem Hochlegen würde er die Mordtheorie geradezu erzwingen! Und dann geht der Ärger ja erst recht los, dann wimmelt's im Haus nämlich nur so vor Polizei, nicht wahr? Darauf wird er auch nicht so scharf sein. Na ja; leider ist das alles bloße Spekulation. Wir können nicht überprüfen, ob er die Stange in der Hand gehabt hat.«

Kroll rieb sich die rot unterlaufenen Augen und unterdrückte mühsam das Gähnen. »Gar nicht so einfach«, meinte er.

»Der Schöpf ist nicht raffiniert genug dafür, Spuren zu legen, denke ich«, antwortete Martin.

Kroll blickte ihn glasig an und nickte, und Martin merkte, dass Gottlieb ihm nicht mehr folgen konnte. Er schob ihn also zur Tür und verabschiedete ihn nach Hause.

Als Kroll endlich gegangen war, öffnete Martin das Fenster und setzte sich hinter seinen Schreibtisch. Von draußen klang das Vogelgezwitscher herein, und warme Luft strömte in den Raum. Martin lehnte sich zurück und schnitt eine Zigarre an. Er war wütend wegen des getöteten Kindes und verwirrt wegen Amalia, aber er fühlte sich vor allem vital, voller Tatendrang und Energie. Auf unbestimmte Art zufrieden strich er ein Zündholz an und lauschte dem lauten Prasseln, als es Feuer fing. Dann zog er die Schublade auf und holte seinen Text wieder hervor. Es war nun vier Uhr nachmittags, und er hatte noch etwa drei Stunden Zeit, ehe er in das Vorstadtlokal würde gehen müssen, um dem Volk zu lauschen. Martin sah so vieles in seinem Beruf, das er nicht öffentlich äußern konnte, ohne Gefahr zu laufen, sofort seinen Posten zu verlieren. Er wusste nicht, wie es ihm auf Dauer gelingen sollte, mit diesem Einblick in die Probleme seiner Stadt herumzulaufen und dabei politisch neutral zu bleiben. Zu schreiben hieß, sich unzensiert zu äußern, seinen Gedanken im Wortsinne freien Lauf zu lassen, und das erleichterte ihn ein wenig. Doch dieses Gefühl kippte oft nach einer Weile, noch während er schrieb. Seit seiner Kindheit hatte er sich gegen das Chaos gestemmt, und nun wusste er nicht mehr, ob er überhaupt noch in der Lage war zu kontrollieren, was das Schreiben mit ihm machte. Immer tiefer empfand er die Spaltung zwischen seinen Amtspflichten und seiner inneren Überzeugung. Konnte man auf Dauer die Ordnung, den Staat verkörpern und dann Sätze formulieren wie diesen?

Er überlas seinen Anfang vom gestrigen Abend: »Dem Rufe nach Pressefreiheit, der jetzt von einem Ende Deutschlands bis zum anderen ertönt, wird von denen, die diesen Ruf ein unberufenes Geschrei nennen, gewöhnlich entgegnet, dass das deutsche Volk für diese Freiheit, wie für viele andere, noch nicht reif sei. Niemandem fällt es ein, das allgemeine Verlangen nach einem ehrenvollen und gesetzlichen Zustand der Presse unbedingt zurückzuweisen. Vielmehr solle das deutsche Volk sich gedulden, wie es sich auch mit seinem Begehren nach einer geschriebenen Verfassung, die auch für unsere vielen Könige und Fürsten gelten soll, gedulden möge und es der Weisheit der Regierungen überlassen, die allein die rechte Zeit wüssten, wann sie die Erfüllung jener Versprechen von 1815 für zeitgemäß hielten. Nur, wie lange soll der sächsische Untertan denn noch schweigend Gesetzlosigkeit und Unfreiheit ertragen? Und womit soll er bloß das ihm abverlangte stetige Vertrauen zu seinem geliebten König nähren?«

Martin schüttelte nun selber den Kopf, als er dies bei Tageslicht las. Heute war er nicht in der Lage, weiter daran zu arbeiten. Seine euphorische Stimmung von gestern war verflogen. Und das nicht nur, weil er, wenn er mit diesem Text in der Tasche ertappt würde, die längste Zeit Polizist gewesen wäre. Was, so fragte er sich, sollte er dann tun? Er beherrschte nichts anderes als die Polizeiarbeit. Wo nur, wo lag die Lösung?

Ratlos blickte er den Rauchkringeln seiner Zigarre nach, die im Aschenbecher glimmte. Wie in manch einem Fall hatte er auch hier das Gefühl, die Antwort müsse direkt vor ihm liegen und er wäre nur zu verbohrt, um sie zu sehen. Er seufzte und streckte die Beine von sich. Was half es? Im Moment konnte er den Widerspruch nicht auflösen, der ihn gefangen hielt, und so lehnte er sich im Sessel zurück und schloss die Augen. Und wie so oft, wenn er nicht weiterwusste, fiel er auch jetzt augenblicklich in einen leichten, entspannenden Schlummer.

×××

Martin war sich nicht sicher, ob seine Tarnung funktionierte. Er hatte sich, zusätzlich zu seinem abgeschabten Anzug, noch Wrangels speckige Mütze ausgeliehen und sie tief ins Gesicht gezogen. Das volle schwarze Haar, das er für gewöhnlich zurückgekämmt trug, hing ihm nun wirr in die Stirn und den dichten Bart hatte er sich ebenfalls so zerwühlt, dass er sich seines Erachtens nicht mehr allzu sehr von den Gestalten um ihn herum unterschied. Irgendwo hier im Gewühl musste auch Hanschmann stecken, ebenfalls verkleidet, und Martin war sich sicher, dass er ihn nicht ohne Weiteres erkennen würde. Er grinste in sich hinein. Hanschmann war gut!

Er steckte mitten in einer Arbeiterversammlung in einem der neuen Lokale ohne Namen und Schanklizenz, die im expandierenden Druckereiviertel zwischen dem Grimmaischen Tor und dem Johannistal eröffnet hatten und in die man nur hineinkam, wenn man sich an der Tür mit dem richtigen Klopfzeichen bemerkbar machte. Als er mit einem Blick auf seine Taschenuhr feststellte, dass es tatsächlich schon acht Uhr war, bemerkte er auch sofort den misstrauischen Blick eines hageren alten Arbeiters, der auf seiner Hand mit dem schönen Stück ruhte. Schnell steckte er die Uhr fort und verfluchte sich innerlich für seine Dummheit. Der Blick des Mannes war jedoch ohne jede Gier gewesen, lediglich überrascht. Der Fremde musterte ihn genau und wusste wohl nicht so recht, was er von ihm halten sollte. Offen erwiderte Martin den Blick des Alten und grüßte ihn freundlich mit einem angedeuteten Kopfnicken. Der Mann schien verunsichert, wandte sich dann aber von ihm ab und der Bühne zu, denn dort hatte sich ein schwerer Mann aufgebaut, den alle mit Zurufen und lautem Pfeifen begrüßten. Er wedelte mit ausgebreiteten Armen auf und ab und versuchte, den anschwellenden Applaus zu dämpfen. Martin erkannte ihn sofort. Es war Karl Ludewig, ein stadtbekannter Arbeiterredner. Bald darauf hatte Ludewig die Veranstaltung eröffnet und den Zuhörern erklärt, dass es um die Arbeiterbildungsvereine in Sachsen gehen sollte – und um die Arbeiterbildung überhaupt. Martin wusste noch nicht, was er von dieser neuen Entwicklung halten sollte. Er wurde von den wogenden Menge nach vorne geschoben, hin zu einer improvisierten Bühne aus ein paar Tischen, die man übereinandergestapelt hatte und von der aus ein paar junge Burschen nun versuchten, die nach vorn stürmenden Menschen fernzuhalten, damit die wackelige Konstruktion nicht gleich mitsamt den darauf befindlichen Personen wieder in sich zusammenstürzte. Neben Ludewig bemerkte Martin noch einen ihm unbekannten kleinen und hageren Kerl – wohl ein auswärtiger Redner –, der konzentriert in die Menge sah und die Stimmung aufzunehmen schien; sitzend abwartete, wie der Dicke versuchte, ihn anzukündigen; aber was er rief, ging in dem allgemeinen Lärm der Bestellungen, dem Klirren der Bierkrüge, dem Gelächter und den Ausrufen der Kellnerinnen unter. Inmitten des Gedränges bemerkte Martin in seiner Nähe, dicht vor der Bühne, noch jemanden, der nicht so recht hierher zu passen schien. Ein junger Mann in Abendgarderobe, sogar mit einem Zylinder auf dem Kopf, wurde so wie er selbst hin und her geschoben, verstand sich aber offensichtlich ganz gut mit den Männern um ihn herum. Jedenfalls hörte Martin Scherzworte und plötzlich aufbrandendes Gelächter aus dessen Umkreis, das nicht aggressiv klang. In so einem Aufzug wäre er, Martin, hier niemals aufgekreuzt. Aber dann konzentrierte er sich wieder auf seine eigene Position; musste Acht geben, in dem Gewühl nicht umgeworfen zu werden, und verlor den jungen Mann aus den Augen.

Inzwischen hatte der Hauptredner sich erhoben und wurde ebenfalls mit großem Hallo begrüßt. Im Gegensatz zu seinem Vorgänger tat er nichts, um die Unruhe zu dämpfen, sondern stand nur da und wartete mit auf dem Rücken verschränkten Händen ruhig ab. Zu Martins Erstaunen half gerade dies. Neugierig auf die neue Attraktion mahnte der eine den anderen zur Aufmerksamkeit, und unter Zischen und wechselseitigem Beschwichtigen kam die Menge alsbald zur Ruhe.

Der Mann erhöhte die Spannung, indem er weiterhin schwieg, obwohl es schon längst mucksmäuschenstill geworden war. Er nahm lediglich die Hände nach vorn und stützte sich mit ihnen auf das improvisierte Rednerpult. ›Das Mittel des verzögerten Redebeginns‹, dachte Martin, ›muss ich mir für die Dienstberatungen merken. Mal sehen, ob er so gut reden wie schweigen kann.‹ Dann aber schien es Martin plötzlich, als würde der Mann gerade ihn ins Auge fassen und gerade ihn anschweigen; als wollte er sagen: Ich fange erst an, wenn auch du so weit bist. Martin starrte zurück, und unter dem brennenden Blick des Mannes wich seine Distanziertheit im Nu dem Gefühl, in der gespannten Aufmerksamkeit der Menge aufzugehen. und schließlich setzte auch Ludewig sich mit einer fast scheuen Geräuschlosigkeit hin und blickte zu dem Redner auf.

»Genossen, Genossinnen, Arbeiter und Arbeiterfrauen und auch die Herren von der Reaktion, die sich sicher ebenfalls unter uns gemischt haben!« Er hatte die Stimme erhoben und wedelte bei den letzten Worten drohend mit dem Zeigefinger zur Decke. »Ich begrüße Sie alle zu unserer Versammlung, die nicht das Ziel hat, Gesetz und Ordnung zu stören, die Ruhe des gesetzestreuen Bürgers zu vernichten oder dem öffentlichem Wohle Schaden zuzufügen.«

Seine ersten Sätze schon, vor allem die über die Spitzel im Publikum, hatten zu erneuter Unruhe geführt. Martin duckte sich vorsichtshalber, aber niemand kümmerte sich um ihn.

»Nein! Wir sind hier, um über das wahre Wesen der Gerechtigkeit und das wahre Wesen von Gesetz und Ordnung zu sprechen.«

Nicken und zustimmendes Murmeln umgaben Martin, und der alte Arbeiter, der ihn wegen seiner Uhr beäugt hatte, warf ihm nun einen verstohlenen Blick zu.

»Wie sehen sie aber aus, die Gerechtigkeit und die Ordnung unserer Zeit? Ihr Gesellen und Arbeiter werdet es wissen.« Die Stimme des Mannes wurde laut und erhob sich nun in einem Ton schneidender Anklage. »Der Ausführung unseres dringenden Wunsches, uns eine vernünftige Anschauung vom öffentlichen Leben zu machen, unsere Kenntnisse der Wissenschaft und des Rechts zu vertiefen, werden durch den Eigennutz unserer, angeblich so auf Gerechtigkeit bedachten Herren behindert, wo immer es geht.«

Zustimmendes Gemurmel.

»Diesen Damm des Widerstands zu durchbrechen und dann beiseite zu schaffen, muss unsere erste Aufgabe sein. Ich meine hier die Arbeitszeit, welche in Anbetracht unserer schweren Arbeit zu lang bemessen ist. Der Schlossergeselle nämlich muss von fünf Uhr früh bis abends sieben am Feuer, am Amboss oder Schraubstock stehen und tüchtig zugreifen. Während dieser nahezu vierzehn Stunden gönnt ihm sein Meister zum Frühstücken eine halbe Stunde und zehn Minuten zum Mittag, sodass ihm dadurch gleichsam ein Befehl zum Geschwindessen gegeben ist …« Der Mann schilderte den mühseligen Alltag der Arbeiter in den schillerndsten Farben, und je mehr er sich in Hitze redete, desto mehr ging das Publikum mit und unterstützte ihn mit lauten Zurufen. Er mochte ja recht haben, aber Martin sah mit wachsender Besorgnis, wie die Zuhörer sich zunehmend erregten und in Wut gerieten. Unauffällig versuchte er, in Richtung des Ausgangs zu gelangen, als er bemerkte, wie der alte Arbeiter mit ein paar jungen Männern auch schon begonnen hatte, ihm diesen Fluchtweg abzuschneiden.

»Hat der Schlossergeselle den Tag über am Feuer gestanden, sodass er halb gebraten wurde und am Amboss den gewichtigen Hammer geschwungen, sodass ihm Abends die Knochen im ganzen Leib brummen, so muss ihm von Rechts wegen auch ein vernünftiges Nachtlager zukommen.«

Martin drängte sich nun unter ersten Anwandlungen von Panik durch die Masse und bemerkte, dass diese ihn zunehmend als Fremdkörper wahrnahm; hier und da wurde er schon angerempelt. Mit der zunehmend wütiger werdenden Stimme des Redners schien sich auch die Gereiztheit der Menge gegen Martin zu verstärken. Er hatte nicht mitbekommen, wie der Mann da vorn die Kurve zum Thema Bildung bekommen hatte, aber er bemerkte, dass auch der junge Mann mit dem Zylinderhut in Richtung Ausgang strebte und sich zu ihm durchzukämpfen versuchte. Nun konnte er das Gesicht erkennen oder doch zumindest einen Teil davon, denn die linke Gesichtshälfte war von einem Verband umschlungen, als hätte der Bursche schweres Zahnweh und wollte sich mit einem Kräuterbeutel auf der Wange Linderung verschaffen. Martin unterdrückte ein anerkennendes Grinsen.

»Wir Arbeiter streben nach der für uns nötigen Bildung. Ist der Arbeiterstand erst so gebildet, wie es für ihn nötig ist, dann wird es nimmer möglich sein, dass der Kommunismus von demselben falsch verstanden wird. Dann wird die Angst der Besitzenden vor den Besitzlosen zu einer Lächerlichkeit!«

Martin hatte es inzwischen tatsächlich mit der Angst zu tun bekommen, die aber nicht von der Kommunistenfurcht herrührte, sondern vom Anblick der Fäuste des ersten seiner Verfolger, die nach ihm griffen. Wie durch zähen Schlamm bahnte er sich seinen Weg, zunehmend behindert durch Hände an seinen Ärmeln und Rockschößen. »Spitzelschwein!«, schrie plötzlich einer, und jetzt hatte Martin leider tatsächlich die volle Aufmerksamkeit der Umstehenden.

Der gut gekleidete junge Mann hatte sich inzwischen bis zu ihm durchgekämpft, und nun rangen sie gemeinsam darum, aus dem Lokal zu entkommen. Der Bursche schlug wie ein Berserker mit dem Stock auf die Köpfe der Umstehenden ein, und Martin blieb gar nichts anderes übrig, als es ihm gleichzutun. So zogen sie sich, Fortuna leidlich an ihrer Seite, Rücken an Rücken langsam in den Vorraum zurück, wo der andere die Tür hinter ihnen zudrückte und Martin, als hätten sie es abgesprochen, seinen Stock zwischen die Handgriffe der Wirtshaustüre schob, sodass diese zumindest für eine Weile blockiert sein würde und sie gemeinsam hinaus auf die enge Gasse kamen.

»Das war knapp!« Martin registrierte Hanschmanns blitzende Augen über einem buschigen falschen Schnauzer. Der Kerl grinste und schien richtig Spaß an der Situation zu haben, fast musste Martin mitlachen.

»Und jetzt?«

»Sie nach links und ich nach rechts. Und danke für den Beistand! Machen Sie's gut!« Und damit sah Martin zu, dass er davonkam, auch ohne Antwort, denn die Türsperre bog sich unter den Anläufen der Männer drinnen schon bedenklich.

Martin war froh, dass er nicht seinen feinen Gehstock mit dem Schwanenkopf aus Elfenbein mitgenommen hatte, sondern bloß einen geschnitzten Haselnussstecken auf der Flucht zurückließ. Eilig schritt er davon und sah im Umwenden auch seinen Kampfgenossen mit fliegenden Rockschößen Richtung Innenstadt verschwinden.

Nach einigen Minuten fühlte Martin sich in Sicherheit und mäßigte seinen Schritt. Er hielt sich im Schatten der Hauswände und gelangte bald im Schutz der einsetzenden Dunkelheit in seine Wohnung über der Schwanenapotheke. Oben angekommen warf er die Lumpen von sich und stellte fest, dass der Mantel am Ellenbogen eingerissen war. Jetzt, der Gefahr glücklich entronnen, konnte er schon über das Abenteuer lachen und sich an der Erinnerung erfreuen, wie sie sich zusammen da herausgehauen hatten. Schade, dass er nicht nur solche Kollegen hatte.

Zufrieden entkorkte er eine Flasche vom besten Roten, ließ sich in den Sessel im Salon gleiten und nahm sich etwas zu essen vor. Frau Backe hatte ihm ein paar Scheiben kalten Braten hingestellt und war zu Bett gegangen. Leicht angewidert zog Martin ein langes graues Haar aus dem Bratenfett. Egal, das konnte ihm die Laune jetzt auch nicht mehr verderben. Was war das für ein Spaß gewesen! Mal etwas anderes als diese elende Stubenhockerei über den Akten.

Er goss sich ein Glas ein und nahm sich, noch an seiner Bratenscheibe kauend, sein neuestes Buch vom Lesetisch. Schon nach wenigen Zeilen hatte der Reisebericht aus Nordamerika ihn völlig gefangen genommen. Er stammte von einem Franzosen, und Martin beneidete ihn schon nach wenigen Zeilen heftig um seine aufregenden Erlebnisse. Das würde er auch gerne einmal sehen, diesen weiß schäumenden Wassersturz der Niagarafälle, über dem sich die schillerndsten Regenbögen spannten. Aber er hing ja hier in dieser Stadt fest. Er hielt inne und klappte dann verwundert das Buch zu. Seit wann dachte er so negativ über sein Leben in Leipzig? Und wer sollte ihn daran hindern, von hier wegzugehen und all diese Dinge selbst zu sehen? Plötzlich missmutig geworden, legte er das Buch fort. Er brauchte keine Geschichten von Amerika, um sich besser zu fühlen. Er musste schreiben, und zwar über die schlecht geordneten Verhältnisse des Leipziger Waisenwesens. Das lag ihm doch näher als die Frage der Pressefreiheit. Genau. Schreiben würde er jetzt. Entschlossen stand er auf und ging an seinen Schreibtisch. Zuerst saß er einige Minuten mit der Feder in der Hand da und wusste nicht, wie er beginnen sollte. Dann aber tauchte er die Feder ins Tintenfass und schon nach wenigen Minuten hatte er alles um sich herum vergessen. Der Text hatte sich wohl seit Langem in seinem Kopf unmerklich vorbereitet und Martin schrieb und schrieb ihn in einem Zug nieder. Es schlug drei Uhr, als er fertig war. Er überlas alles noch einmal, aber nein, da gab es nichts zu korrigieren. Morgen würde er es Paul mit einem Begleitschreiben zum Verleger bringen lassen. Es reichte ihm mit dem Wegducken. Auch ein Pseudonym würde er sich verkneifen. Schluss mit den Heimlichkeiten. Mit den

Bögen in der Hand stand er da, mitten in seinem Salon und musste auf einmal laut lachen. Wie befreit er sich fühlte. Eigenartig.

Kaum eine halbe Stunde später lag er sehr mit sich zufrieden im Bett. Kein Stundenläuten riss ihn mehr aus dem Schlaf und seinen Träumen, in denen er in einem eisenbeschlagenen Fass auf den Wellenbergen der Niagarafälle auf einen brüllenden Abgrund zuraste. Er selbst aber brüllte noch lauter, so wie der Kavallerist, der ihn in einer anderen, längst vergangenen Nacht gezwungen hatte, sein Schutzschild zu sein.

×××

Der Mann hatte einen leichten, fast schleichenden Schritt. Wieder einmal war Braummer von seiner geräuschlosen Annäherung im nächtlichen Halbdunkel fast überrascht worden. Und dieses Mal hätte es wirklich ärgerlich enden können. Hastig verbarg der Leichendiener seine Hand in der Kitteltasche und tat so, als hätte er den Heranschleichenden nach wie vor nicht bemerkt. Mit sicheren Bewegungen beendete er seine Arbeit und schlang eine Schleife im Nacken des Toten, die dazu dienen sollte, Ober- und Unterkiefer so lange in geschlossener Position aufeinanderzuhalten, bis der Leichnam zur letzten Ruhe gebettet sein würde. Die Herren Studenten hatten auch diesem Leichnam wieder übel mitgespielt; es war ein Wunder, dass er den Körper wieder so gut zusammenbekommen hatte, dass man ihn nun auf einem Leintuch in seine Kiefernholzkiste würde heben können, ohne dass er dabei in seine Bestandteile zerfiele.

Diesmal war es keiner der Abgänge der städtischen Anstalten, sondern ein hingerichteter Verbrecher, dessen Glieder er provisorisch hergerichtet hatte. Braummer war sich nicht ganz sicher, ob er die inneren Organe richtig platziert hatte, aber das war kein Problem. Ein paar beherzte Stiche mit der Ahle hatten den Bauchraum längst vor unbefugten Blicken verschlossen und, richtig platziert oder nicht, soweit er sehen konnte, hatte er jedenfalls nichts draußen gelassen.

Die schleichenden Schritte des Besuchers kamen näher und waren nun auch gegen das Rufen des Nachtwächters, der gerade unten auf dem Augustusplatz die Zeit ausrief, hörbar. Zufrieden wischte Braummer sich die Hände an der ledernen Schürze ab und dann zur Sicherheit noch einmal an der Hose und drehte sich endlich zu dem Besucher um. Dieser war im fahlen Schein der Kerze, die er am Tisch stehen hatte, kaum zu erkennen, aber ja, natürlich, er war es. Das blasse Gesicht, der ausweichende Blick und vor allem die ausgebeulte Rocktasche, in der Braummer die Börse mit seinem Lohn vermutete. Er tat überrascht.

»Wo ist es?«, fragte der bleiche junge Mann und Braummer lehnte sich grinsend an den Tisch in seinem Rücken. Der zerteilte Leichnam schüttelte sich im flackernden Kerzenschein und sein Schatten schien an der Wand hinter dem jungen Mann abwehrend die Hände zu heben.

»Haben Sie das Geld?«, fragte Braummer.

Der Beutel wurde aus der Tasche gezogen und herübergereicht. Braummer schnürte ihn auf und zählte nach. Er war zufrieden und nickte.

»In Ordnung, kommen Sie mit.« Er führte den Mann durch das enge, vollgestellte Fachkabinett zur Tür eines kleinen Nebenraums und schloss auf. Drinnen stand ein weiterer Seziertisch. Auf diesem lag ein nackter, seltsam deformiert wirkender Knabe. Mit leichtem Bedauern sah Braummer das Kind an und winkte den heimlichen Besucher herein.

»Damit können die Studenten nichts mehr anfangen. Trotzdem, nur eine halbe Stunde, nicht länger!«, sagte er. »Um fünf müssen wir wieder fort sein, dann kommt die Aufwartefrau.«

»Ist ja gut«, erwiderte der blasse junge Mann knapp und trat an den Tisch.

Braummer nickte. »Na dann, gutes Gelingen!«

Aber der andere hatte schon kein Ohr mehr für ihn und rollte ein Ledermäppchen mit Seziermessern neben der Kinderleiche aus.

Braummer wandte sich ab und ging hinaus. Er war an den Vorgängen im Nebenraum nicht weiter interessiert. Zufrieden setzte er sich an ein offenes Fenster im Hauptseziersaal. Wahrlich ein guter Tagesbeginn! Er stopfte und entzündete seine Pfeife und seine Linke klimperte, während er die ersten Züge in den frischen Morgen hinauspaffte, mit den Münzen und Goldzähnen herum, die munter in seiner Kitteltasche tanzten. Plötzlich schepperte es drinnen im Kabuff, und ein schwerer Körper ging zu Boden.

Braummer sprang fluchend vom Fenstersims, eilte hinüber und riss die Tür auf. Aber von dem Anblick wie gebannt, vermochte er nicht die Schwelle zu überschreiten. Vor Übelkeit würgend, sackte er im Türrahmen zu Boden.

×××

Sie hörte das Geräusch des Schlüssels im Schloss. Wie ein Goldfisch im Glas die Erschütterungen des Bodens deutete sie jenes morgendliche Klimpern als Ankündigung der Nahrungsgabe, ohne dass sie Worte gehabt hätte für Schlüssel, Schloss oder Nahrung. Sie wusste, sie musste sich zurückziehen in den hintersten Winkel des Raumes, zusammen mit Brüderchen. Aber Brüderchen schlief noch und hörte nicht. Was sollte sie tun? Der Panik nah, schüttelte sie es und teilte ihm das Nahen des stinkenden Wärters mit, den sie einmal auch gesehen hatte, maskiert und schweigend, wie er ihnen die Tröge hereingestellt hatte. Als er gesehen hatte, dass sie ihn ansah, hatte er sie mit einer Gerte in die Ecke gescheucht und ihr gedroht, die Nahrung wieder mitzunehmen, wenn sie nicht dort im Winkel bleiben würde, abgewandten Gesichts, bis er wieder verschwunden wäre. Sie hatte diese Drohung verstanden, ohne ein Wort, ohne das Mittel der Sprache, von der sie nur ahnte, nicht wusste, dass sie der Verständigung diente.

Und dann kam er tatsächlich herein, mit einem Streifen Licht, der seinen Schatten vor ihr an der Wand emporgerissen hatte. Das war alles, der Gestank nach Schweiß, Tod und Verwesung – und dann, wie zur Belohnung für das Ertragen der Angst, der Duft des frischen Brotes und der Luftzug, mit dem die Geräusche einer erwachenden Welt für kurze Zeit hereinwehten, schmeichelnd, lockend, Sehnsucht weckend und mit der Androhung des Todes verbunden, sollte man sich etwa umdrehen und es wagen zu schauen.

Sie hatte Brüderchen die Hand in den Nacken gelegt und beruhigte das verstörte weinende Kind mit sachtem Streicheln. Als sie die Hand zurückzog, war sie nass. Voller Hass schnaubte sie den Gestank des Mannes heraus, als sich das Tor zur Welt endlich wieder hinter ihm geschlossen hatte, mit dem herzzerreißenden Geräusch des Schlüssels und dem deprimierenden Nachhall seiner Schritte, die sich draußen in einer undenkbaren, ungesehenen Weite verloren. Dann waren sie wieder allein miteinander und Schwesterchen brach sich ein Stück Brot aus dem warmen Laib heraus. Langsam und konzentriert begannen ihre Finger, das magische Bildnis zu formen und reichten es Brüderchen hin. Aber Brüderchen mochte es nicht nehmen und begann sich unter leisem Wimmern hin und her zu winden.

Sie erschrak. Er hatte wohl manchmal keine Lust ihr zu folgen, aber noch nie hatte er sich so benommen wie jetzt. Sie spürte, dass er Schmerzen litt und beugte sich über ihn, um ihn zu streicheln. Aber er schlug ihre Hand fort und begann laut zu weinen. Von plötzlichem Schrecken erfasst, sprang sie auf und fing an mit den Fäusten gegen die Tür zu hämmern. Aber nichts geschah, und nach einiger Zeit sank sie erschöpft zu Boden. Verzweifelt weinte nun auch sie. Aber sie wusste, dass niemand sie hören würde.

×××

Martin saß in seinem Büro. In einer Dreiviertelstunde würden die Kollegen hier eintrudeln, und bis dahin hatte er sich durch etwa ein Dutzend Zeitungen zu lesen. Auch dies war Teil seiner Amtspflichten, denn erstens musste er auf dem Laufenden über die Vorgänge in der Stadt und im Land bleiben und zweitens die Berichterstatter im Auge behalten. Er hatte das in der Stadt naturgemäß seltene Privileg, heute schon die Zeitungen des 3. Juni, also die vom morgigen Tage, auf dem Tisch zu haben. Vor ihm lag gerade ein Exemplar der Sächsischen Vaterlandsblätter, das der Zensor ihm hatte zustellen lassen. Der neue Zensor aus Dresden war ein scharfer Hund. Martin wusste, dass die vor ihm liegende Fassung um einiges kürzer war als die von den Herausgebern vorgesehene, aber sie war noch immer brisant genug. Seit einiger Zeit wehte der Presse ein kalter Wind ins Gesicht. Der neue Zensor war ihnen zugeteilt worden und insbesondere den Blättern vom Lande sehr lästig, da sie manchmal aufgrund seines langsamen Arbeitstempos erst mit Tagen Verzögerung erscheinen konnten. Martin fühlte sich in der Frage der Pressefreiheit innerlich zerrissen zwischen Pflichtbewusstsein und der Sympathie für die Freunde des freien Wortes. Dazu trug sicher auch bei, dass er Paul schon längst mit seiner gefährlichen Fracht zu Paulssen geschickt hatte. Wahrscheinlich würde er schon in einigen Tagen und, wie gewohnt einen Tag früher als jeder andere in der Stadt, in einem dieser Blätter erstmalig etwas aus seiner eigenen Feder gedruckt vor sich liegen sehen.

Ohne dabei das gewohnte Gefühl der Befriedigung zu empfinden, strich er mit der Hand über das schwarze Leder seiner Schreibtischplatte. Irgendwann war ihm der Stolz auf seine Position im neuen Polizeiamt abhandengekommen. Dabei hatte er vor wenigen Jahren noch einen ganz klaren Standpunkt zur Pressefrage gehabt. Die Veröffentlichung belegter Fakten durch die städtische und die Polizeibehörde würde zur Information der Bürger ausreichen und ihrem Anspruch auf Teilhabe an den öffentlichen Dingen vollkommen entsprechen. Diese Sicht mochte auch ein wenig der Tatsache geschuldet gewesen sein, dass er da noch an seiner Karriere gearbeitet hatte. Auch sein Vertrauen in die Autoritäten in Stadt und Land war damals mehr von deren äußerem Anschein als von interner Kenntnis geprägt gewesen als heute. So oder so: Inzwischen sah er das alles anders und akzeptierte die Notwendigkeit einer kritischen Öffentlichkeit. Die Probleme mit der gewaltigen Bevölkerungszunahme und all den Folgen des inneren Stadtumbaus wuchsen Leipzig einfach über den Kopf. Diese Dinge zu beurteilen, überforderte jeden noch so gewissenhaften Zensor. Nicht zuletzt würde eine freie Presse ihm und Polizei und Obrigkeit generell einen wahrhaftigen Eindruck von den Sorgen der Bürger verschaffen. Das wäre schon einfacher, als sich lediglich auf Spitzelberichte verlassen zu müssen. Martin grinste in sich hinein. Diesen Gedanken würde er bestimmt nicht in einen Artikel über das Wesen der Zensur für Paulssen aufnehmen. Dass die Pressefreiheit der Polizei das Leben erleichtern würde, wäre sicher kein Argument, das dessen Publikum besonders goutieren würde.

Wenn er noch ein klein wenig naiver gewesen wäre, hätte Martin mit der Gewährung größerer Freiheiten auch noch die Hoffnung auf ein größeres Verantwortlichkeitsgefühl aufseiten derjenigen, denen man diese Freiheiten zugestand, verbunden. Aber das Volk war ja genauso eine Saubande wie die Herrschenden. Umso besser, dass jetzt auch der Polizeichef schrieb. Na mal sehen, was die Ratsherren dazu sagen würden. Martin trat für ein Sekündchen ein feiner Schweißfilm auf die Stirn.

Er grinste schief, hieb mit der flachen Hand auf die Sessellehne, stemmte sich hoch und ging zum Fenster. Dort wunderte er sich fast, denn eigentlich sah Leipzig aus wie immer. Dabei wusste er, dass die Stadt vor seinen Augen in rivalisierende Interessengruppen zerfiel. Er legte die Fensterriegel flach, öffnete die Flügel der frischen Morgenluft und das Klacken der umgelegten Riegel erinnerten ihn schlagartig an seinen Fall. Die Wut über den Mord an diesem Kind stieg erneut in ihm auf, diesmal ungebremst und mit aller Gewalt. Das Kinderelend war mit dem Wachstum und der Proletarisierung der Bevölkerung etwas Alltägliches geworden, aber er konnte sich nicht daran gewöhnen, schon seiner eigenen Biografie wegen nicht. In seiner Generation gab es eine Menge Waisen. Innerhalb weniger Tage hatte die Völkerschlacht Hunderten von Kindern die Eltern genommen. So wie ihm.

Martin schloss einen Moment lang die Augen und atmete tief durch. Das Geschrei der Schwalben mischte sich mit dem erwachenden Straßenlärm, dem Rumpeln der Wagenräder und dem Hufschlag eilig trappelnder Esel, mit denen Höker und Milchmänner zu ihrer Kundschaft unterwegs waren. Von der Grimmaischen Straße aus bogen sie in die mit hellem Segeltuch gegen die Sonnenstrahlen überspannten Passagen der Kaufleute oder in das dichte Gassengewirr unterhalb des Naschmarktes ein, in dem sich ein Fremder so leicht zwischen Warenstapeln, fliegenden Händlern und Buchständen schauend und staunend verlieren konnte. Auch damals, im Herbst 1813, hatte sich ihm der erwachende Tag mit dem Rumpeln der Karren angekündigt, es stammte von Verpflegungs- und Munitionskarren, die in sein Dorf eingerückt waren. Schon bald jedoch hatte sich das Donnern der Kanonen und das Gebrüll der kämpfenden und sterbenden Männer mit diesen alltäglichen Geräuschen vermischt und damit den Beginn seines eigenen Leidensweges angekündigt.

Seine Gedanken wanderten hinaus aufs Land, zur Familie Albrecht und Agnes Weyrich. Immerhin hatte er es vermocht, Greta und Benjamin aus ihrer Waisenexistenz zu befreien und sie von der Straße zu holen. In der Obhut der Weyrichs gediehen sie prächtig und würden an der Hand der Pflegeeltern sicher ihren Weg ins Leben finden. Wieder einmal hob dieser Gedanke seine Stimmung ein wenig, und er nutzte den Moment der Entspannung, um in die Gegenwart zurückzufinden. ›Ich muss arbeiten‹, dachte er und setzte sich wieder an seinen Schreibtisch.

Aber das Lesen des nächsten Artikels konnte seine Stimmung nicht gerade heben. Er klappte das Blatt doppelseitig auf und lehnte sich zurück. In Berlin hatten die Preußen die badischen Landtagsabgeordneten Idstein und Hecker, die sich dort auf der Durchreise zu einer Familienfeier an der Küste für ein paar Tage aufgehalten hatten, ausgewiesen. Ohne richterlichen Beschluss, ohne juristische Rechtfertigung, ein klarer Akt polizeilicher Willkür. Das ging so auch nur in Preußen. Kopfschüttelnd las Martin weiter. Die Herren hatten beim Frühstück Besuch von einem Polizisten erhalten, der ihnen ankündigte, sie müssten sofort das Land verlassen. Martin schnaubte. So einfach war das also. Als die Herren Abgeordneten eine Erklärung und eine schriftliche Legitimation des Polizisten verlangt hatten, hatte der auf seine bewaffnete Wache und seine eigene Uniform gewiesen und gesagt, das reiche in Preußen als Legitimation. Dann hatte er sie unter Androhung von Gewalt zum Bahnhof eskortiert wie Verbrecher, sie in den nächsten Zug nach Leipzig gesetzt und abgeschoben. Die Zwei hatten nicht einmal genügend Zeit erhalten einen Beschwerdebrief zu verfassen.

Martin konnte es kaum glauben. In Sachsen waren die Machtverhältnisse zwar auch eindeutig geregelt, aber an die Verfassung hielt man sich ja nun doch, auch und gerade als Uniformträger! Allerdings: Wenn er sich nicht ganz irrte, hatte Preußen ja noch gar keine Verfassung, keine noch so rudimentäre Garantie irgendwelcher Bürgerrechte. Da die Vaterlandsblätter schon so nah am Thema waren, konnte er mit Sicherheit von einem begeisterten Empfang der beiden Ausgewiesenen durch seine freiheitsbegeisterte Leipziger Bürgerschaft ausgehen. Also drohte auch an dieser politischen Front Ärger und alle würden auf seine, Martins, Reaktion warten. Verdammte Politik! Gestern die radikalisierten Arbeiter, die die öffentliche Sicherheit bedrohten, heute bürgerliche Politiker, die die königliche Autorität herausfordern würden, und er als Hüter einer Ordnung, die fragwürdig, aber in seinen Augen noch immer ohne Alternative dastand, zwischen allen Stühlen. Diese rabiaten Preußen, verflucht noch mal! Mal sehen, wie weit er in Leipzig damit gehen konnte, freiheraus zu sagen und zu schreiben, was er dachte.

Martin streckte sich, streifte sich durch das Haar und schüttelte den Kopf. Hier saß er nun und sann über Politik und Leben nach, während es doch ein Toter war, der seine Aufmerksamkeit forderte, brauchte, verdient hatte. Bedrückt gestand er sich ein, dass er sich nur allzu gern davon ablenken ließ, sich an das Bild des Knaben zurückzuerinnern. Im Sankt Georgen ging irgendetwas Unheimliches vor sich. Oder war er bloß überempfindlich und hatte sich zu sehr von der eigenartigen Atmosphäre des Hauses gefangen nehmen lassen? Ihn beunruhigte und störte dieses unnatürliche Nebeneinander von Verbrechern, eingesperrten Irren und Waisenkindern, die sich das düstere Haus am Brühl, die Kapelle, den Hof und die Arbeitsräume teilen mussten.

Für einen Moment tauchte das Bild seines brennenden Elternhauses vor seinem inneren Auge auf, hörte er die Schreie seiner verbrennenden Mutter. Er stöhnte leise auf und rieb sich die Augen, als läge dort noch immer jener beißende Qualm dieser grausamen Nacht. Er hatte sie dort verbrennen lassen, bloß um seine Haut zu retten, so empfand er es, auch wenn Gustav ihm noch so oft verdeutlichte, dass er es als Neunjähriger niemals vermocht hätte, die schwerverletzten Eltern aus der zusammengebrochenen und in Flammen stehenden Hütte zu bergen. Er hatte sie dort in der Völkerschlacht sterben lassen, und was hatte der Herrgott getan? Er hatte ihn noch belohnt dafür, indem er ihn in den Schoß des Thomanerchors geführt und ihm in Gustav einen väterlichen Freund und Paten geschickt hatte. Wie konnte sich die Welt weiterdrehen, wie konnten die Schwalben so unbeeindruckt von all dem Elend weiterzwitschern?

Als sei er mit einem Mal bar jeden Mutes, fielen ihm die Schultern schwer herab. Er hatte schlecht geschlafen, verdammt noch mal, da war er stets anfällig für solch unnütze Empfindungen und Gedanken. Es war Zeit, dass der Dienst richtig begann.

Entschlossen erhob er sich und warf einen Blick in den Vorraum. Nur Wrangel und Portzinger schoben dort Dienst. Natürlich, alle anderen hatte er ja mit Sonderaufgaben bedacht. Er schloss die Tür wieder und blickte auf seine Uhr. Kurz vor acht. Mit einem Fluch ließ sich Martin in seinen Sessel krachen und begann unruhig mit einem Stift zu spielen. Bis die Kollegen kamen, blieb ihm noch etwa eine halbe Stunde. Kurz entschlossen stand er auf, griff nach Hut und Stock und verließ sein Büro durch den Hinterausgang. Etwas von dem Frühlingstag wollte er dann doch noch genießen.

Er kam an der Rückseite des Polizeiamtes heraus, verließ das Haus durch eine kleine, wenig beachtete Pforte. Sofort umfing ihn das fröhliche Straßenleben mit seinen Ausrufern und scherzenden Dienstmädchen, den schimpfenden Kutschern und wieselflinken Straßenjungen, die durch die Menge streiften. Widerstandslos ließ er sich vom Strom der Flaneure fortziehen. Vom Salzgässchen, auf das er hinausgetreten war, bis zum nördlichen Stadtring, den der Brühl, eine breite Fahrstraße, markierte, strömte das Leipziger Leben in fein verästelten, wahllos zwischen den Häusern von kleinen Handwerker und Händlern mäandernden Gassen und Gässchen dahin.

Erst blieb Martin bei einem Händler für gebrauchte Bücher hängen. Hier stöberte er immer gern ein wenig, denn für ihn musste ein Buch vor allem gut sein, nicht unbedingt neu. Tatsächlich! Ein wenig feilschen und er hatte wieder glücklich eine günstige Reisebeschreibung erworben. Freudig nahm er das in eine alte Zeitung eingeschlagene Buch entgegen, das ihn heute Abend in die Weite der nordamerikanischen Prärie entführen würde, und klemmte es sich unter den Arm. Er schlenderte weiter, bis er zu einem der fliegenden Wursthändler kam, der mit seinem qualmenden, wuchtigen Tragegrill vor dem Bauch mitten auf der Straße stand und gerade ein paar hungrige Kunden versorgte. Eigentlich hätte Martin ihn von hier fortweisen müssen, denn wegen der Feuergefahr war es dem Händler von Amts wegen verboten, sich hier aufzuhalten. Aber Martin hatte Hunger und kaufte sich lieber eine Wurst.

Niemand schien ihn hier zu erkennen und so gesellte er sich genüsslich kauend zu einigen Schaulustigen, die vor einem kleinen Werkstattladen zusammengeballt standen und Maulaffen feilhielten. Neugierig sah Martin, der ja recht groß war, über die Schultern der Leute hinweg. Ein Drechsler, der auf einem Haufen kniehoch emporgewachsener Holzspäne saß, zauberte mit einem Schnitzmesser, das er ganz sacht an einem zwischen zwei Holzblöcken eingespanntem Stück dunklen Kirschholzes entlangführte, aus diesem einen Springer für ein Schachspiel hervor. Das rohe Stück Holz rotierte wie eine Spindel zwischen den beiden Holzblöcken, die auf einer Metallachse gelagert waren. Ein Bogen, der die Achse wie ein locker gespannter Geigenbogen umfasste, hielt es in ständiger Bewegung. Mit der einen Hand bediente der Handwerker den Bogen, mit der anderen führte er das Schnitzmesser über das Kirschholz, bis es die gewünschte Form zeigte. Martin bestaunte die Kunstfertigkeit des Mannes. Im Hintergrund sah er ein etwa vierjähriges Kind, das mit den Figuren, die der Vater schon geschaffen hatte, zu spielen schien. Aber bei genauerem Hinsehen erkannte Martin, dass das Kind in Wirklichkeit damit beschäftigt war, ein fertiges Schachspiel in eine Holzkiste einzuordnen. Auch hier ein Kind, das über seine Kräfte arbeiten musste. Dabei konnte er den Eltern nicht einmal Vorwürfe machen. Er wusste, ohne die Kinderarbeit konnten sie nicht überleben. Trotzdem verdarb der Anblick ihm die Freude und den Appetit und er wischte sich die Hände an einigen Holzspänen ab, die er aus dem großen Haufen vor sich gegriffen hatte.

Einen Augenblick lang trafen sich seine Augen mit denen des alten Handwerkers und er sah in ihnen den ganzen Überdruss eines Menschen, der Tag für Tag mit vor Hunger knurrendem Magen aufstand und sich am Abend auf sein Bett aus Sägespänen lagerte, ohne dass er sich zur Belohnung für sein Tagewerk ein Glas Wein hätte leisten können wie Martin.

Der Blick des Mannes hatte bloß kurz auf ihm geruht, auf seiner gepflegten Kleidung, auf seinem sorgsam gepflegten Haar und Bart. Doch dieser Blick hatte dem Mann genügt, um Martin präzise abzuschätzen und ihm seine Verachtung mitzuteilen. Martin richtete sich wieder auf und klopfte sich die Sägespäne von den Händen. Nicht einen Moment lang hatte das Sirren des Bogens ausgesetzt, und das Geräusch verfolgte ihn bis ans Ende der Gasse.

Zehn Minuten später saß Martin wieder an seinem Tisch und hörte schon bald draußen den hinkenden Schritt Schusters auf den knarzenden Dielen der Wachstube näher kommen. Schuster klopfte zwar, ließ Martin aber nicht die Zeit, »Herein« zu rufen. Schon stand er im Raum, gefolgt von Bernd Freytag und Leander Koslic, denen man die Nachtwache nicht ansah. ›Glückliche Jugend‹, dachte Martin und grinste sie freundlich an. Schuster hatte knapp genickt, das offen stehende Fenster gegen die Zugluft verschlossen und begonnen seine Pfeife zu stopfen.

Hanschmann und Kroll kamen gemeinsam, ersterer mit einem verschwörerischen Grinsen, das Martin gern erwiderte. Dass die gemeinsame Arbeit der letzten Tage sie verband, fand er gut. Womöglich färbte etwas von Hanschmanns Unbekümmertheit auf Kroll ab, und dieser konnte dem Jüngeren dafür einiges an Handwerkszeug mitgeben.

Martin wollte schon beginnen, da wischte noch Paul herein und übergab Martin drei Billetts, eines von Koopmann, eines von Paulssen und eines von Professor Fechner. Martin zog die Schublade seines Schreibtischs auf, und schon im selben Moment stutzte er. Er hatte den Schreibtisch doch gestern Abend verschlossen gehabt, oder etwa nicht? Er wäre doch nicht so dumm gewesen, den Schreibtisch mit seinen journalistischen Versuchen offen stehen zu lassen. Was er hier gelagert hatte, war schärferer Tobak als das Zeug zum Waisenwesen. Mit einem langen Blick legte er die Billetts in die Schublade hinein. Hatte er den Stapel links- oder rechtsbündig hineingelegt? Um Gottes willen.

Es fühlte sich an, als wolle sein Herz stehen bleiben, und dann hatte er auf einmal das Gefühl, er müsste sofort seinen Darm entleeren. ›Dir vor Angst in die Hose machen‹, dachte er, ›das hast du auch lange nicht mehr gehabt.‹ Es kostete ihn alle Kraft, auch vor sich selbst so zu tun, als hätte es diese drei Momente gerade nicht gegeben und sich so zu benehmen wie immer. Wer würde ihn jetzt anders ansehen als sonst, sobald er den Blick heben würde? Würde der Holzschnitzer ihn in diesem Moment, anstatt ihn als einen Angehörigen der herrschenden Klasse zu verachten, vielleicht bedauern, jetzt, da er drauf und dran war, mit einem Schlag alle seine Privilegien zu verlieren?

Martin schob die Lade zu und sah auf. Niemand sah ihn anders an als zuvor, so schien es ihm. Aber er sah sie alle mit anderen Augen an, denn er wusste, seine Existenz stand auf dem Spiel. Einer von denen da vor seinem Tisch mochte ihn schon jetzt in der Hand haben, könnte ihn wegen seiner vermeintlich staatsfeindlichen Texte denunzieren.

Wieder erschien der verächtliche Blick des Handwerkers auf seinem jämmerlich idyllischen Haufen Holzspänen vor seinem inneren Auge. Martin straffte sich und fällte eine vorläufige Entscheidung. Ließe er sich jetzt aufs Kreuz legen, wäre alles vernichtet, wofür er sein Leben lang gearbeitet hatte. Das durfte es nicht geben. Und jetzt, in diesem Moment, durfte er sich um Gottes willen nichts anmerken lassen.

Langsam schluckte er mit trockener Kehle und begann: »Ruhe, meine Herren, bitte Ruhe! Und nehmen Sie Platz!«

Alle suchten sich eine Sitzgelegenheit, bloß Schuster wandte sich zur Seite und riss sich ein Zündholz an. Freytag hob den Arm.

»Noch nicht, Bernd, aber übernehmen Sie doch heute bitte das Protokoll!«

Der Kollege hob unwirsch die Augenbrauen, zückte aber Stift und Block.

»Früher Vogel fängt den Wurm, meine Herren. Bernd, fangen Sie mit Ihrem eigenen Vortrag an! Was gab's heute Nacht im Sankt Georgen?«

»Viel Gelaufe war's nicht. Schöpf war von neun bis elf einen heben, ein starker Trinker, würde ich sagen, er hat den halben Brühl abgestützt auf dem Heimweg, meistens mit der Linken, denn er kam von den Drei Schwänen.«

»Schönes Lokal«, sagte Martin. »Und sonst?« Er hörte sich selber zu wie einem Fremden. Aber er fand, er spielte sich gut. Niemand hätte es besser gekonnt.

»Der Nachtwächter kam brav alle Stunde vorbei. Ansonsten war die Nacht ruhig. Erst bei Morgengrauen ging es los mit Milchmännern, ein Bäckerbursche kam mit einem Riesensack Brot, ein Bauer hat eine Fuhre Gemüse gebracht.«

»Ja, aber frisch roch weder das eine noch das andere«, setzte Leander Koslic hinzu.

»Und dann kamen ein paar Wärter und andere gingen. Alles Hauspersonal, soweit wir das überblicken. Die machen wohl so um halb sechs Schichtwechsel dort. Und dann war da noch ein Kerl, den ich nicht kenne, der stank wie ein Gerber.«

Koslic verzog das Gesicht zu der Charakterisierung des Unbekannten und nickte.

»Ja, und er trug einen Apothekerkittel.«

»Wann war das?«, fragte Martin nach.

»Zwischen halb sechs und sechs Uhr in der Früh.«

»Gut. Habt ihr Paul hinterhergeschickt?«

»Nö, den hatten wir Frühstück holen lassen, ehrlich gesagt. Wir hatten um die Uhrzeit nichts Spannendes mehr erwartet.«

»Paul ist nicht euer Laufbursche, Männer! Was fällt euch ein?« Martin war sauer, aber es war nicht mehr zu ändern. Außerdem wusste er, dass sie sich das bei ihm abgeguckt hatten, und er biss sich auf die Lippen.

»Hat dann wenigstens einer von euch zweien den Mann verfolgt?«

»Nein, Chef«, gab Freytag kleinlaut zu, und Schuster schnaubte verächtlich aus seinem stinkenden Tabaksqualm hervor, der sich mittlerweile wie eine düstere Wolke vor den hellen Frühlingshimmel geschoben hatte. »Wir dachten, das ist eben irgendein Angestellter. Nichts Bemerkenswertes.«

»Hat der sich selbst aufgeschlossen, oder wieso denkt ihr, dass es einer vom Haus war?«

»Ja«, sagten beide zugleich.

»Was, ja?« Martin wusste, dass man ihm seine Gereiztheit inzwischen deutlich anmerken musste und versuchte sich zusammenzunehmen.

»Einer vom Haus eben, er hatte einen Schlüssel«, antwortete Koslic zaghaft.

Kroll warf ein: »Na, dann ergibt die Besucherliste keinen Sinn. Wir sollten eine Liste aller Schlüsselinhaber machen.«

Nun fluchte Martin, entgegen aller guten Vorsätze, lauthals: »Ihr Holzköpfe, wo habt ihr denn euren Verstand? Was den Überblick über die Schlüsselinhaber angeht, das können wir vergessen. Im Sankt Georgen herrscht das pure Chaos.«

»Ich kümmere mich drum,« sagte Gottlieb Kroll. »Heute Mittag hast du die Liste, Martin das verspreche ich dir.«

Martin nickte dankbar und lehnte sich, von seinem Ausbruch etwas erleichtert, zurück. Ihm schien, Gottlieb sah ihn befremdet an. Gottlieb etwa?

»Ich denke, es gibt nachts keine Besucherliste«, sagte Hanschmann. »Wenn nämlich Schöpf betrunken durch die Straßen purzelt, wer sollte die dann führen?«

Alle saßen belämmert im Kreis. Martins Wut war verraucht, aber er spürte, wie der Zweifel an Gottlieb seine Denkfähigkeit vernebelte. Er musste Autorität zeigen und zugleich diese Sitzung schnell beenden, den Schrecken über seine Entdeckung verarbeiten, sich wieder auf die Arbeit konzentrieren. »Koslic, Freytag, Sie haben heute Innendienst. Um acht Uhr lösen Wrangel und Portzinger Sie ab. Wegtreten!«

Die beiden standen mühsam auf. Das war hart. Sie waren seit gestern früh ununterbrochen im Dienst, hatten nicht geschlafen und nun lag ein langer Montag hinter dem Tresen vor ihnen. Aber sie mucksten nicht, sondern salutierten und traten mit sichtbar schlechtem Gewissen ab.

»Hanschmann, übernehmen Sie das Protokoll.« Der Mann nickte, nahm Freytags Block auf und setzte sich auf dessen freien Platz vor dem Tisch.

»Schuster, wie sieht es bei Ihnen aus?«

Der alte Mann hatte keinen Schreibblock. Ob er der Spitzel war, der seinen Artikel gelesen hatte? Aber war das nicht vollkommen gleichgültig? Martin spürte, dass es ihm immer schwerer fiel zuzuhören.

»Ich war zunächst in der Universität und habe mit dem Universitätsrichter gesprochen. Es liegt nichts gegen die von Ihnen benannten Herren vor. Allerdings gelten die beiden jungen Männer …«

»Niedlich und Größ?«, fragte Kroll dazwischen.

»Genau. Sie gelten als Bummler, beziehungsweise als im Grunde genommen unfähig, ihre Studien abzuschließen.«

»Wieso denn das?«, fragte Kroll weiter. »Die wirken doch beide äußerst fähig.«

»Hast du Niedlich denn auch schon getroffen?«, fragte Martin überrascht.

»Ja, nicht im Dienst, aber ich habe ihn gestern Abend im Hecht gesehen. Habe da noch eine Kleinigkeit auf dem Heimweg gegessen, und da hat er mit anderen Studenten gesessen und das große Wort geführt. Machte keinen schüchternen Eindruck.«

»Worum ging es da?«, wollte Martin wissen.

»Das habe ich nicht verstanden. Ich habe ihn zu spät erkannt. Hatte ihn ja auch bloß kurz mal gesehen im Sankt Georgen und konnte mich dann nicht mehr unauffällig in seine Nähe umsetzen.« Kroll zuckte entschuldigend die Achseln.

»Na gut. Ist das ein Stammtisch im Hecht, oder war er zufällig dort?« Aber Gottlieb Kroll zuckte mit entschuldigendem Blick die Achseln. Martin senkte den Blick und versuchte, seine Verärgerung nicht zu zeigen. Musste man denn alles selber machen?

»Um wie viel Uhr warst du dort?«

»Gegen halb zehn«, antwortete Kroll, und Martin merkte schon, dass Gottlieb sehr wohl wusste, was Martin dachte.

»Gut. Weiter. Herr Schuster, bitte!« Martin nickte dem Alten zu.

»Größ ist wohl vielseitig interessiert, aber er hat drei Studiengänge begonnen und noch keinen zu Ende gebracht. Er muss außerdem seine Frau und einen Haufen Kinder durchfüttern, was ihn schon das väterliche Erbe gekostet hat und ihn nun dazu zwingt, mehr haupt- als nebenamtlich zu arbeiten. Seit er im Waisenhaus Lehrer ist, hat er sich in der Uni kaum noch sehen lassen.«

»In welchen Fächern dilettiert der Herr denn so?«, fragte Martin in seiner routinierten Schnodderigkeit nach und war erstaunt, dass niemand ihm seine Schauspielerei anzusehen schien. Ob er sich die Gefahr der Entdeckung doch bloß eingebildet hatte?

»Sein Hauptinteresse galt wohl immer der Philosophie, aber in letzter Zeit hat er vor allem Vorlesungen der alten Sprachen und der Grammatik besucht.« Schuster hob die Achseln.

»Wieso das denn? Sucht er noch ein Fach zum Abbrechen?«

»Ich gebe das nur so wieder, wie es mir erzählt wurde. Niedlich ist fast fertiger Arzt, aber das seit Jahren. Im Moment droht ihm die endgültige Exmatrikulation, weil er sich vor den Prüfungen drückt und schon einmal trotz Meldung nicht angetreten ist.«

»Nicht schussfest. So, so«, stellte Martin fest, und Schuster nickte.

»Was ist mit Hagedorn?«, mischte Kroll sich ein.

»Einwandfreier Leumund. Kam mit Empfehlungsschreiben hierher, eins schöner als das andere, vom badischen Hof, von den dortigen Universitäten, sogar ein ganz frisches Verwaltungsdiplom, für jemanden mit über fünfundfünfzig Jahren doch ein eher ungewöhnliches Dokument. Na ja, fast zu schön, sagen Kritiker im Rathaus, aber das kann ich nicht beurteilen. Erfolgreiche Männer sollen ja stets Neider haben.«

›Allerdings‹, dachte Martin, ›allerdings. Und Schwachstellen.‹

»Suchen Sie nach der Lücke in der schönen Fassade, Schuster. Wo ist der Flecken auf dieser weißen Hemdbrust? Und gehen Sie für mich zu Kämmerer Gutenburg. Er soll am Dienstag eine Finanzrevision im Waisenhaus durchführen. Unangekündigt. Wenn wir bis dahin mit unseren Mitteln nichts finden, müssen wir das Geschwür von einer anderen Seite her anstechen.«

»Das ist doch alles bloße Spekulation!«, warf Gottlieb Kroll ein und hatte dabei wieder diesen nörgelnden Ton, der Martin normalerweise zum Wahnsinn trieb, jetzt jedoch bloß seine Erschöpfung vertiefte. Es reichte ihm; diese Sitzung, seine Entdeckung, der ganze halbe Montag, der vielleicht sein letzter hier gewesen war, wenn sein Verdacht, dass ihm ein Spitzel auf den Fersen war, sich bewahrheitete. Er brauchte dringend Ruhe. Sollte er zu Gustav gehen, sich doch noch rasieren lassen? O ja, das würde ihn wieder aufrichten. Martin fasste einen Entschluss: »Na Gottlieb, überlass das mal mir. Du erstellst die Liste der Schlüsselinhaber und machst dich an Schöpf heran. Aber freundlich, der Mann hat heute einen Kater.« Der Kollege zog den Kopf ein. »Und Sie Schuster, gut gemacht, weiterschnüffeln! Hanschmann, Sie übernehmen die Beobachtung des Georgenhauses. Machen Sie eine Liste der Tagesbesucher und vergleichen Sie sie möglichst am Abend unauffällig mit der von Schöpf. Ich sehe Sie alle um sechs Uhr heute Abend wieder hier. Wegtreten!«

Damit stand er auf, ganz Polizeichef, und noch – noch – standen sie alle stramm. Als sie hinausgegangen waren, riss Martin als Erstes das Fenster auf, dann rannte er auf die Toilette im Hinterzimmer. Nach einer Weile kam er wieder vor und nahm seinen Text zur Pressefreiheit noch einmal aus der Schublade. Er überlas ihn, und das Geschriebene kam ihm fremd vor, schal und großmäulig. Von seiner Euphorie und seinem Stolz, die er beim Schreiben empfunden hatte, war nichts geblieben. ›Du bist nicht mehr stolz, Polizist zu sein, du bist nicht einmal mehr stolz darauf, ein heimlicher Rebell zu sein. Was bleibt von dir unter Druck überhaupt noch übrig‹, fragte er sich. ›Ein geschorener Samson!‹

Gefangen in einem Gefühl tiefer Entkräftung lehnte er sich im Sessel zurück und nahm nach einem müden Seufzer die Briefe, den von Paulssen, Herrn Koopmann und den von Professor Fechner, aus der Schublade, riss sie auf und überflog sie ohne echte Anteilnahme. Kopfschüttelnd legte er die Briefe zurück, verschloss die Schublade wieder und steckte den Schlüssel ein. Doch dann überlegte er es sich auf einmal anders. Er öffnete die Schublade wieder und nahm die gefährlichsten seiner Texte an sich. Eine leere Schublade wäre auch verdächtig, falls jemand noch mal nachsehen käme. Andererseits, so dachte er, war es sowieso egal. Wenn sein Verdacht sich denn bewahrheitete, war die Katastrophe ja schon eingetreten.

Dann nahm er etwas Wachs von der Kerze, die am Tisch stand und rollte ein Kügelchen daraus. Mit einer Hand hob er die zugeschobene Schublade etwas an und platzierte das Kügelchen ein Stückchen hinten unter der Kante in der rechten Führungsnut. Sanft setzte er die Schublade auf der Kugel ab. Wenn sie von jemandem geöffnet würde, müsste die Wachskugel unweigerlich mit herausgezogen werden. Sie würde zerquetscht werden und einen fettigen Strich ziehen, ohne dass der Eindringling es bemerken würde.

Ein Blick auf die Taschenuhr sagte ihm, dass es zehn durch war. Mit einer Mischung aus Bangigkeit und Angriffslust verließ er endlich die Wache.

×××

Martin war überrascht, dass bei Gustav so viel los war. Am späten Vormittag hatten die Leute eigentlich zu tun. Aber er selbst war ja ebenfalls der Arbeit entflohen und suchte hier etwas Entspannung. Außerdem war Gustavs Laden wirklich klein und wirkte daher schon mit wenigen Kunden gut besucht. Er hätte zwar in einem größeren Lokal problemlos zwei weitere Stühle hineinstellen können, die selten leer gewesen wären, aber Martin hatte noch nie den Eindruck gehabt, dass Gustav davon besessen gewesen wäre, sich für irdische Güter zu Tode zu schuften. So hatte sich seit Jahren der ärmlich-gemütliche Charakter seines Geschäfts unverfälscht erhalten.

Martin gefiel es so. Die meisten kamen sowieso vor allem, um Gustavs Geschichten zu lauschen – und nur am Rande, um sich rasieren zu lassen – und als Martin eintrat, war sein Freund schon mächtig in Fahrt. Er hatte scheinbar eine neue Geschichte ins Repertoire genommen. Mit einem blitzenden Messer gestikulierte Gustav und seine Stimme hob und senkte sich im Tonfall der verschiedenen Personen, denen er seine Stimme lieh. Alles hing gebannt an seinen Lippen. Es war tatsächlich nicht die vertraute Geschichte vom armen Mörder Woyzeck, mit der Gustav seine wartenden Kunden sonst im Laden hielt. Neugierig spitzte Martin die Ohren, entledigte sich leise des Mantels und grüßte dabei schon mit stummem Nicken den einen oder anderen Bekannten. Gustav schenkte ihm ein kurzes Augenzwinkern zwischen zwei imaginären Schwertstößen, die er mit dem Wetzstahl zur Decke führte, und beide wussten, ihr gestriger Streit war vergeben und vergessen. Lächelnd senkte Martin den Kopf, verschränkte die Arme vor der Brust und hörte, nun schon halb entspannt, zu.

»Es ist noch gar nicht so lange her. Er war siebzehn Jahre alt, wie man dann später feststellte, und hieß Caspar Hauser. Aber dass dies das erste Mal war, dass er unter die Menschen trat, taumelnd, tollpatschig und sich aufführend, als wäre er nicht ganz bei Trost, das wusste zu diesem Zeitpunkt ja noch niemand. Als sie es allerdings erfuhren und sich näher mit diesem seltsamen Findelkind von fast sechs Fuß Größe und dem Verstande und dem Wissen eines Einjährigen befassten, da erfuhren sie einiges Staunenswerte über ihn und – ja, vielleicht noch viel Staunenswerteres über das, was sie selber waren oder hätten sein können.«

Martin hatte noch nie von diesem Fall gehört, aber er war gespannt, wie es wohl weiterginge. Gustav machte eine Kunstpause und blickte über ihre Köpfe hinweg. Dabei hielt er wie prüfend sein Messer gegen das Licht. Martin wusste, dass dies bloß eine Finte war, um die Spannung noch mehr zu steigern. Diese Art Rasuren konnten Stunden dauern. Still grinste er in seinen Bart hinein.

»Es geschah am Pfingstmontag 1828 und so war viel Volk auf der Suche nach Zerstreuung in Nürnbergs Straßen unterwegs. Bald hatten sie den komischen Vogel entdeckt und umringten ihn, den niemand je zuvor gesehen hatte. Schon begannen die Kinder, ihn herumzuschubsen und zu hänseln, als die Ersten bemerkten, dass hier kein gewöhnlicher Dorftrottel vor ihnen stand und das Treiben unterbanden. Er aber wiederholte bloß immer wieder diesen, ihm wohl wie einem Papageien eingeübten Satz, dass er ein Reitersmann werden wolle, so wie sein Vater einer sei. Dabei ging er so vorsichtig auf seinen zarten Füßlein, als hätten seine Sohlen noch nie steinernes Pflaster oder auch nur die Oberfläche von Mutter Erde selbst berührt.«

Gustavs Kunden schüttelten den Kopf oder blickten skeptisch, je nachdem, aber alle hörten zu.

»Dazu war er ganz ungeheuer blass, wenn auch offensichtlich gesund, und konnte das Sonnenlicht kaum ertragen. Man merkte gleich, dass er nicht viel Übung darin hatte, unter freiem Himmel zu sein und schon gar keine darin, sich unter Menschen zu bewegen.«

»Wo kam der denn her, der komische Kerl«, fragte ein dicker Bauer, der sich aufrecht wie ein aufmerksamer Schüler auf einen Stuhl in die Ecke gesetzt und seine breiten schwieligen Hände auf die Knie gestemmt hatte. Amüsiert bemerkte Martin, wie die Ohren des Mannes rot glühten vor Spannung.

»Warte es ab! Man fing ihn also ein, was nicht schwer war, und suchte jemanden, der ihn möglicherweise kannte. Aber es fand sich niemand. Und er wiederholte immer bloß diesen einen Satz, dass er ein Reitersmann werden wolle und so weiter.«

»Und was sollte das bedeuten?«, wollte einer der Zuhörer wissen.

»Darüber ist später auch viel hin und her gerätselt worden. Aber zu diesem Zeitpunkt konnte er sonst nichts sprechen und schon gar nicht sagen, woher er stammte oder wo er seine letzten Jahre verbracht hatte.«

»Ja, ja«, sagte ein junger Mann, dem Alter und der Kleidung nach ein Metzgergeselle. »Davon habe ich auch schon mal gehört, dass manchmal ein Findelkind, das im Wald ausgesetzt worden war, von Wölfen großgezogen wurde und auf allen vieren lief, als man es einfing, nur rohes Fleisch fraß wie ein Tier und nicht zu reden gelernt hatte. Na wie auch?!« Er hob die Schultern.

Neugieriges und überraschtes Gemurmel zeigte, dass nicht nur er schon von ähnlichen Fällen vernommen hatte, aber auch, dass niemand sich mit diesen Dingen genauer auskannte. Martin bemerkte, dass Gustav mit dieser neuen Geschichte eine Menge Trümpfe in der Hand hatte, und er konnte sich schon denken, wie er das Blatt spielen würde.

»Ja, der Fall schien zunächst ähnlich zu liegen. Der junge Mann hatte in seinem ganzen Leben wohl noch keine Menschenseele gesehen. Er sprach nicht, er kannte weder Baum noch Blume und wusste schon gar nichts über den Unterschied der Geschlechter.«

Seine Zuhörer lachten überrascht und sahen Gustav ungläubig und erwartungsvoll an.

»Aber er war nicht im Wald groß geworden, sondern, wie man leicht feststellen konnte, hatte er wohl sein ganzes Erdendasein in einem lichtlosen Kellerloch zugebracht.«

»Wie hat man das denn feststellen können?«

»Ich denke, er hat nichts gesprochen!«

»Ja, und wer hat ihn da festgehalten?«

»Und wie ist er dann wieder herausgekommen?«

Die Kunden bestürmten Gustav nur so mit ihren Fragen, aber dieser tat, was Martin erwartet hatte: Er wehrte ab.

»Herrschaften, ihr wollt wohl draußen berichten, dass Gustav Gäbler den ganzen lieben langen Tag Geschichten erzählt, statt zu arbeiten, richtig?« Er blickte übertrieben ernsthaft in die Runde, und die Leute im Laden, die ihn schon länger kannten, lachten laut, denn sie wussten, dass Gustav den Quell der Unterhaltung nun fürs Erste fest zugedeckelt hatte, und das nur, um sie zu quälen.

»Kommt morgen wieder. Dann sollen alle eure Fragen beantwortet werden. Aber ihr könnt ja ruhig auch schon mal ein wenig selber nachdenken!« Nun grinste auch Gustav von einem Ohr bis zum anderen und wedelte seine Zuhörer fort wie ein Sultan seine Untergebenen. »Ich muss schließlich auch mein Geld verdienen, genau wie ihr Tagediebe. Also schert euch fort und haltet mich nicht weiter von meiner Arbeit ab! Ich werde jetzt endlich diesen feinen jungen Herrn hier zu Ende rasieren.« Dabei zeigte er auf den Jüngling in seinem Stuhl, dem der Schaum am Hals schon zu einer trockenen Kruste zusammengesunken war. Er selbst hatte davon freilich noch nichts bemerkt, denn er war von Gustavs Geschichte ebenso gefesselt gewesen wie alle anderen auch.

Die Kunden schimpften und lachten, aber einer nach dem anderen verließen sie doch den Laden, unter dem munteren Gebimmel der Türglocke, als wäre ihnen durch Gustavs mahnende Worte tatsächlich eingefallen, dass es draußen vor der Tür auch noch eine Welt gab.

Endlich winkte Gustav Martin heran und wies ihm einen Platz an seiner Seite zu. Mit Mühe versuchte der junge Mann im Sessel mit einem Seitenblick zu erkennen, wem sein Barbier da zur Begrüßung auf die Schulter klopfte, aber der frisch geschlagene Schaum um Kinn und Hals setzte seiner Beweglichkeit Grenzen.

»Schöne Geschichte, Gustav!«, lobte ihn Martin und legte nun auch Handschuhe und Hut ab.

»Jawohl. Und wirklich spannend. Ich habe sie von Herrn Doktor Hagedorn gehört.«

Martin horchte auf, fragte jedoch nicht nach.

»Aber traurig endet sie; ja, das tut sie. Kannst ja morgen wiederkommen, dann erzähle ich weiter. Und, was gibt's bei dir Neues?«

Martin winkte mit einem Nicken zu Gustavs Kunden hin ab und nuschelte irgendetwas Unverbindliches in seinen Bart.

Gustav verstand.

»So, fertig!«, sagte er bald darauf zu dem jungen Mann im Sessel und wischte ihm den Hals mit einem nicht mehr ganz sauberen Tuch ab. Ungeduldig tätschelte er ihm eine Handvoll Eau de Toilette auf Hals und Nacken, dann klimperte Gustavs Kasse und auch dieser letzte Kunde räumte endlich duftend das Feld. Martin nahm sich vor, Gustav ein dickes Trinkgeld zu geben. Geschäft war Geschäft, und das hatte er seinem Freund mit der freiwilligen Räumung des Ladens gerade verdorben. Dann ließ er sich selber in den Sessel sinken, und Gustav setzte sich neben ihn auf den Stuhl.

»Rasieren?«

»Nein, nicht nötig. Etwas die Koteletten stutzen vielleicht.«

Gustav begann lustlos draufloszuschnippeln.

»Was ist, du siehst bedrückt aus.«

Martin winkte ab und wusste nicht so recht, wie er anfangen sollte.

»So schlimm?« Gustav runzelte die Stirn und sah ihn besorgt an.

»Also, zunächst habe ich einen ganz furchtbaren Mordfall. Du hattest recht mit den aufgescheuchten Kollegen. Ein Kind aus dem Sankt Georgen ist aus einem Fenster im obersten Stockwerk geschleudert worden.«

Gustav saß kerzengrade und hielt die Luft an.

»Ach!«, sagte er, blass vor Schreck.

»Aber halt bloß den Mund. Wir tun noch so, als würden wir an einen Unfall glauben.«

Gustav nickte und legte die Schere wieder fort.

»Und dann will mir jemand ans Leder, Gustav. Aber so richtig böse.« Martin setzte sich auf und starrte grübelnd ins Leere. »Wenn ich nur wüsste, ob ich mir das nicht bloß einbilde.« Sein Blick wanderte zu Gustav hinüber, aber der konnte ihm da auch nicht helfen und schwieg.

»Du musst wirklich den Mund halten! Über beide Angelegenheiten.«

»Ist doch klar!«, antwortete Gustav und Martin wusste, dass auf sein Wort Verlass war. Er war sein engster Freund und hatte noch nie ein Sterbenswörtchen verlauten lassen, solange ein Fall noch nicht gelöst war. Danach allerdings waren die Geschichten aus dem Polizeiamt Teil des Aktivkapitals seiner Barbierstube, so wie Gustavs Zuhören und sensibles Nachfragen oft genug dazu beigetragen hatten, die Puzzlesteinchen einer unübersichtlichen Ermittlungslage zu einem klaren Bild zu sortieren. Nun aber wirkte der Barbier beunruhigt. »Was meinst du damit, jemand will dir ans Leder?«

»Ach je!« Martin schnaubte erschöpft und lehnte sich im Sessel zurück. Dann nestelte er ein paar Seiten eng beschriebener Blätter aus seinem Hemd und reichte sie Gustav. Der sah ihn befremdet an.

»Ja, ja, ich weiß schon, das sieht jetzt seltsam aus, wie ich mich aufführe, aber lies erst mal, dann verstehst du schon.« Und dabei blickte er um sich, als fürchtete er, es könne ihnen jemand Unbefugtes über die Schulter sehen.

»Soll ich zusperren?« Gustav hob fragend die Augenbrauen.

»Ist besser. Mach mal!« Martin nickte.

»Muss ja wohl ernst sein. Mensch, Martin, was hast du angestellt?«

Martin schüttelte den Kopf und Gustav ging zur Tür. Als er wiederkam, nahm er seine Lesebrille, die er am Kristallspiegel abgelegt hatte, lehnte sich im Stuhl zurück und begann mit langen Armen zu lesen. Martin sah ihn erwartungsvoll an. Manchmal murmelte Gustav etwas vor sich hin und schüttelte den Kopf, dann wieder nickte er heftig. Martins Augen ließen keinen Moment von ihm ab. Er las selbst innerlich kopfschüttelnd oder mitgerissen mit, denn er wusste ja, das waren verdammt zutreffende, geradezu blitzartig einschlagende Formulierungen, und da, genau da, hätte er jetzt auch so genickt. Ach, die Eitelkeit, die verfluchte Eitelkeit! Er wunderte sich über sich selber. Je nachdem, in welcher Situation und in welcher Verfassung er seine eigenen Texte las, las er sie mit vollkommen unterschiedlichen Gefühlen, hatte sie wohl so oft gelesen und überarbeitet, dass ihm jegliche Distanz zu ihnen verloren gegangen war. Entweder er übergab sie endlich einer Leserschaft und ließ sich von dieser einen Spiegel vorhalten oder er gab die Sache ein für alle Mal auf. Es ergab keinen Sinn, länger für die Schublade zu schreiben.

Schwer ließ er sich zurückfallen und wartete mit nunmehr geschlossenen Augen die Verurteilung ab, die ja doch unweigerlich ausgesprochen werden musste, wenn Gustav nur einen Funken Verstand besaß. Und den hatte er, und sicher mehr, als Martin sich selbst seit ein paar Stunden noch zuzuschreiben wagte.

»Hast du das geschrieben?« Gustav hob die Brauen hoch über die Brillenränder hinaus und sah Martin von unten her fragend an. Martin nickte und schwieg betreten.

»Mein Name steht doch darunter, oder etwa nicht?«

»Das ist hervorragend formuliert! Inhaltlich bin ich nicht ganz auf deiner Linie, aber stilistisch, meine Hochachtung. Aber du hast doch nicht etwa vor, diesen Unsinn zu veröffentlichen?«

Martin schwieg.

»Martin!«

»Ich weiß, ich muss verrückt sein. Aber ich platze bald. Ich kann es nicht ertragen, noch länger zu schweigen.«

»Aber du bist doch kein Zensor, du sperrst niemanden wegen seiner Ansichten ein, du hast keiner Fliege etwas zuleide getan! Wessen fühlst du dich schuldig?«

Martin sah zu Boden wie ein verstockter Junge. Was hatte er erwartet?

»Hör zu«, fuhr Gustav fort. »Letzten Endes ist es egal, ob es eine freie Presse gibt oder nicht. Die da oben machen ja doch, was sie wollen.«

»Vielleicht sollte man diesen Zustand auch einmal überdenken«, gab Martin zurück. Das ging weit über das hinaus, was er tatsächlich dachte; aber er wollte nicht unterliegen.

»Du redest von dieser verrückten Idee, die Regenten zu wählen und solche Dinge, oder? Bist du auf deine alten Tage noch zum Demokraten geworden? Dann müssten wir uns auch noch mit den Eitelkeiten und Affären unserer Bürgersleut' abgeben. Das wäre allerdings ein gefundenes Fressen für deine freie Presse! Hat dieses Land denn sonst keine Probleme?« Gustav sank, erschöpft von dieser langen Rede, auf seinem Stuhl zusammen, und Martin grinste schon wieder etwas.

»Schön, dass du dich so aufregst. Ich habe aber ein ganz anderes Problem. Irgendjemand hat das schon gelesen. Jemand hat heute Nacht in meiner Schublade gestöbert, und jetzt warte ich bloß noch darauf, dass ich eine Einladung ins Rathaus bekomme.«

»Um Gottes willen! Aber wer sollte dir denn schaden wollen?«

Martin zuckte mit den Achseln. »Wenn ich es wüsste!« Aber es ging ihm schon besser, allein, weil er Gustav seine Befürchtungen mitgeteilt hatte.

»Du kannst natürlich auch an jemanden geraten, der deine Ansichten teilt!«, sagte Gustav aufmunternd, aber beide wussten, dass das unwahrscheinlich war. Wenn er nicht gerade der Polizeichef gewesen wäre. Aber der war er ja. Er musste politisch unangreifbar sein.

»Jemand hat bei mir geräubert, und das wohl kaum, weil er mir so wohl will.«

Gustav nickte, und dann saßen sie noch eine Weile schweigend und in stummer Eintracht beieinander. Es gab nichts mehr zu sagen, aber auch das Schweigen tat ihnen gut.

Schließlich erhob Martin sich mit einem Lächeln. »Na ja, ich gehe dann mal wieder. Was will man machen. Ich muss abwarten und darf mir keine Blöße mehr geben.«

»Du kannst doch behaupten, das wäre nicht von dir. Du hast es gefunden oder so!«, hob Gustav hoffnungsvoll an, aber Martins Blick ließ ihn sogleich verstummen.

»Du willst das gar nicht leugnen, stimmt's?«

Martin nickte. »Ich habe keine Lust mehr, das Spiel anderer Leute zu spielen. Das hier ist aus langer Erfahrung gereift und entspricht dem, was ich wirklich glaube.«

Gustav nickte. »Gut. Aber da hast du ein viel größeres Problem. Nicht nur das, ob dir jemand schaden will oder nicht. Denk mal darüber nach! Und was die befürchtete Einladung ins Rathaus angeht, da zieh dich schon mal warm an, mein Lieber. Wie heißt es so schön bei Jesaja: ›Wer Wind sät, wird Sturm ernten!‹« Und er schüttelte noch einmal wie entrüstet über so viel Dummheit, den Kopf. »Ich sage dir noch was. Wenn du unbedingt mutig sein willst, dann unterhalte dich doch erst mal in Ruhe mit einer uns beiden gut bekannten jungen Dame über eure gemeinsame Vergangenheit. Da kannst du die authentische Kraft des freien Wortes kennenlernen!«

»Gustav! Du bist wirklich keine Hilfe!«, knurrte Martin lächelnd, denn diese Marotte Gustavs, ihn andauernd an Amalia zu erinnern, kam diesmal gar nicht an ihn heran. Er hatte andere Sorgen. Ihm war auch schon wieder etwas leichter ums Herz und er mochte sich nicht streiten wegen einer Lappalie. Auf dem Weg zur Garderobe drängte er sich nah an der Kasse vorbei.

»Du kannst es aber auch nicht lassen, was?« Gustav lachte, erleichtert, dass Martin nicht so heftig reagierte wie sonst. »Ich trage die Verantwortung für dich, mein Junge. Und jetzt willst du wahrscheinlich hier raus, oder?«

»Stimmt. Ich muss los.«

»Natürlich. Ist schon gut, mein Junge. Na komm, steck dein Geld mal wieder ein.« Er reichte ihm die Münzen hin, und Martin gehorchte zögernd und mit schlechtem Gewissen. Sein Versuch, unauffällig ein paar Groschen an Gustavs Kasse liegen zu lassen, war wieder einmal gescheitert. Dann streifte er den Mantel über, und schweigend begleitete ihn sein Freund zur Tür. Draußen auf dem Salzgässchen hielten sie gemeinsam noch ein wenig inne und genossen die wärmenden Sonnenstrahlen auf der Haut. Am Rande des Gewühls der unter Gelärm und Gedränge dahinströmenden Menschenmenge schien es Martin, als stünde er mit seinem Freund wie vereint auf einer stillen Insel des Einvernehmens. Aber er musste sich sogleich eingestehen, dass dies wohl mehr ein frommer Wunsch als eine realistische Wahrnehmung war.

»Weißt du, wie ich mich fühle?«

Gustav schüttelte den Kopf und wartete, dass Martin seine Frage selbst beantwortete.

»Wie ein Karpfen in einer Badewanne.«

»Wie bitte?« Gustav lächelte unsicher, doch Martin lachte befreit auf: »Vergiss es!«, rief er, ohne von Gustav eine Antwort zu erwarten, »Denn was fängt man da wohl an, als Karpfen, mit dem angebrochenen Freitagabend?«

Gustav schüttelte in seinem Rücken verständnislos grinsend den Kopf. Aber das sah Martin schon nicht mehr. Mit einem Winken über die Schulter hatte er sich bereits vom Strom der Passanten fortziehen lassen.

xxx

Das Dienstmädchen hatte Martin an der Tür den Mantel abgenommen und war in den Salon geeilt, um ihn anzumelden. Verwundert stellte Martin fest, dass schon der Eingangsbereich vom Boden bis zur Decke mit überquellenden Bücherregalen zugestellt war. So pflegten die wohlhabenden Bürger, bei denen er bislang eingeladen gewesen war, ihren Eingangsbereich nicht einzurichten. Statt Bücherrücken, denen vor Anmerkungszetteln fast der lederne Einband platzte, sah man dort eher zu hoch gehängte Ahnengalerien, die man sich bewundernd mit dem Kopf im Nacken einprägte, um im Gespräch Anmerkungen auf illustre Vorfahren richtig zu verstehen. Hier aber kam Martin gleich die Lust an, sich einen der dickleibigen Gesellen, die da hart auf der Vorderkante der Regalböden balancierten, herauszuziehen und sich zum Schmökern in einen stillen Winkel zurückzuziehen. Aber daraus würde nichts werden. Drinnen hörte er die Mädchen beim Abdecken mit dem Geschirr klappern; das Abendbrot hatte er also glücklich verpasst. Er hoffte sowieso, Fechner zu einem Vieraugengespräch zur Seite nehmen zu können, um ihn über Hagedorn und seine Jünger zu befragen. Dazu musste er nicht erst mit einem Haufen vergreister Gelehrter den halben Abend lang Konversation machen.

Auf dem Weg hatte Martin noch einen Abstecher auf die Wache gemacht. Das Wachskügelchen unter dem Schuber hatte brav an seinem Platz gelegen. Vielleicht hatte der Spion also schon, was er wollte; vielleicht würde er nur des Nachts wiederkommen; vielleicht gab es ihn auch gar nicht ... und da fiel es ihm plötzlich ein: Paulssens Adresse! Ach du Schande. Er hatte ja den Brief des Zeitungsmannes in der Schublade gehabt. Und der war bestimmt nicht mehr da gewesen. ›Das also ist es dann gewesen‹, dachte er.

Martin spürte seinen Blutdruck wegsacken, lehnte sich an eine Kommodenkante und zog sich, nachdem er sich wieder besonnen hatte, nachdenklich Finger um Finger die Handschuhe aus. Er fand die Haut seiner Hände trocken und gespannt. Pergamentartig. Alte Haut. Das erinnerte ihn an seine Kindheit. Die großen Poren auf der Nase seines Vaters, die grauen Haare, die dem Großvater aus Nüstern und Ohren gequollen waren. Was für eine genaue Beobachtung man als Kind doch hatte. Und wie vollkommen klar ihm damals gewesen war, dass er niemals so aussehen würde. So hässlich. So alt.

Melancholie wehte ihn an. Ja, da hatte er sich wohl getäuscht. Einundvierzig war er nun. Noch zehn Jahre? Zwanzig? Martin straffte sich verwundert. Wie kam er nun mit einem Mal dazu, an den Tod zu denken? Er fühlte sich müde, hatte keine Lust mehr, um seinen Platz im Leben zu kämpfen. Manchmal wünschte er, er hätte es anders angelegt, sein Leben. Seit er mit Ende zwanzig in die Kommunalgarde eingetreten war, hatte sich alles mit fast unheimlicher Geradlinigkeit entwickelt. Der scharfsinnige und entschlussfreudige junge Offizier hatte das Interesse und Wohlwollen einiger einflussreicher Ratsherren auf sich gezogen und war schnell zu Höherem berufen worden. Die Jahre waren seitdem vergangen wie im Fluge. Hatte er sich vom allzu leichten Fortkommen von einem eigenen, besseren Weg abbringen lassen? Was hätte er denn anderes gemacht aus seiner Zeit? Aber es war zu spät, seine Position im Leben war nun einmal bestimmt, und würde er von dieser stürzen, so wäre es ein tiefer Sturz.

Auf einmal sah er sich selber als Konrad aus dem Himmel in die Tiefe taumeln, und sein Pulsschlag fing in wildem Schrecken an zu rasen. Er schnaubte, überrascht von seinem Gedankensprung. Wünschte er sich für sich selbst ein schnelles Ende herbei? Könnte das dem Kind auch so gegangen sein und darum war es gesprungen? Welcher Schrecken hatte ihm im Nacken gesessen? Aber nein, das Kind war ja nicht gesprungen, das hatte er ja selbst nachgewiesen. Aber er wusste genau, was das Kind gefühlt haben musste während des Falls in die Tiefe. Die Todesangst war sein Alter Ego, das er sich von der Flucht über das Schlachtfeld im Oktober 1813 mitgenommen hatte, und sie kannten einander in- und auswendig.

Martin schüttelte unwirsch den Kopf. Er hatte keine Zeit, das Wäre-hätte-würde-Spiel weiterzutreiben, denn die Tür zum Salon öffnete sich und Frau Fechner eilte mit weit geöffneten Armen auf ihn zu: »Herr Held, welch eine Freude!« Sie strahlte über ihr ganzes rundes Gesicht und zog ihn an ihre mütterliche Brust.

»Die Freude ist ganz auf meiner Seite, liebe Madame Fechner! Wie geht es Ihnen?«

»Sehr gut, wirklich sehr gut! Ich freue mich so, dass mein Mann endlich wieder Besucher empfängt.« Sie ließ seine Hand gar nicht wieder los. Martin hatte früher in der alten Dienstwohnung oft an Fechners Tisch gesessen, aber in den letzten Jahren hatte der Professor sich von der Welt komplett zurückgezogen. Man munkelte von einem Nervenleiden, das ihn weder Licht noch Geräusche hatte ertragen lassen.

»Sie wissen ja, er hat sich mit der Arbeit völlig übernommen! Ich hoffe, Sie werden jetzt wieder öfter zu uns kommen. Gerade versuche ich, ihm den Montag als Jour fixe für unseren Salon anzubinden. Er muss mehr unter Leute!«

Martin nickte und wartete ab. Er vermeinte, hinter ihrer Fröhlichkeit Anspannung und Unsicherheit zu erkennen. Aus dem Salon rollte ein vielstimmiges Gelächter in Bass und Bariton zu ihnen heraus.

»Ihr erster Jour fixe scheint ja gut zu laufen!«, sagte Martin.

Sie nickte und zog ihn zur Tür herein. »Ja, kommen Sie, wir haben wirklich sehr interessante Gäste heute Abend. Aber lassen Sie sich bloß nicht auf Politisches ein!«, flüsterte sie noch, während sie ihn schon an den Kreis der Zigarre paffenden Herren heranschob.

»Herr Held!« Freudig streckte ihm Fechner die Hand entgegen. Er hatte als Einziger keinen Stumpen in der Hand, und in seinem Glas schimmerten auch nicht die warmen Gold- und Samttöne von Maltwhisky und Porter, sondern frisches Brunnenwasser. Martin fand, in Fechners Stimme klang auch eine Spur Besorgnis mit, und im Zusammenhang mit Madame Fechners kryptischer Andeutung fragte er sich nun, ob sein Erscheinen Fechner wohl unbehaglich war. ›Er hätte mich ja nicht heute Abend einladen müssen‹, dachte Martin nüchtern und entspannte sich. Wenn hier was schief liefe, er konnte nichts dafür.

»Darf ich vorstellen, meine Herren, unser allseits geschätzter Polizeichef, Herr Held.« Man neigte hier und da freundlich den Kopf, und während Martin verschiedene Hände schüttelte, die dazu zunächst Glas und Zigarre auf dem Tablett des Mädchens oder einem Möbel in Reichweite abstellen mussten, stellte Fechner ihm die Anwesenden vor.

»Herr Jakob Grimm, Historiker, Hüter des deutschen Märchenschatzes und Erforscher der menschlichen Sprache. Herr Du Bois-Reymond, einer der Heroen der physiologischen Forschung von der Charité Berlin.« Grimm nickte steif und Du Bois-Reymond winkte ab, während er emphatisch die Rechte Martins auf und nieder schwang. Er kam Martin etwas übertrieben elegant vor für die Gelehrtenstube, im Smoking und noch immer in Handschuhen aus Satin. »Und unser Herr Niedlich, sein zweitgrößter Bewunderer und mein Doktorand.«

Niedlich lief rot an und Du Bois-Reymond lächelte verlegen dazu.

»Ach, Herr Niedlich, das trifft sich gut. Ich hatte Sie ja eigentlich heute schon bei mir erwartet.« Der schmalbrüstige Arzt mit dem schütteren Haar schüttelte Martin nur flüchtig die Hand und zog sich sofort mit seinem Glas zum Rauchtisch zurück. Martin meinte den Widerwillen geradezu zu spüren, mit dem er sich von der Seite des Mediziner aus Berlin löste, aber vor allem von Martin wegkommen wollte. Nachdenklich sah er dem jungen Mann hinterher.

»Und hier die Herren Idstein und Hecker aus dem schönen Schwabenlande.« Fechner sah Martin besorgt an.

»Aus Baden, lieber Professor, aus Baden!«, widersprach Hecker und beide Herren begrüßten Martin mit einem förmlichen Diener.

Martin begriff und lächelte höflich zurück. Daher wehte also der Wind. Man wollte ihn mit diesen Revolutionären, die aus Preußen herausgeworfen worden waren, zusammenbringen. Ob Fechner mit den Demokraten zusammensteckte? Wenig erfreut blickte er seinen Gastgeber mit zusammengezogenen Brauen fragend an, doch der schien seine Irritation nicht zu bemerken. ›Na, Glückwunsch, Herr Professor! Schöne Runde‹, dachte Martin.

Niedlich klebte inzwischen wieder geradezu an dem Mediziner von der Charité und redete mit hochrotem Kopf und entschiedenen Gesten leise, fast drängend auf ihn ein. Der ältere Mann schien ihm amüsiert, aber auch etwas besorgt zuzuhören. Wie gerne hätte Martin da Mäuschen gespielt, aber das ging jetzt nicht. Stattdessen beobachtete er das Geschehen im Raum vergnügt. Die Verlegenheit Fechners war nur zu verständlich. Martin nahm sich vor, sich nichts anmerken zu lassen, sobald als möglich wieder zu verschwinden und bis dahin sehr jovial zu sein.

»Sie sind hier der Polizeichef, nicht wahr?«, sprach Hecker ihn an. Es klang wie die Verlesung eine Anklage.

»So ist es. Und Sie und Ihre Kollegen sind, nach allem was ich höre, Abgeordnete im badischen Landtage?«

Fechner tat überrascht, dass Martin so gut informiert war, aber er schwieg dazu und Du Bois-Reymond zog aus der Ferne neugierig die Brauen hoch.

»So ist es! Und daher weise ich Sie sogleich darauf hin, dass sowohl mein Kollege als auch ich diplomatische Immunität genießen.«

»In Sachsen brauchen Sie sich über die Wahrung Ihrer Rechte keine Sorgen zu machen. Betrachten Sie sich als Gäste dieser Stadt. Wie lange gedenken Sie zu bleiben?«

»Solange es uns beliebt. Darüber ist noch nicht entschieden.«

»Sehr gut. Dann wünsche ich Ihnen einen guten Aufenthalt bei uns.«

Sofort mischte sich Du Bois-Reymond ein, der näher getreten war: »Sie vertreten in der deutschen Frage eine recht radikale Position, soweit ich informiert bin, nicht wahr?«

Die beiden Abgeordneten sahen DuBois-Reymond, der sie mit herausforderndem Grinsen anblickte, entrüstet an.

»Wir vertreten die Position, dass Deutschland einig und frei sein soll! Was kann daran falsch sein?«

»Was sagt denn Ihr Fürst dazu? Ich kann mir nicht vorstellen, dass er Ihnen Redefreiheit gewährt, damit Sie Hochverrat an seinem Haus begehen.« Der Wissenschaftler hatte etwas Provozierendes, fand Martin, und ganz offensichtlich hatte er großen Spaß dabei.

»Sie verstehen uns falsch! Reden wir lieber von dem Verrat am deutschen Volk und seinen Rechten, nicht von dem Recht dieses einzelnen Bürgers, der zur Zeit unser Land regiert. Und reden wir über die Einheit unseres geliebten Vaterlandes, nicht wahr!« Heckers Bart zitterte vor Erregung über dem hochgeschlossenen Kragen, und der alte Grimm nickte anerkennend.

»Demokratie und Einheit, ja? Das gottgegebene Recht Ihres Fürsten gilt Ihnen wohl nichts? Einzelner Bürger ...!« Der Mediziner schnaubte verächtlich und stemmte die Fäuste in die Hüften, seine Nasenflügel bebten vor Angriffslust. Er legte nach: »Was soll diese Demokratie denn bringen, Herrschaften? Amtliche Entscheidungen gewinnen nicht dadurch, dass sie gemeinschaftlich gefasst werden. Abgesehen davon, dass Arithmetik und Zufall bei dem Mehrheitsvotum an die Stelle logischer Begründung treten, geht das Gefühl persönlicher Verantwortung verloren!« Du Bois begann sich warm zu reden, wurde aber von dem großbärtigen Idstein unterbrochen.

»Sie meinen, die Mehrheit und ein von einer Mehrheit gewählter Minister könnten nicht verantwortlich entscheiden?«

»Das zum einen. Was qualifiziert ihre Mehrheit zum Regieren? Unter uns, Ihr Wahlvolk ist doch dumm wie eine Herde Schafe. Und seine Vertreter gehen nach ein paar Jahren wieder aus dem Amt und müssen die Folgen ihrer Taten nicht mehr vertreten. Das ist doch Humbug!«

Der politisierende Medikus triumphierte, Idstein war sprachlos und gab, mundtot vor Zorn, keinen Gegner mehr ab. Hecker schwieg. Blass und wortlos griff er Idstein am Ärmel und zog sich mit diesem von der Runde zu zurück.

»Reaktionär!«, hörte Martin Idstein zischeln.

»Preuße!«, erwiderte Hecker, als wäre das eine noch schlimmere Beleidigung. Dann standen die Herren bei Niedlich, dem man seinen Loyalitätskonflikt zwischen dem bewunderten Mediziner und den berühmten Republikanern ansah, und begannen erregt miteinander zu tuscheln. Auch Herr Grimm gesellte sich zu den Düpierten.

»Presse ja, Landtag ja«, schwadronierte Du Bois-Reymond erhobenen Zeigefingers laut weiter und wiegte sich auf den Hacken, »aber um dem absoluten Monarchen einen unabhängigen Spiegel vorzuhalten, nicht um den Souverän aus der Pflicht und der Verantwortung der Entscheidung zu entlassen!«

›Reden kann er‹, dachte Martin amüsiert. ›Ich muss aufpassen, dass er mich nicht am Ende zum preußischen Heer wirbt.‹ Mühsam unterdrückte Martin die Lust, ihm Paroli zu bieten und lächelte stattdessen unverbindlich das Parkett an.

»Herr Du Bois, wie geht es eigentlich Ihrer lieben Frau Mutter?«, fragte Madame Fechner harmlos.

»O ja, sehr gut, danke sehr«, antwortete der Mann aus dem Konzept gebracht. Sie hatte Martins aufrichtige Bewunderung.

»Ein streitbares Wesen, nicht wahr?«, flüsterte Madame Fechner an Martins Ohr und hakte sich vertraulich bei dem Offizier ein.

»O ja. Glücklich, wer sich seinen Freund nennen mag, wehe seinen Feinden, schätze ich«, raunte er zurück und setzte laut zu dem Arzt hinzu: »Sie sind Mediziner? So wie unser hoch gerühmter Gastgeber, hörte ich?«

Herr Fechner und Niedlich traten hinzu, und Martin nahm bedauernd wahr, dass die beiden allein gelassenen Politiker, die er nun doch gerne noch ein wenig besser kennengelernt hätte, Grimm mit viel Wärme beide Hände schüttelten und sich offensichtlich zum Aufbruch vorbereiteten. Sie winkten schon nach dem Mädchen und stellten ihre halb geleerten Gläser auf dem Tablett ab; Hecker mit eckigen Bewegungen und zusammengezogenen Augenbrauen, die seine bis zur Mordlust gesteigerte Wut kaum verbargen, Idstein linkisch, bemüht, Hecker zu beruhigen, dabei selbst immer wieder zornige Blicke in Richtung des Mediziners aus dem verhassten Preußen werfend, die dieser in Madame Fechners Obhut gar nicht wahrnahm und die auch Herr Fechner, mit dem Rücken zu den beiden stehend, nicht bemerken konnte. Unaufhaltsam löste sich Madames erste Jour-fixe-Runde auf, und bald schon würde der Herr Professor sich mit seinen meterhoch aufgetürmten Büchern in friedvoller Gelehrteneinsamkeit wiederfinden. Martin war sich sicher, das wäre ihm nur recht.

Der würdige Herr Grimm hatte inzwischen begonnen, einsam die Bücherregale des Gastgebers abzuschreiten und strich dabei scheinbar nachdenklich, vielleicht aber auch bloß gelangweilt mit dem Mittelfinger über den Rand seines Weinglases.

»Ich erforsche den Mechanismus des menschlichen Körpers«, setzte Du Bois-Reymond an, während Grimm sich erneut zu ihm gesellte. Der Salon bot wenig Auslauf. »Stellen Sie sich vor, es gäbe wieder eine solche Revolte, wie sie sich 1830 zugetragen hat.«

Martin wusste, er spielte auf die abgebrochene Revolution an, in deren Folge sich Sachsen modernisiert und Preußen Militär und Polizei ausgebaut hatte. Aber er hatte keine Lust mehr an dem Thema.

»Ja, in der Tat«, stieg Du Bois-Reymond sofort ein. »Wenn Preußen sich dann stark zeigen und die deutschen Fürsten unter den Schutz seines Militärs stellen würde, dann könnte man Deutschland tatsächlich einigen. Das wäre doch etwas, nicht wahr?«

»Aber ob das der richtige Weg wäre ...?« Grimm wiegte nachdenklich aber offensichtlich gesprächsbereit den Kopf.

»Was machen denn eigentlich ihre Forschungen, Herr Du Bois?«, fragte Madame Fechner harmlos, und der Mann von der Charité war Kavalier genug, unverzüglich auf ihren Beschwichtigungsversuch einzugehen. Er lächelte entspannt: »Wissen Sie, ich bin dabei, durch die künstliche Nachbildung menschlicher Organe nachzuweisen, dass das organische Leben tatsächlich nichts anderes ist als ein mechanischer Vorgang. Ohne diesen ganzen metaphysischen Unsinn übersinnlicher Einflüsse!«

»Wie bitte?«, hakte Martin nach.

Voller Eifer versuchte Niedlich sich an einer Erläuterung: »Erst in der experimentellen Erzeugung, in der künstlichen Nachbildung der Naturerscheinungen wird die vollständige Beherrschbarkeit des organischen Lebens mittels Hebel und Schrauben tatsächlich nachgewiesen!«

Martin hob die Schultern: »Ich verstehe, ehrlich gesagt, kein Wort.«

Niedlich schnalzte ungeduldig mit der Zunge. »Mir ist zu Ohren gekommen, Sie tragen eine Unterschenkelprothese, nicht wahr?« Er hatte der Kopf schräg gelegt und sah Martin direkt an. Der war schockiert von dieser direkten Ansprache seiner körperlichen Beeinträchtigung, von einer bloßen Anspielung konnte ja keine Rede sein. Auch Fechner straffte sich und blickte konsterniert und tadelnd.

»Ich habe bereits einen künstlichen Muskelquerschnitt simuliert!«, triumphierte Du Bois-Reymond aufgeregt, und Hecker und Idstein stellten sich hinter Fechner auf, wohl um sich zu empfehlen, doch Fechner bemerkte sie nicht.

»Mit verzinkten und in Salzsäure getauchten Kupferdrähten war es mir möglich, eine Muskelbewegung nachzuschöpfen. Der menschliche Körper ist von Kopf bis Fuß Mechanik, nichts als Mechanik, die wir nachbauen können.«

»Das ist das Ziel Ihrer Wissenschaft?«, fragte Martin entgeistert. »Den Menschen nachzubauen?«

Niedlich reckte sich und breitete seine Arme aus wie ein Prophet: »Wir werden Ihnen Ihr Bein wiedergeben können, Herr Held! Warten Sie nur noch ein paar Jahre zu, und wir können Ihnen vielleicht jedes beliebige Organ nachbauen. Wenn man uns nur forschen ließe, aber das ist ja unmöglich in diesem Land.« Doch Du Bois-Reymond unterbrach den Ausbruch des jungen Mannes, legte ihm eine Hand auf den Unterarm und zischte: »Pscht, pscht, ruhig!«

Jetzt kam auch Martin in Schwung: »Lassen Sie die Finger von meinem Bein, junger Mann. Ohne dieses Stück Holz und Leder wäre ich nicht ich selbst. Unvollständig würde ich mich fühlen ohne meine Prothese. Aber das ist Ihnen zu hoch, nicht wahr? Versuchen Sie nicht, mir meine Narben zu nehmen, junger Mann! Mein Körper ist das Protokoll meiner Niederlagen, meiner Siege. Daran haben Sie nichts herumzuflicken, verstanden?« Er schnaubte entrüstet und dann lachte er laut und hieb dem eingeschüchterten Bürschlein auf die Schulter. »Na ja, träumen Sie mal ruhig weiter. Aber ich sage Ihnen gleich, ich verzichte auf Ihre Dienste.«

Die Spannungen, die der Tag und auch der unangenehme Gesprächsverlauf in ihm aufgebaut hatten, waren auf einmal wie fortgeblasen. Jetzt, so dachte er und genoss das plötzliche Gefühl frei fließender Kraft in seiner Brust, hat die Energie des freien Wortes einen Hebel in mir umgelegt. Hebel, Drähte, Seelenmechanik. Na sei's drum. Hatte Gustav heute früh nicht irgendetwas Ähnliches erzählt? Es habe ihn überrascht, dass Niedlich auf einmal so vehement in die Diskussion eingestiegen war? Eigenartiger Kauz, für so temperamentvoll hätte er ihn eigentlich gar nicht gehalten.

Idstein legte Fechner vorsichtig von hinten die Hand auf den Unterarm, und der drehte sich um, bemerkte, welche Gastgeberpflicht er nun zu erledigen hatte, löste sich mit einem entschuldigenden Lächeln aus der Runde und geleitete die grußlos abgehenden Männer aus dem Raum. Martin bedauerte den Professor und ärgerte sich über Du Bois-Reymond. Wann hätte er wohl je wieder Gelegenheit, unverdächtig mit diesen Herren aus dem roten Baden zu sprechen? Doch dann zuckte er die Schultern und besann sich eines Besseren. Hier vor ihm stand Niedlich, im Leichenhaus lag ein toter Junge, und er, Martin, würde seinen Mörder finden. Mit einem nonchalanten Lächeln wandte er sich an den Waisenhausarzt: »Würden Sie mich morgen Vormittag beehren, bitte?«

»Aber selbstverständlich!«, entgegnete dieser indigniert, so als wäre Martins Bitte eigentlich eine Zumutung.

Fechner kam zurück, und Martin nahm die Gelegenheit wahr, sich zu verabschieden. Ein Blick auf die Uhr hatte ihm die zehnte Stunde angezeigt und er wollte noch einmal auf die Wache, noch einen letzten Anlauf machen, Paulssens Brief zu finden und dann ab nach Hause in die Falle. Seltsamerweise war es ihm auf einmal fast egal, ob er den Brief fände. Und hier gab es für ihn sowieso nichts mehr zu holen.

Fechner geleitete auch ihn hinaus.

»Der Herr Grimm, was ist denn das für einer? So still, wie er war, weiß ich nun gar nicht, was ich verpasst habe«, fragte Martin Fechner im Vorraum.

»O ja, ein interessanter Mann, fürwahr. Er wird leicht unterschätzt.«

»Inwiefern?« Martin war schon mit einem Arm im Mantel, und Fechner grinste verschmitzt: »Die Göttinger Sieben, das sagt Ihnen wohl gar nichts, wie?«

»Ach je, natürlich!«, tat Martin harmlos. »Ist das etwa einer von diesen Professoren, die wegen ihres politischen Engagements aus dem Königreich Hannover geflogen sind?«

»Genau, und aus ihren Stellungen an der Göttinger Universität. Er ist übrigens ein Studienfreund von Herrn Direktor Hagedorn gewesen. Sie haben sich aber böse zerstritten, im Zuge einer Theoriedebatte über den Ursprung der menschlichen Sprache. Eine ganz eigentümliche Sache. Vor allem aber ist der Märchenonkel wohl einer der tüchtigsten Republikaner, die zurzeit unter Leipzigs Dächern weilen!«

»Und da ist die Konkurrenz heute Nacht ja groß, möchte ich meinen«, lachte Martin. »Lieber Professor, ich bitte Sie ganz herzlich, mich erst wieder einzuladen, wenn Sie den Kirchenvorstand von Sankt Nikolai, die Vorsitzenden sämtlicher Wohltätigkeitsstiftungen unserer Gemeinde und ein paar langweilige Holzköpfe aus Ihrer Fakultät zu Gast haben, bitte!« Martin hob übertrieben flehend die gefalteten Hände, und nun lachten beide herzlich. Im Geiste notierte sich Martin jedes der Worte Fechners und nahm sich vor, sich bei Hagedorn über seine Forschungen zu informieren. Sicher ein guter Einstieg für ihr nächstes Gespräch. Martin konnte sich nicht vorstellen, wie man sich über den Ursprung der menschlichen Sprache zerstreiten konnte. Kinder lernten das Sprechen von ihren Eltern. Ende der Debatte. Nicht ohne eine Spur von Heuchelei stellte er fest: »Aber dieser Du Bois ist schon eine tolle Nummer!«

Doch Fechner bremste ihn: »Nun ja, ein wenig geltungsbedürftig, finde ich. Er braucht immer die ganz große Bühne!«

»Und nebenbei bemerkt hat er auch ein ruhigeres Gespräch erschwert.« Fechner sah aus, als würde er Martins Andeutung nicht verstehen und vielleicht tat er es ja auch nicht. Woher sollte er schließlich von den politischen Neigungen seines Gastes wissen? Martin fragte sich erneut vergeblich, ob diese Gästekonstellation nun zufällig entstanden oder von Fechner mit Absicht so konstruiert worden war. Er musste sich eingestehen, er durchschaute den alten Fuchs einfach nicht.

»Ich komme ein anderes Mal wieder. Eigentlich wollte ich Sie ja ein wenig über Niedlich, Größ und Hagedorn ausfragen.«

»Ja, gerne, da kann ich nichts falsch machen. Lauter brave Leute. Hagedorn konnte ich natürlich nicht einladen. Er und Grimm sind die größten Feinde. Akademische Feinde, natürlich. Und sein Größ, der ist noch viel schlimmer! Aber jetzt kann ich Ihnen das nicht erklären, das sehen Sie sicher selbst.«

»Nur ein paar Worte über Herrn Größ, bitte!«

»Na gut. Was wollen Sie wissen?«

»Warum wird er nicht fertig? Sie betreuen ihn doch.«

Fechner überlegte nicht lange: »Er hat ein Problem, die ein Arzt nicht haben sollte, eigentlich zwei Probleme.«

»Und die wären?«

»Zum Ersten kann er kein Blut sehen …«

»Ach, gibt's denn so was?«

Fechner lächelte schmallippig: »Ja, tatsächlich. Und zum Zweiten, und das ist viel bedeutender: Er ist entscheidungsschwach. Eigentlich hängt sein Herz nicht an der Medizin, sondern an der Sprachforschung, aber er kann sich nicht zu einer Entscheidung durchringen. Das aber ist das Schlimmste, was man einem Arzt nachsagen kann.«

Martin verstand und nickte. »Aber wieso unterstützen Sie ihn dann?«

»Ein Freundschaftsdienst. Sein Vater ist ein Studienfreund von mir. Ein herausragender Chirurg, nebenbei bemerkt!«

»Also gut. Und ihm einfach reinen Wein einzuschenken, dass er zu dem Beruf nicht taugt?«

Fechner zuckte mit den Achseln. »Was denken Sie, sollte ein entscheidungsschwacher Mensch als Erstes lernen?«

Martin grinste. »Entscheidungen selbst zu treffen.«

»Genau. Sapere aude! Wage zu wissen! Horaz. Und wenn er das Problem gelöst hat, lösen sich hundert andere von allein.«

›Stimmt‹, dachte Martin. ›Das konnte man einem jungen Menschen nicht ersparen. Auch keinem Älteren.‹

»Ich danke Ihnen, Professor. Sie haben mir sehr geholfen.«

Martin schüttelte ihm die Hand, verabschiedete sich endgültig und Fechner schien erleichtert, als sein Gast endlich ging.

Nachdenklich stiefelte Martin ins Parterre hinab. Dann stand er auf der Straße und sog erleichtert die Abendluft ein. Noch immer lag ein Schimmer von Licht um den Horizont gebreitet und die

Schwalben schwammen darin wie in einer glasigen Spiegelung ihrer eigenen Träume. Der Sommer hob an, und er spürte dessen Kraft und Verheißungen in sich eindringen. Wäre es denn so schlimm, den Schreibtisch, den Ledersessel und die Kommandogewalt im Neuen Polizeiamt aufzugeben? Sapere aude! Na ja.

Das Ganze hatte aber auch noch eine praktische Seite. Er überschlug kurz seine Erträge aus den Eisenbahnaktien, die er auf Empfehlung seines Freundes Max Wiegand gekauft hatte, als sie noch günstig gewesen waren. Einmal die Niagarafälle zu sehen, vielleicht wäre das viel wichtiger, als hier Jahr für Jahr mit mäßigem Erfolg für Ordnung zu sorgen, und … Erstaunt über sich selbst zog Martin die Brauen zusammen. Was war denn auf einmal mit ihm los? So wagemutig? Ob es vielleicht wirklich einen Hebel oder Schalter in seiner Brust gab, und er war versehentlich darangestoßen? Das Bild gefiel ihm. Dennoch hoffte er, dass es auch wirklich bloß ein Bild war. Er mochte keine Maschine sein. Keine Schalter. Nur wohlüberlegte Entscheidungen.

Auf einmal wieder energiegeladen ging er auf den Promenadenring hinaus und entschloss sich, noch etwas durch die nächtlichen Straßen zu spazieren. Schließlich suchte er sich ein ruhiges Plätzchen an der Pleiße. Unter einer Linde sitzend gab er sich seinen Gedanken und dem letzten Akt des Tages hin, der die langen fließenden Linien der Schwalben in sich aufsog, bis sie in der dunklen Kulisse der Nacht verschwanden.

Als es ganz finster geworden war, wanderte er zurück in die Stadt und marschierte in Richtung Naschmarkt. Noch immer begegnete er auf den Straßen kleinen Grüppchen von Flaneuren. Er näherte sich über das Salzgässchen seiner Dienststelle, doch als er das Polizeigebäude durch den Hintereingang betrat und durch die Flure und Gänge auf sein Büro zuging, glaubte er plötzlich, durch die Tür ein schabendes Geräusch zu hören. Die Diensthabenden und Hausdiener Kessler hatten dort drinnen nichts zu suchen. Wer also konnte es sein?

Leise schlich er voran. Tatsächlich. Unter seiner Tür lag ein schmaler Streifen Licht, wie von einer flackernden Kerze. Sein Herz begann laut zu schlagen. Waren es einer oder mehrere Eindringlinge? Er selbst war unbewaffnet, bis auf seinen Stock. Leise drückte er die Klinke, aber nicht leise genug. Das Licht erlosch sofort und etwas Hölzernes krachte zu Boden. Martin stieß die Tür weit auf und stürzte hinein. Ein mächtiger Rücken verdeckte das Fenster; der Einbrecher hockte schon sprungbereit auf dem Fensterbrett, als Martin sich auf ihn warf. Im Dunkeln konnte er nichts sehen und griff blind zu. Bevor der Mann sprang, hatte er ihn gerade noch so am Rock erwischt. Etwas Festes, Rundes drückte in seiner Handfläche, aber dann stolperte er, und der filzige Stoff glitt ihm aus den Fingern. Zugleich sprang der Mann vor ihm in die Tiefe. Martin hörte hinter sich ein Geräusch, kam aber nicht mehr dazu sich umzudrehen. Ein schwerer Schatten schwang von hinten auf ihn herab, und das Letzte, was er hörte, war ein schreckliches Krachen und Splittern direkt in seinem Kopf.

Dann war es dunkel.

×××

Es war ein furchtbar langer Tag gewesen. Immer, wenn sie gedacht hatte, sie hätte ihr Tagewerk endlich geschafft, war einem der beiden Koopmanns doch noch etwas eingefallen, das keinen Aufschub duldete. Jetzt aber war das Tagwerk beendet und Amalia konnte ihren eigenen Plänen nachgehen.

Sie presste sich eng an den Boden und glitt mit minimalen Bewegungen näher und näher an das Gebäude heran. Die Glocke hatte Mitternacht geschlagen und sie hatte seit mindestens einer Stunde hier im taubenetzten Gras am Schwanenteich gelegen und darauf gewartet, dass endlich die letzten Lichter über ihr erloschen. Bis zum nächsten Sonntag zu warten, das erschien ihr unmöglich – zumal sie auch am Sonntag auf keinen Fall einfach Abends im Haus bleiben konnte. Der Hausmeister gab viel zu sehr darauf Acht, dass am Abend alle Hausfremden aus dem Sankt Georgen heraus waren. Also musste sie es anders machen.

Aber heute hatte sie sich wohl den falschen Abend ausgesucht. Sie schienen dort drinnen gar nicht ins Bett zu wollen. Niedlichs Fenster, Hagedorns Studierstube, selbst Größens Vorbereitungsraum, der ebenfalls zum Augustusplatz hinausging, waren bis gerade eben hell erleuchtet gewesen. Die alte Stadtmauer bildete die Rückseite des Georgenhauses und blickte von einer steilen Böschung über den Teich hinweg, der wiederum einer der letzten Überreste des alten Stadtgrabens war. Amalias Kleid wurde ungemütlich klamm, und das Gequake der Frösche machte sie langsam wahnsinnig. Trotz der Müdigkeit waren ihre Nerven aufs Äußerste gespannt und es schien ihr, als könne sie jederzeit von der Promenade aus entdeckt werden. Wenn doch nur endlich der geeignete Moment kommen würde, um sich die letzten Meter unter das angelehnte Fenster der Schulstube zu robben und über die Leiter, die sie dort deponiert hatte, einzusteigen! Aufmerksam sah sie sich um, und tatsächlich: Keine Spaziergänger und auch kein Licht waren mehr zu sehen. Hektisch begann sie, sich des Kleides zu entledigen, unter dem sie eine von Jakobs Hosen trug. Frauenkleider konnte sie heute Nacht nicht gebrauchen. Ihr Plan ängstigte sie zwar selbst, aber von dessen Ausführung würde sie sich dennoch von nichts in der Welt abbringen lassen. Um ihren schrecklichen Verdacht zu überprüfen, musste sie in Hagedorns Büro gelangen, koste es, was es wolle.

Die letzten Meter nahm sie in einigen von der Steigung gebremsten Sätzen, hob mit zitternden Händen die windschiefe alte Leiter ans Fenstersims und war zu ihrer eigenen Überraschung schneller drinnen als Pfarrer Bratsch Amen sagen konnte. Sie gönnte sich keine Zeit zum Verschnaufen, zog schleunigst die verräterische Steighilfe herein und legte sie lautlos auf den Steinboden unter der Fensterreihe. Dann lehnte sie sich schwer atmend an die kühle Wand und versuchte, unter dem strengen Blick der ausgestopften Eule, ihren Puls dem stoischen Schlag der Standuhr in ihrem Glasschrein anzugleichen.

Nach einigen Atemzügen hatte Amalia sich wieder im Griff und entledigte sich der Schuhe. Barfuß schlich sie nun aus dem Unterrichtsraum hinaus auf den Flur und machte sich auf den Weg in die oberen Etagen. Noch nie war sie nachts hier gewesen, aber gottlob kannte sie sich gut im Gebäude aus und fand ihren Weg trotz mangelnder Beleuchtung. Nur der Mond schien ein wenig und warf Amalias langen Schatten an die Wände. Sie versuchte von Deckung zu Deckung zu huschen und lobte sich selbst im Stillen für Ihre Idee mit der Hose.

Als sie um die letzte Ecke vor Hagedorns Wohnung bog, glaubte sie, leise Schritte hinter sich zu hören. Atemlos stand sie still und presste sich an die Wand. Da! Ein schleifendes Geräusch. Bloß ein Nachhall ihrer eigenen Schritte? Eine Katze? Sie lauschte in die Finsternis, aber das Geräusch kehrte nicht wieder. Mit fliegenden Händen suchte sie den Schlüssel, den sie von Schöpfs Bund gestohlen hatte, aus den Tiefen ihrer Hosentaschen heraus und steckte ihn ins Schloss. Der Diebstahl widerstrebte ihr, doch die Tür hatte außen weder Klinke noch Knauf, und ohne Schlüssel wäre sie nie hereingekommen. Mit einer entschlossenen, gleichmäßigen Drehung öffnete Amalia die Tür. Der Alte schlief hinter seinem Büro und Lesezimmer, das wusste sie. Aber sie war noch nie über diesen Raum hinausgekommen, und daher hatte sie keine Vorstellung davon, wie weit weg er sich befinden mochte. Hoffentlich hatte er einen festen Schlaf.

Das hohe Jaulen eines Irren aus dem Nebenflügel ließ sie erschauern. Sofort setzten weitere Stimmen ein und sie bildete sich ein, sogar die Ketten der Eingesperrten rasseln zu hören. ›Wenn ihn das nicht anhebt, werde ich ihn wohl auch nicht wecken‹, dachte sie und schob vorsichtig die Tür auf. Zum Glück waren die Angeln gut geölt, und so drang sie ohne einen Laut in die Wohnung ein. Sie zog die Tür vorsichtig wieder heran, bis die Zunge des Schlosses anschlug, und ließ sie angelehnt. Dann glitt sie über den Teppich zum Sekretär des Direktors und begann ohne Verzögerung, die Schubladen eine nach der anderen zu öffnen und zu durchsuchen, hob die Dokumente, die sie fand, ins Mondlicht und las konzentriert und eilig, was sie in Händen hielt.

Während sie mit einem Schubfach kämpfte, das sich als verschlossen erwies, bemerkte sie nicht, wie die Wohnungstür sich ein weiteres Mal leise öffnete und wieder schloss.

Unruhig suchte sie weiter. Hier war es nicht und dort drinnen auch nicht – aber es musste hier sein, sie wusste es. Und dann hielt sie schließlich die Liste in der Hand, die sie gesucht hatte, und überflog sie, so gut es unter den schlechten Bedingungen ging.

Plötzlich zuckte sie zusammen. Da waren Schritte, sowohl im Flur als auch im Schlafzimmer. Der Panik nahe, versuchte sie die Dokumente zurück in die Schublade zu stopfen. Aber auf einmal war diese verschlossen, und sie brauchte eine halbe Ewigkeit, um zu begreifen, dass die unverschlossene, die sie suchte, eine Etage tiefer lag. Im letzten Moment schaffte sie es, sich mit den Papieren vor der Brust unter den Sekretär zu wälzen und sich unter dem Möbel zusammenzurollen. Kaum lag sie still, stapfte Hagedorn auch schon griesgrämig murmelnd und nackt, lediglich mit großen grünen Filzpantoffeln an den Füßen, herein. Er hatte kein Licht dabei und sah forschend umher. Amalia konnte von ihrem Versteck aus sehen, dass er das Gebiss herausgenommen hatte und Gott sei Dank auch ohne Brille unterwegs war. Eine Katze hüpfte durch die angelehnte Tür herein, lief auf Hagedorns weiße Beine zu und begann sich schnurrend an ihnen zu reiben. Der alte Mann lachte leise und gähnte dann.

»Verdammte Viecher!«, sagte er und nahm das Tier hoch. Er streichelte die Katze am Kopf, trug sie dann zur Tür und warf sie ins Dunkel. Amalia hörte, wie das Tier an der gegenüberliegenden Wand abprallte und erbost fauchend zu Boden fiel. Dann warf der Direktor die Tür zu, rüttelte kurz an ihr und ging zurück in sein Schlafgemach. Ihr wurde fast schwindelig vor Erleichterung, dass die Gefahr überstanden war und sie schluckte gegen die Übelkeit an, die aus ihrem Magen aufstieg. Auch wenn es unbequem war, es blieb ihr nichts anderes übrig, als mindestens eine halbe Stunde abzuwarten, bis der Mann wieder schlief.

Als die Uhr draußen eins schlug, erlaubte sie sich, wieder aus ihrem Versteck herauszukommen. Mit zitternden Händen verwischte sie ihre Spuren, nicht ohne zuvor in eisiger Konzentration mehrere Male die entscheidende Liste zu lesen und zu memorieren. Dann endlich glitt sie aus der Wohnung.

Sie fühlte sich nun fast in Sicherheit und wollte nur noch eines, nämlich auf dem schnellsten Wege das Haus wieder verlassen. Doch als sie es schon fast geschafft hatte, geschah die Katastrophe. Ein harmloser Putzeimer, stehen gelassen und vergessen, stand ihr im Weg und stürzte scheppernd um. Das kalte Wasser umspülte ihre Füße und wurde zu einer Pfütze rund um sie her. Als könnte sie damit irgendetwas ungeschehen machen, stellte Amalia den Eimer wieder auf und versuchte auch, den Wischlappen, der in dem seifigen See um ihre Knöchel davon geschwommen war, wieder an seinen Platz zu bugsieren. Die Sinnlosigkeit ihres Tuns wurde ihr im selben Moment bewusst, als sie Schöpfs Stimme hörte: »Halt! Stehen bleiben!« Und da wusste sie, dass es, wollte sie davonkommen, nun nur noch eines gab: Rennen!

Doch wohin? Der Hausmeister hatte sie wohl über den oberen Flur umgangen und schnitt ihr jetzt den Weg zur Schulstube hin ab. Da war er also doch schon seit Hagedorns Wohnung hinter ihr her gewesen.

Grimmig biss sie sich auf die Lippe und versuchte sich den Gebäudegrundriss vorzustellen. Ihr blieb nur der Weg ins Obergeschoss und auf den Dachboden, aus dem Konrad sich gestürzt hatte, ach was gestürzt, gestoßen worden war er doch! War es so abgelaufen, genau so wie jetzt gerade? Und würde er sie auch hinausstoßen? Eiskalt lief es ihr über den Rücken, und noch immer suchte sie fieberhaft nach einem Ausweg und fand ihn nicht.

Jetzt konnte sie Schöpf im Dunkel von vorn schon nahen hören. In Windeseile fuhr sie herum, rannte den halben Weg zurück und bog zum Mädchenschlafsaal hin ab. Wenn sie dort kein Asyl fand, war sie verloren. Vielleicht, schoss es ihr durch den Kopf, würde sie Schöpf dort aber auch gar nicht suchen. Natürlich würde das Eindringen eines Einbrechers in einem Schlafsaal voller Mädchen sofort einen Aufruhr erzeugen. Genau das könnte sie jetzt noch retten. Vielleicht.

Mit fliegenden Händen riss sie die Tür zum Schlafsaal auf und stürmte hinein. Mehrere Mädchen erwachten. Sofort verschloss Amalia geräuschlos die Tür hinter sich und gebot den Mädchen mit einer rigorosen Handbewegung zu schweigen. Wie sie erwartet hatte, gehorchten sie sofort und gewohnheitsgemäß und lagen still.

Schnell huschte Amalia durch die Bettreihen und suchte nach einem Versteck. Es standen immer sechs und sechs Betten Kopf an Kopf unter den Gewölbebögen, und der Schlafsaal war jetzt in helles Mondlicht getaucht. Aber so sehnsüchtig Amalia auch um sich sah, ihren Augen bot sich in dem spärlich möblierten Saal kein sichtgeschützter Winkel.

Draußen kamen Schöpfs Schritte näher und näher. Er schien wider Erwarten nicht vorbeizulaufen, sondern genau auf den Schlafsaal zuzukommen. Auf einmal griff eine Hand nach ihrem Handgelenk und zerrte sie grob auf ein Bett herab.

»Komm rein, schnell!« Das Mädchen schlug die Decke zurück und Amalia verstand sofort. Ihre Retterin war etwa so groß wie Amalia selbst und hatte langes rotblondes Haar, das im Mondlicht schimmerte. Jetzt erkannte Amalia sie und lächelte ihr kurz und dankbar zu. Das Mädchen nickte knapp, dann presste es Amalia mit einem Schwung, der jeder Schulhofrauferei Ehre gemacht hätte, unter sich und tief in die Matratze. Schon lag sie flach auf Amalia und drückte ihr das Kopfkissen aufs Gesicht. Mit Armen und Beinen umklammerte sie sie und sorgte so schon im Augenblick des Zudeckens dafür, dass sie mucksmäuschenstill lagen wie ein einziger Körper.

Beide lauschten atemlos auf Schöpfs Eintreten. Langsam schwang die hohe Holztür auf und der schwere Mann kam herein. Der ganze Schlafsaal schien den Atem anzuhalten und kein Schnaufer verriet die Erregung, mit der die sechzig Mädchen auf jede Regung des Eindringlings lauschten. Amalia hörte seine Schritte langsam und gleichmäßig näher kommen, mit einer Zielstrebigkeit, die sie nicht verstand, und fühlte sich wie die Maus in der Falle.

»Sonja!«, flüsterte er.

Das Mädchen hatte sich nur leicht bewegt, sodass Schöpf annehmen musste, sie hätte ihn gehört.

»Was wolltest du bei Hagedorn?«

»Wieso bei Hagedorn?«

»Hör auf zu lügen, ich habe dich doch herauskommen sehen.«

»Aber ich war doch gar nicht da!«, versuchte das Mädchen es mit dem ältesten Trick der Welt.

»Deine nassen Füße, Sonja, deine Spuren führen direkt hierher.«

Sie schwieg und Schöpf seufzte traurig. »Sonja, Sonja, warte doch noch ein halbes Jahr ab, dann kommst du hier heraus. Und es soll dir nicht schlecht gehen bis dahin, er hat es uns doch versprochen.«

Sonja probierte es mit dem zweitältesten Trick der Welt und begann leise zu weinen. Schon halb erstickt, musste Amalia dennoch lächeln, aber lange hielte sie das nicht mehr aus. Jeden Moment müsste sie atmen und dafür musste sie unter dem Kissen hervorkommen. Aber Schöpf schien versöhnt, er streichelte Sonja über den Kopf und wandte sich ab.

Als Amalia meinte, es ginge gar nicht mehr, schloss sich die Tür hinter ihm, und der Druck auf ihrem Gesicht wurde gelöst. Mit einem tiefen, schluchzenden Atemzug kam sie hoch und lag nun keuchend unter dem Mädchen, das amüsiert und kühl auf sie herabsah: »Na, Fräulein, Probleme?« Sonja rollte sich von Amalia herab und stützte sich entspannt auf einen Ellenbogen.

»Lassen gerade nach, danke schön!« Amalia keuchte und lächelte zurück. Dann bemerkte sie die wachsende Schar neugieriger Gesichter, die sich um Sonjas Bett versammelten.

»Husch, husch ins Bett, Mädchen!«, scheuchte Sonja sie fort. Das Fräulein kommt bloß mal nachsehen, ob ihr brav seid!« Die Kleinen sahen sie noch einen Moment lang an und traten dann gehorsam den Rückzug an. Vielleicht waren sie an solche Szenen ja gewöhnt.

Sonja fragte nicht weiter nach, sondern schlug die Bettdecke zurück, sodass Amalia aufstehen konnte. Nun sah Amalia ihre verräterischen Fußstapfen am Boden und schalt sich eine Närrin, sich die Füße nicht abgetrocknet zu haben. Aber wie auch, in der Eile.

»Ist ja noch mal gut gegangen«, beschwichtigte Sonja sie. »Und jetzt verschwinde!« Sie drückte Amalia verschwörerisch den Unterarm.

»Willst du gar nicht wissen …?«

»Pscht!«, machte das Mädchen. »Ich muss gar nichts wissen.«

Amalia war auf einmal glücklich, aber auch erschöpft. Am liebsten hätte sie sich wieder zu dem Mädchen ins Bett gelegt und wäre eingeschlafen. Aber das ging natürlich nicht.

»Nimm das Fenster hier! Es ist nicht hoch.«

Amalia war überrascht. Das klang wie ein Erfahrungswert. Die Kinder hier führten offenbar ein Eigenleben, von dem niemand etwas wusste.

Sonja trat mit ihr ans Fenster und hob eine der scheinbar unverrückbar eingemauerten Eisenstangen mit einer Drehbewegung aus ihrer Halterung. Die Öffnung, die entstanden war, reichte, um einen schlanken Körper passieren zu lassen. »Und um die Leiter und das Fenster in der Schulstube kümmere ich mich!«, setzte Sonja mit noch breiterem Grinsen hinzu.

Amalia schüttelte den Kopf und hätte fast gelacht, so leicht war ihr auf einmal zumute. Gab es eigentlich irgendjemanden hier, der ihr heute Nacht nicht hinterhergeschlichen war? Sie war ja wirklich ein jämmerlicher Einbrecher!

Schnell war sie hinaus und sah noch einmal kurz zurück. Das patente Mädchen mit dem roten Haar winkte ihr hinterher. Eilends zog sich Amalia um, und wenige Minuten später war sie in der Dunkelheit verschwunden.

×××

Er war entsetzt. Die Dinge begannen außer Kontrolle zu geraten. Natürlich hatte er bemerkt, dass das Haus von der Polizei beobachtet wurde, auch wenn sie nach wie vor nur von einem Unfall sprachen. Er hatte damit gerechnet. Er brauchte ja auch nicht mehr lange. Es musste einfach in den nächsten Wochen so weit sein. Natürlich hatte er auch damit gerechnet, dass Amalia das versuchen würde, was sie nun versuchte. Wütend schnaubte er unter der Maske, die sein Gesicht verbarg und nur zwei Schlitze für die Augen frei ließ. Er hatte sie präzise abgepasst, hatte vor Schöpfs Tür Lärm gemacht, war ihr dann weiter auf dem Fuße gefolgt und hatte sie in Hagedorns Büro verschwinden sehen. Aber der alte Mann hatte sie nicht bemerkt, auch nicht, als er die Katze hineingescheucht hatte, in der Hoffnung, dass sie Amalia verraten würde. Auch Schöpf hatte sie nicht rechtzeitig erwischt, war ihr immerhin bis in den Schlafsaal gefolgt und hatte sich dann aber ebenfalls narren lassen. Sie würde wieder durch das Fenster im Schulzimmer verschwinden. Sie durfte mit dem, was sie wahrscheinlich gefunden hatte, nicht entkommen.

Er hatte Schöpf wie einen begossenen Pudel über den Steinfußboden des langen Flures abziehen sehen, traurig und Selbstgespräche führend, und nach kurzer Besinnung eine Entscheidung getroffen. Lautlos huschte er ins Klassenzimmer und wartete. Wie er erwartet hatte, öffnete sich nach kurzer Zeit die Tür und eine weibliche Gestalt wehte lautlos wie ein Schatten durch den Raum. Die Frau schritt zum Fenster und öffnete es. Als sie sich niederbeugte, um die Leiter anzuheben, machte er einen langen Satz nach vorn und riss sie um. Sie war kleiner, als er erwartet hatte. War Amalia tatsächlich so klein? Aber er hatte keine Zeit, darüber nachzudenken, es war auch zu dunkel und außerdem wehrte sie sich mit der Kraft und Geschicklichkeit eines Gassenjungen. Er versuchte, ihre Handgelenke zu umfassen, aber da landete sie auch schon einen Faustschlag auf seiner Nase, dass ihm die Tränen in die Augen schossen. Seine Maske war verrutscht, sodass er nur noch mit dem linken Auge sehen konnte. Er musste sie mit einer Hand zurechtrücken und schon hatte sich das Mädchen unter ihm hervorgewunden, hatte irgendeinen Gegenstand zu fassen bekommen, der am Boden gelegen hatte, und verpasste ihm damit einen zweiten, ihn annähernd betäubenden Schlag an die Schläfe. Mühsam stützte er sich auf und schnappte nach ihrem Knöchel, während sie sich von ihm wegrollte. Er erwischte sie gerade noch, aber anstatt von ihm wegzurobben, bog sie sich zu ihm hin und rammte ihm mit einem schnellen Zug nach hinten den Ellenbogen ins Gesicht, sodass er leise aufschrie. Er sah Sterne und schmeckte sein eigenes Blut. Ein Zahn schien herausgebrochen zu sein.

Leise fluchend ließ er von ihr ab und rollte von ihr weg. Und schon war sie aufgesprungen und entschwand seinem getrübten Blick geradewegs durch das Fenster in die Tiefe hinaus. In diesem Moment fiel das Mondlicht auf ihr Haar. Er hörte ihren Körper die Böschung hinabrollen und wusste, selbst wenn er ihr noch hinterherspringen würde, er war nicht mehr imstande, die Verfolgung aufzunehmen. Aber er wusste auch, dass er das gar nicht mehr nötig hatte. Leise stand er auf und griff sich vorsichtig an die schmerzende Nase. Immerhin schien sie nicht gebrochen zu sein, aber er blutete aus dem Mund und tatsächlich, ein Schneidezahn war hin. Sein Fuß stieß gegen den Gegenstand, mit dem sie ihn am Kopf getroffen hatte. Es war ein kleiner Schemel, wie ihn die Kinder benutzten, um an die oberen Schrankregale zu gelangen. Mist, verdammter!

Mit dem Kopf im Nacken stand er Blut schniefend da und versuchte einen klaren Gedanken zu fassen. Sie würde ihn kaum erkannt haben. Es war finster hier drinnen und seine Maske hatte sicher ihren Dienst erfüllt. Sollte er die Spuren ihres Kampfes verwischen? Das war ja nicht viel. Wütend schoss er den Hocker mit einem Tritt quer durch das Zimmer, hinkte dann zum Fenster, nahm die Leiter fort und sperrte den Riegel zu.

Als er das Klassenzimmer verließ und sich noch immer ein Bein nachziehend dem Schlafsaal näherte, bemerkte er dort drinnen eine leise Unruhe. Ob man den Kampf im Nebenraum mitbekommen hatte? Aber das Geraschel verstummte sofort wieder, als hätte bloß eines der Kinder im Schlaf etwas gemurmelt, nur um gleich wieder einzuschlafen. Auch von Schöpf fand er keine Spur. Gut so.

Er wartete eine Viertelstunde lang vollkommen still vor der Tür, lauschte auf die leisen Geräusche da drinnen und überlegte. Sein herausgebrochener Zahn verursachte inzwischen einen pochenden Schmerz und die Wut drohte immer wieder, ihn zu übermannen. Dann beschloss er, auf Nummer sicher zu gehen, zog sich die Maske vom Gesicht und öffnete lautlos die Tür, rief leise einen Namen. Nach einer kleinen Weile hörte er, wie sich ein Körper aus den Kissen hob. Ein Zögern lag in der Luft, und er musste erneut leise und freundlich denselben Namen rufen. Dann hörte er nackte Füße über das Parkett durch die Dunkelheit auf sich zutapsen. Zufrieden lächelnd streckte er eine Hand durch den Spalt.

×××

Hausdiener Kessler hatte einen guten Schlaf und ließ sich nicht leicht beunruhigen. Längst hatte er in seiner kleinen Stube im Polizeiamt über dem Büro von Held in tiefem Schlaf gelegen. Aber dann war er erwacht und hatte das Rumpeln in der Wache gehört, vielleicht sogar unterdrücktes Stöhnen, Schläge oder gar Kampfgeräusche? Aber er war ein besonnener Mann, und darum war er auch nicht Polizist, sondern Hausdiener geworden. Das war vielleicht nicht ganz der Beruf, bei dessen Nennung der Nachbarschaft der Mund offen stehen blieb, aber sicher einer, bei dem man nicht so schnell ein Messer in den Rücken bekam oder einen Knüppel über den Schädel. Nachdenklich lauschte er in die Wache hinein, wo immerhin auch noch Portzinger und Wrangel ihren Dienst versehen sollten. Was mochte das sein, dieser Lärm? Und überhaupt: War er, Kessler, nicht eigentlich nur für die Pforte zuständig? Konnte er dafür, dass die beiden Herren Polizisten schon wieder besoffen waren? Suchend tastete er nach dem Glas Porter, das sie ihm zum Abend eingeschenkt hatten. Eine schwenkende Bewegung im Dunkeln. Es war leer. Schade!

Er schubberte sich die grindige Glatze und suchte umständlich nach der vergilbten Perücke, die er zur Nachtruhe unter das Kopfkissen gepackt hatte. Drinnen rumpelte und krachte es wieder. Da hatte doch um die Zeit niemand mehr etwas zu suchen! Obwohl, manchmal kam der Chef des Nachts ja noch zum Arbeiten her. Der war ganz verrückt. Aber eigentlich konnte da ja niemand drinnen sein außer den Kollegen. Ob er mal nachsehen sollte?

Ganz still setzte er sich auf seinen mageren Hintern und rückte sich die Perücke zurecht. Und wenn er sich das bloß eingebildet hatte? Man schlief ja doch so schlecht in der Stadt. Lieber wäre er in Lindenau auf seinem kleinen Hof geblieben. Der Gedanke an den Hof, den er angeblich versoffen haben sollte, machte ihn mürrisch. Nichts davon stimmte! Aber er konnte sich auch nicht an alle Details erinnern. Er war eines Tages gepfändet worden und hatte fortgemusst. Kessler gab sich kurz den traurigen Erinnerungen hin. Oha, jetzt flog auch noch ein Fenster auf und jemand sprang heraus. Das riss ihn nun doch hoch. Da musste doch etwas vorgehen. Andererseits war ja jetzt auch wieder Ruhe.

Er setzte sich also wieder, überlegte, was zu tun wäre. Na gut. Die Gefahr war vorüber. Er konnte genauso gut auch wieder schlafen gehen. Beruhigt legte er sich hin und fiel sogleich wieder in den traumlosen Schlaf, den nur ein reines Gewissen schenken kann.

×××

Als Portzinger aufwachte, wusste er nicht sofort, wo er war. Im Traum hatte er sich unter der Dorflinde von Grimma mit der kleinen Heiderose aus dem Wirtshaus im Kreis gedreht. Sie hatte ihn angelacht und er war glücklich gewesen. Aber dann hatte es plötzlich fürchterlich gekracht und er dachte, er wäre mit der Heidi in den Holzzaun des Biergartens hineingetanzt. Aber da wurde ihm auch schon bewusst, dass das Geräusch nichts mit seinem Traum zu tun hatte, sondern von Außen kam, aus der Wirklichkeit. Sofort saß er senkrecht auf seinem Strohsack und stemmte die Fäuste auf den Boden.

»Wrangel!«, brüllte er aus voller Brust. »Alarm!«

Der schwere Kollege rollte strampelnd von seinem Lager auf der Ofenbank herunter und plauzte auf den gefliesten Boden, während Portzinger sich die Alarmpfeife in den Hals schob und wie ein Irrer zu pfeifen begann. Stöhnend rappelte Wrangel sich auf, unfähig, sich gegen das Pfeifen zu wehren und dann stürmten beide zur Tür des Chefs, hinter der sie das Krachen und Poltern gehört hatten. Trotz seiner Beleibtheit war Wrangel der Dynamischere von beiden und so stürmten sie Martin Helds Büro zugleich. Ein Bild des Schreckens bot sich ihnen. Der Chef lag reglos am Boden, das Gesicht in einer Lache von Blut, das noch immer aus einer tiefen Kopfverletzung pulste. Alle Schränke waren leergeräumt, Akten lagen zerrissen umher und eine Schreibtischschublade lag zersplittert um seinen Kopf herum.

»Chef, Chef!« Wrangel ging auf die Knie und schüttelte Held sanft an der Schulter. »Los, hol einen Arzt, ach was, nein, hol Herrn Gäbler. Gäbler Gustav, den Barbier und Chirurgus, du weißt schon! Schnell! Und schicke Kessler los, Kroll muss herbei.«

Portzinger schluckte schwer und rannte los. Ein paar Minuten später war die Wache voller Nachtwächter und Polizisten, die in der Nähe gewesen waren und den Alarm gehört hatten. Gemeinsam hoben die Männer Martin Held auf und lagerten ihn behutsam auf einer Chaiselongue, die Kroll sich in seinem Büro aufgestellt hatte. Dann warteten sie und nur Portzinger tastete gelegentlich den Puls.

»Er lebt.«

»Ja natürlich lebt er, Trottel.«

»Ja wie, natürlich? Sieh ihn dir doch an!«

So ging es hin und her und ein halbes Dutzend Männer stand betreten und herum und wusste sich keinen Rat.

Das Erste, was Gustav sah, als er bei dem Verletzten eintraf, war ein Raum voller hilflos schweigender Männer. Sofort schoben sie ihn nach vorne. Da war er. Gott sei Dank, er lebte! Gustav schickte ein Stoßgebet zum Himmel und nahm seine Arbeit auf. Martin war totenbleich, der Puls war auf ein Minimum abgefallen und der Atem ging kaum spürbar. Immerhin hatten sie ihn richtig gelagert.

»Tiefe Ohnmacht!«, sagte er. »Es kann Stunden dauern, bis er aufwacht. Decken, haben Sie Decken hier? Und das Fenster auf, alle raus hier und die Tür zu. Lassen Sie uns in Ruhe!« Und damit verscheuchte er sie alle, um Martin gründlicher zu untersuchen.

Sie gehorchten ihm sofort und Gustav tastete Martin ab, zwar mit zitternden Händen, doch mit klarem Blick. Nach einer halben Stunde wusste er, es bestand keine Lebensgefahr. Er hatte einige Holzsplitter tief aus der Wunde geholt und sie hatte trotzdem nicht wieder schwer zu bluten begonnen. Auch wenn er noch nicht erwachen mochte, reagierten Martins Augen auf das Licht, und außer einem verletzten Knöchel, dem vitalen natürlich, waren keine Verletzungen zu beklagen. Jetzt konnte er nur noch abwarten, bis Martins Gehirn sich von dem Schlag ausreichend erholt haben würde. Solange würde er Wache halten.

»Holzkopf!« schimpfte er leise. »Alter Bauernschädel! Was du wieder anstellst!«

Behutsam zog er Martin das Kinn herab und sah nach, ob die Zunge richtig lag, nur für den Fall, dass er sich in seiner Ohnmacht erbrechen musste. Dann legte er sich hinter ihn auf die Chaiselongue und lauschte eine Weile auf den Atem seines Freundes. Gustav hörte noch, wie die Polizisten draußen vor dem offenen Fenster leise miteinander diskutierten. Aber das ging ihn nichts mehr an. Sacht legte er seinen Arm um den Geschlagenen und schlief ein.

×××

Als die Sonne aufging, erwachte Gustav und nahm vorsichtig seinen Arm von Martins Schulter, der schlief oder noch in seiner Ohnmacht verstrickt war. Gustav richtete sich leise auf, schälte sich aus den Decken, stieg über seinen Schützling hinweg und kniete sich zur Untersuchung vor die Chaiselongue. Martins Vitalfunktionen waren die eines gesunden Schläfers. Gustav nickte zufrieden. Das war es, was sein Freund jetzt brauchte. Absolute Ruhe.

Einige Zeit saß Gustav einfach nur da, sah auf Martin herab und dachte darüber nach, was der Junge ihm bedeutete. Ja, dachte er, aus dem Jungen von einst war ein Mann geworden, aber Flausen im Kopf, die hatte Martin noch immer. Vielleicht, so überlegte Gustav, musste ein väterlicher Freund wie er es für Martin war, manchmal mehr tun als nur zuzuhören. Vielleicht war es sogar seine Pflicht.

Er traf eine Entscheidung. Auf Zehenspitzen schlich er aus dem Büro Krolls in den Vorraum, wo die Polizisten den Morgenbetrieb schon wieder aufgenommen hatten, aber mit eiserner Strenge jeden Mucks des Publikums unterdrückten. Es war eine seltsame Atmosphäre, ganz ungewohnt für die Leipziger Wache. Die Bittsteller vor der Schranke warteten mucksmäuschenstill auf ihren Plätzen. Gustav grinste in sich hinein. Die Polizisten mochten ihn ja doch, ihren Alten. Noch nie hatte er diesen Raum derart die Luft anhalten hören. Er lehnte sich an den Türrahmen und gähnte. Sofort kam der junge Paul angewetzt. »Kaffee?«, flüsterte er.

»Nü freilich, mein Guter!« Dankbar nahm Gustav das Schälchen Heeßen entgegen, das der Junge ihm reichte, und keine zwei Sekunden darauf war Kroll an seiner Seite. »Wie geht es ihm?«, fragte er mit bangem Blick.

»Gut, gut, keine Sorge.« Gustav lächelte beruhigend und Kroll drehte sich sofort zu den Kollegen um und nickte ihnen wortlos zu.

»Es geht ihm gut, geht ihm gut«, wisperte es durch den Raum und Gustav konnte geradezu sehen, wie die gute Nachricht die Männer, die sie erreichte, aufrichtete und ihre Mienen erhellte. Gustav setzte die leere Tasse ab.

»Herr Kroll, ich habe eine dringende Bitte an Sie!«

»Alles, was Sie wollen!« Kroll stand gewissermaßen stramm.

»Spannen Sie an, tun Sie reichlich Stroh und Decken in den Wagen und spannen Sie die Persenning, sodass niemand hineinsehen kann. Dann kommen Sie zum Hintereingang und wir tragen ihn in den Wagen.«

»Ist er denn schon transportfähig?«

»Keine Sorge, das ist er.«

»Na gut. Und dann? Wo soll ich ihn hinbringen? Zu Ihnen?«

»Nein. Sie kennen doch die Familie Weyrich.«

Kroll kratzte sich überlegend am Kinn.

»Der Hof, auf dem wir Jêrome und die Hannsen geschnappt haben. Die Benni und Greta aufgenommen haben!«

»Natürlich.« Kroll erinnerte sich an die spektakuläre Festnahme im vorletzten Winter. »Dort soll ich ihn hinbringen?«

»Ja. Frau Weyrich besitzt alle Kenntnisse, um ihn zu pflegen und hat einen Garten, in dem alles an Heilkräutern steht, was man sich nur denken kann.«

»Und Sie wollen, dass er aus dem Schussfeld ist und Ruhe hat, richtig?« Kroll lächelte verstehend.

»Sie haben's erfasst! Machen wir es so?«

»Was für eine Frage. Natürlich machen wir es so. Männer!« Kroll wandte sich an die umstehenden Kollegen. »Ich erwarte Sie gegen Mittag hier im Büro. Betrachten Sie das Zimmer vom Chef ab sofort als Tatort und beginnen Sie schon mal damit, den Hergang hier zu rekonstruieren.« Er wedelte unbestimmt mit dem Arm umher, aber die Kollegen verstanden wohl, was er wollte. »Alles klar?«

Die Männer nickten und Kroll schien beruhigt. »Na dann: Auf geht's!« Und schon trabte er los, um Martins Verlegung vorzubereiten. Gustav war zufrieden. Er winkte Paul zu sich heran. »Hör zu, du kannst deinen Chef doch auch gut leiden, nicht wahr?«

Der Junge nickte heftig.

»Tu mir einen Gefallen. Du fährst mit Herrn Kroll, und wenn Herr Held etwas braucht, machst du den Boten zwischen ihm und mir, in Ordnung? Du gehst nicht auf die Wache für ihn, er braucht Ruhe, klar?«

Wieder nickte Paul eifrig. »Wohin bringen Sie ihn?«

»Nach Liebertwolkwitz, zu den Weyrichs.«

»Das laufe ich leicht dreimal täglich hin und her, wenn's sein muss!«

»Brav. Na dann los, Herr Kroll braucht dich!«

Schon war der Junge fort, und Gustav setzte die Tasse ab und ging zurück in Krolls Büro. In aller Behutsamkeit hatten Kroll und Hanschmann Martin auf einer Bahre angehoben und brachten ihn hinaus. Martin schlief noch immer tief. Er hatte sogar begonnen, leicht zu schnarchen. Gustav schnaubte befriedigt. So war es gut. Er würde noch heute Abend bei den Weyrichs vorbeireiten. Aber jetzt rief die Barbierstube. Schnell schrieb er ein paar Zeilen der Erklärung und Mahnung für Agnes Weyrich und noch ein paar für Martin und steckte sie Kroll zu, ehe dieser auf den Bock stieg. Dann tippte Gottlieb Kroll sich zum Gruß an die Mütze, schnalzte und der Gaul zog an. Gustav war beruhigt. Alles würde gut werden.

×××

Kroll führte die Zügel des Fuhrwerks, und obwohl er es eilig hatte, zu den Weyrichs zu kommen und noch eiliger, wieder zurück auf der Wache zu sein, lenkte er das Fuhrwerk geradezu behutsam um jede Untiefe herum. Am liebsten hätte er den Passanten, den fliegenden Händlern, die auf Eseln oder mit ihrem Viehzeug im Schlepptau auf dem Weg zu den Märkten und Schlachtbänken der Stadt waren, Ruhe geboten. Aber das war natürlich undenkbar.

Die Gäule zogen ihn mit ihren schweren Köpfen voran nickend über die Grimmaische Straße auf den Augustusplatz hinaus, wo sich die Holz- und Kohlenberge stapelten, die wegen der Brandgefahr nicht in der Stadt gelagert werden durften. Schwärme rußverschmierter Jungs kamen ihm entgegen gelaufen, tief gebeugt unter den Bergen von Brennmaterial , das sie für ein paar Kreuzer in den Gassen der Stadt von Tür zu Tür verkauften. Studenten, die auf dem Weg in die Paulinerkirche waren oder der Universität zustrebten, wichen den schmutzigen Bengeln, die im Wettlauf mit der Konkurrenz in die Stadt eilten, lieber aus. Was hatten die Einbrecher in Martins Büro gewollt? Was für eine Unverschämtheit, ins Polizeirevier einzubrechen. Und dann noch den Polizeichef fast zum Krüppel zu schlagen. Kroll grinste schief. Krüppel, na ja. In gefährlichen Zeiten lebten sie, in sehr gefährlichen Zeiten. Was hatten sie gesucht? Bestimmte Akten oder bloß Geld? Aber Geld? Ausgerechnet auf der Polizeiwache?

Er konnte es kaum erwarten, zurück auf der Wache zu sein und ließ die Gäule um die Promenade herum zügig traben, bis zum Königsplatz, wo er wieder langsamer wurde und sich durch die Stände des Gemüse- und Obstmarktes von Paul als Läufer vorneweg erst mal eine Gasse bahnen lassen musste. Er musste schnell herausfinden, was die Einbrecher gesucht hatten. Und dann musste er sie finden, möglichst bevor Martin wieder im Dienst war. Sonst würde der ihm auch wieder das Leben schwer machen. Als Stellvertreter war man natürlich immer dran, wenn der Chef nicht weiterwusste. Sie waren in dem Fall des kleinen getöteten Jungen seit Tagen keinen Schritt weitergekommen, und jetzt fiel auch noch der Chef aus. Das war schlimm, und Kroll sorgte sich reinen Herzens um ihn. Aber Martins Abwesenheit war auch eine Chance für ihn, den zweiten Mann. Vielleicht hatte er diesmal Glück und würde sie nutzen können.

»Komm hoch, Paul!« rief er. Sie hatten die letzten Stände hinter sich gelassen und nun rollten sie ungehindert auf der Straße stadtauswärts. Paul lief neben dem Wagen her und schwang sich dann mit einem geschickten Satz zu ihm herauf auf den Kutschbock. Kroll nickte ihm abwesend einen Dank zu. Auf der anderen Seite war ihm, so gestand er sich mit einer Mischung aus Widerwillen und stiller Resignation ein, ziemlich mulmig bei dem Gedanken, dass nun alles an ihm hing. Aber irgendwo unter der Resignation, das spürte er deutlich, lag auch ein Funken Trotz verborgen, Mut vielleicht sogar. Also gut: Er würde es zumindest versuchen. Grimmig schwang er die Peitsche und ließ die Gäule laufen.

×××

Martin hatte von Gustavs Barbierstube geträumt. Er war gekommen, um seinen Freund zu sehen, aber der Laden war menschenleer gewesen. Fische waren aus dem Spiegel gequollen, strömten durch den Raum und umkreisten ihn neugierig. Martin war nichts als pochender Kopf und schwebte in einer blutig roten Wolke dahin, trieb durch bloße Gedankenkraft in stoßweisen Eruptionen voran. Ein Gesang, ein Rufen aus tausend stummen Kehlen zog ihn in die hintere Stube. Als er in diese eintrat, zappelte etwas im Halbdunkel von der Decke, hundertfach, tausendfach hingen dort die Glieder, die ihm fehlten, ruckelten stumm und Hilfe suchend in seine Richtung. Aber sie waren an der Decke festgenagelt und konnten ihn nicht erreichen. Hände reckten sich nach ihm, Beine und Füße wirbelten im Wasser und alle schrien leise oder laut, stumm in seinem Kopf: Martin, Martin, Martin!

Das Traumgesicht verblasste und stattdessen sah er ein Gesicht klarer werden, mit dem er überhaupt nichts anfangen konnte. Es war eine Frau, die über ihn gebeugt stand und ihm eine scharf riechende Flüssigkeit in einem Taschentuch unter die Nase hielt. Stöhnend kam Martin hoch, doch sobald er sich bewegte, wurde ihm schlecht und Schmerzen durchzuckten seinen Schädel wie glühende Hufnägel. Sogleich ließ er sich mit einem Seufzer wieder zurücksinken und schloss die Augen. Ungewohnte Gerüche strömten mit einer Intensität auf ihn ein, dass er meinte, sich sofort übergeben zu müssen. Dann schleckte ein riesige Hundezunge quer über sein Gesicht, und Martin stöhnte gequält.

»Ah, er ist wach!« Die Frau lächelte und langsam sortierte Martin seine Eindrücke. Der Geruch von Kuhleibern und das leise Klingen ihrer Ketten, frisch gebackenes Brot, dazu das Pfeifen eines Wasserkessels auf dem prasselnden Herdfeuer. Agnes und Albrecht Weyrich, Greta und Benjamin, sein Patenkind, die sich über ihn beugten und ihn anlächelten. Mittendrin im Familienbild Fass, der riesige Hund des Jungen, der ihn fröhlich wedelnd angrinste und von Benjamin nur mit Mühe daran gehindert werden konnte, ihm erneut seine triefende Zunge über das Gesicht zu ziehen. Auf einmal wusste er, wo er war.

»Was zum Teufel!«, schimpfte er und richtete sich ruckartig auf, was erneut in einem stöhnenden Zurücksinken endete. Kurz wunderte er sich, dass alle herzlich lachten, laut und schallend, außer Benni natürlich, der nur den Mund weit aufgerissen hatte, wie zu einem lautlosen Freudenschrei.

»Was ist hier so lustig?«, knurrte er und blieb nun sicherheitshalber, wo er war: flach auf der Matratze ausgestreckt.

»Wir freuen uns, dass du noch lebst!«, sagte eine bekannte Stimme von der Tür her.

»Kroll! Was machst denn du hier? Und wie komme ich hierher? Was geht hier vor?« Dann wanderten seine Hände langsam zu seinem Schädel. »Oh, mein Gott. Mein Kopf!« Als er die dicken Binden ertastete, kam langsam die Erinnerung zurück: »Einbrecher ... da waren Einbrecher in meinem Büro.«

Nun kehrte tatsächlich die ganze Erinnerung zurück. Inklusive der Gewissheit, dass er keine Macht mehr darüber hatte, ob seine Texte veröffentlicht wurden oder auf welche andere Weise sie ihre Wirkung entfalten würde. Sie waren gewaltsam aus ihrem Dornröschenschlaf geweckt worden und hatten sich auf den Weg in die Welt gemacht. Aber fürchtete er sich nun etwa? Vorsichtig erforschte Martin sein Herz, doch das schlug keinen Deut schneller bei dem Gedanken. Ja, tatsächlich: Es war ihm egal. Vielleicht war es sogar besser so. Er war jenseits der Angst angekommen, nicht mehr erpressbar. Und lächelte. Endlich.

»Und? Hast du sie erkannt?«, fragte Kroll, der näher getreten war und sich auf der Bettkante niedergelassen hatte.

»Nein. Aber ich habe ihnen etwas abgenommen.«

»Ihnen?«

»Es waren zwei.«

»Was hast du ihnen abgenommen?«

Martin öffnete die Faust und dabei schmerzte ihn jeder einzelne Handknochen. Er musste sie seit seinem Sturz zusammengepresst haben wie einen Schraubstock. Ein talergroßer Gegenstand fiel zu Boden, und Benni bückte sich schnell und hob ihn auf.

»Ein Knopf!«, staunte Gottlieb.

»Aus Hirschhorn«, stellte Albrecht fest, der Benni den Knopf abgenommen hatte und ihn, auch für Agnes sichtbar, hochhielt.

»Wenn wir den kriegen, Benni, den prügeln wir aber aus der Jacke, stimmt's!«, brummte Albrecht und legte seinen Arm um die Schultern des Jungen. Aber der war totenbleich geworden, und auch Greta schluckte trocken und erblasste.

»Hey Junge, ist gut«, versuchte Martin Benni zu beruhigen. »Ich habe es überlebt. So schnell haut man deinen Onkel nicht tot.« Und wieder lachten die Erwachsenen, doch Benjamin entwand sich der Umarmung seines Ziehvaters, und er und Greta wischten aus der Stube auf die Tenne hinaus.

Agnes Freude wich Bekümmerung. »Das hat ihnen ganz schön zugesetzt. Was ist denn überhaupt passiert?«

Martin und Kroll sahen einander an, und Martin nickte. »Erzähl du!« Und dann lauschte er mit halb geschlossenen Augen Krolls Version der Waisenhausgeschichte. Niemand außer ihm bemerkte, dass die beiden Kinder hinter der noch einen Spalt weit offen stehenden Türe hockten und sich kein einziges Wort entgehen ließen. Beunruhigt und nachdenklich schloss Martin die Augen, und in Gedanken versunken hörte er kaum zu, wie Kroll seinen Bericht mit einem »Was jetzt aber dieser Überfall mit dem Ganzen zu tun hat; ja, ob das überhaupt etwas miteinander zu tun hat, das wissen wir noch nicht« beendete.

Überrascht schüttelten die Bauersleute die Köpfe, leise schloss sich die Tür und Martin kam zurück in die Wirklichkeit: »Es war ein Einbruch, kein Überfall. Ich habe sie im Büro überrascht.«

Kroll nickte verständnislos.

»Paul!«, flüsterte Martin. Der Junge kam heran.

»Hast du was von Gustav für mich?«

Paul nickte und Martin lächelte. »Dachte ich's mir doch. Her damit!«

Und er überflog die Zeilen Gustavs, in denen dieser ihm mitteilte, dass Paul die Verbindung zwischen ihnen halten würde und er gefälligst seinen Hintern da behalten sollte, wo er war. Guter Gustav! Martin lächelte, steckte das Papier ein, kramte in seinen Taschen, als suche er nach einer Münze und winkte Paul, sich näher zu ihm herunterzubeugen. Als er dem Jungen etwas zusteckte, flüsterte er ihm einen Auftrag zu – so leise, dass nur Paul ihn hören konnte. Der Junge nickte und verschwand so unauffällig, wie er in der Ecke gestanden und alles beobachtet hatte. Kroll und die anderen sahen ihm verwundert hinterher.

»Martin, was hast du um die Zeit im Büro gemacht?«, fragte Kroll.

Aber Martin antwortete nicht. Er war schon wieder halb in den Schlaf zurückgesunken und lächelte dabei.

×××

Es war etwas später als sonst, als Gustav den Laden aufmachte. Heute musste er die kleine Andacht weglassen, mit der er unter normalen Umständen den Tag begonnen hätte. Er beschränkte sich auf ein Gebet im Stehen und dann heizte er ein. Noch war es kühl am Morgen und die ersten Kunden würden bald eintreffen. Schon ging die Tür und ließ die Glocke laut erklingen.

»Guten Morgen, Herr Gäbler!«

Hagedorn, der Direktor des Zucht- und Waisenhauses! In Gustavs Kopf läutete es Alarm. Bloß kein Wort zu den Turbulenzen, die es in seinem Haus gab! Gustav wollte den Mann ja nicht gleich wieder verscheuchen. Der Waisenhausdirektor wusste Gustavs Wissen nach nichts von seiner Verbindung zu Martin, und Gustav wollte, dass das so bliebe.

In Hagedorns Schlepptau ging ein junger Mann, das konnte einer der Assistenten sein, wie hießen sie gleich, Niedlich und Irgendwer.

Und noch einen zweiten Namen hatte Martin erwähnt, aber der war Gustav entfallen.

»Herr Direktor, nehmen Sie Platz. Welche Freude! Hatten Sie denn schon einen Kaffee zum Morgen?«

Der Mann brummelte griesgrämig und legte ab. Gustav wies ihm den Weg zum Sessel und unterstellte, dass seine Einladung angenommen war. Er schnipste nach Benedikt, seinem neuen Burschen, und der sprintete los zur »Goldenen Sonne« hinüber, um den Kaffee zu holen. Gustav umsorgte derweil den Waisenhausdirektor und machte ihm Komplimente. Der Mann sah übernächtigt aus und vermied den Blick in den großen Kristallspiegel. Ohne Hast bereitete Gustav das warme Wasser für die Rasur und ließ dem Gast genügend Zeit, um anzukommen. Als Benedikt mit dem Kaffee zurück war und eingeschenkt hatte, wagte er es endlich, das Gespräch wieder aufzunehmen.

»Was für ein schöner Tag, nicht wahr?«

»Na ja, so, so«, knurrte Hagedorn.

»Wollen Sie mir nicht heute die Geschichte des Kaspar Hauser weitererzählen?« Vielleicht bekam er den Alten ja auf die Weise zum Reden.

»Wir haben nicht viel Zeit. Müssen einiges erledigen!«, blaffte der Direktor zurück.

Sein Begleiter stand unschlüssig herum, bekam aber sogleich auch den Unmut Hagedorns zu spüren: »Hinsetzen, Niedlich!«, knurrte der Direktor, als würde er einem Hund Platz befehlen, und folgsam sackte der junge Mann auf einen der Stühle an der Wand und blieb kerzengerade auf dessen Kante sitzen.

»Verreisen Sie?«

»Nur für ein paar Tage, nach Dresden, geschäftlich.«

Na gut, Hagedorn blieb einsilbig, aber Gustav versuchte trotzdem, das Gespräch im Fluss zu halten: »Mit der Eisenbahn?«

»Ach woher. Dieser Dreck aus dem Schlot! Und dann erschrickt man an jeder Schranke vor dem Signal! Das Pfeifen hat große Ähnlichkeit mit dem Schwanengesang eines Schweins, das man absticht, finden Sie nicht?« Hagedorn winkte mit großem Schwung ab und schob seinen breiten Hintern im Sessel hin und her. »Wir eilen so schnell dahin, wie man es zu früheren Zeiten bloß dem Teufel zugetraut hätte und lassen ihn rußbedeckt hinter uns. Das ist nicht gesund. Allein die hohe Geschwindigkeit. Nein, nein. Ich nehme die Kutsche.«

»Und? Wie ging es mit Hauser weiter?«, fragte Gustav, denn jetzt schien Hagedorn ja aufzutauen und er brauchte dringend eine Fortsetzung der Geschichte, auch für seine eigene Zuhörerschaft. Der mürrische Ausdruck wich nun langsam aus Hagedorns Zügen, er nickte anerkennend und lehnte sich zurück: »Hauser! Ach ja, das haben Sie sich gemerkt! Sie wissen ja, ich war einer der Gutachter in der Sache. Die haben gesagt, er simuliert. Von wegen! Und dann wurde es politisch und ein bestimmter Verdacht drängte sich auf. Und dann auf einmal wollten es die hohen Herrschaften gar nicht mehr so genau wissen, wessen Kind da eingesperrt gewesen war. Fünfzehn Jahre lang in einem Keller. Der Arme, überlegen Sie sich das mal!« Hagedorn trank noch einen Schluck Kaffee und Gustav hatte Schwierigkeiten, den Rasierschaum vom Anzug des Direktors fernzuhalten. Die Türglocke ging erneut, und ein bärtiger Herr in mittleren Jahren trat ein. Gustav nickte ihm freundlich zu, und Benedikt versorgte den Herrn mit einem Sitzplatz.

»Ja?«, sagte Gustav fragend, um Hagedorn zum Weitersprechen zu animieren. Er wusste schon von Hagedorns letztem Besuch her, dass Kaspar Hauser angeblich der erste Sohn der Fürstin gewesen sein sollte, den man zugunsten eines anderen Thronanwärters hatte verschwinden lassen. Der Fürstin sollte man erzählt haben, er sei bei der Geburt gestorben.

»Vielleicht war es tatsächlich der Sohn der Fürstin, wie man damals munkelte. Wie sonst erklären Sie sich, dass man ihn umgebracht hat?« Hagedorn wollte sich aufsetzten, aber Gustavs Ellenbogen hielt ihn sanft unten, damit er weiterarbeiten konnte.

»Und wer sollte ihn umgebracht haben?« Gustav fragte routinemäßig, indem er das Schlüsselwort aus Hagedorns letztem Satz aufnahm.

»Als Experiment war er eh nicht zu gebrauchen. Zu unsauber, der ganze Aufbau.« Mit geschlossenen Augen winkte Hagedorn verächtlich ab. »Da haben wir zumindest versucht, ihm das Reden beizubringen und seine Erinnerungen wachzurufen.«

Gustav stutzte: »Wieso Experiment?«

»Was glauben Sie, was passiert wäre, wenn er so weitergelernt hätte?« Hagedorn hatte auf einmal selbst im Liegen einen lauernden Ausdruck bekommen und Gustav wusste mit einem mal nicht mehr so recht, was er sagen sollte.

»Na was denken Sie?« Hagedorns Augen blitzten, doch Gustav schwieg und ließ ihn kommen.

»Man musste es doch versuchen«, nahm Hagedorn seinen Faden tatsächlich wieder auf. »Ach, aber es war nur Gefasel das Ganze. Ab einem bestimmten Alter hat es keinen Sinn mehr.« Er schien nun in Gedanken weit fort zu sein und Gustav ließ ihn gewähren, während er sich vorsichtig schabend an Hagedorns Kehlkopf heranarbeitete.

»Ob sie wohl Hebräisch sprächen, wie Adam und Eva es getan haben sollen?«, hörte er Hagedorn murmeln, aber das war schon nicht mehr für Gustav bestimmt gewesen, der beim besten Willen keinen Zusammenhang zu dem zuvor Gesagten erkannte. Stumm lag Hagedorn da, hatte die Augen geschlossen und kurz darauf erkannte Gustav, dass der alte Mann – Schaum und Klinge an seinem Hals zum Trotz – eingeschlafen war.

»Forschung geht anders, wissen sie? Da muss man von den Erscheinungen auf das System schließen, nicht von einer wilden Spekulation her kommend die Wirklichkeit verbiegen wollen!«, zischte es da aus der Ecke der Frisierstube.

»Wie bitte?«, fragte Gustav, aber Niedlich, den Gustav fast vergessen hatte, sprach weiter, in einem gehetzten Tonfall und leise, um den alten Herrn im Sessel nicht zu wecken: »Hauser war als Experiment nicht zu gebrauchen. Man hatte ihn abgerichtet wie einen Papageien, der immer die selben Sätze wiederholte. Er war völlig uninteressant, nutzlos.«

›Sind die irre‹, fragte sich Gustav, ließ sich aber nichts anmerken. Niedlich sprach weiter, leise und gepresst, wie im Fieberwahn: »Man muss sie schon als Säuglinge isolieren. Hauser war nicht isoliert gewesen, bloß gefangen gesetzt worden. Aber man hat sicher mit ihm geredet, woher sonst hätte er seine dreieinhalb Sätze gekonnt. Totale Isolation und dann abwarten. Er hätte es geschafft.«

»Wer?«, fragte Gustav.

»Also nicht der Hauser,« flüsterte Niedlich »Aber war vielleicht auch besser so!« Er kicherte nervös und rieb sich die Hände. »Hebräisch. Lächerlich!«

Niedlich schien mit sich selbst zu reden, nicht mit Gustav. Gustav fragte nicht weiter, schnippelte an Hagedorns Bart herum und beobachtete den jungen Mediziner nur aus den Augenwinkeln. Ihm schien, dass dessen Stimmung kippte. Noch immer sprach er, nun unverständlich murmelnd, vor sich hin, und schien sich in seinem Selbstgespräch zunehmend zu ereifern. Langsam aber sicher wurde es Gustav unheimlich. Fragend sah er Benedikt im Hintergrund an, doch der zuckte auch nur mit den Achseln.

»Sie haben ihn ermordet!«, ließ sich Hagedorn auf einmal vernehmen.

»Die verdammten Hofschranzen haben ihn umgebracht. Erst haben sie ihn weggesperrt, damit er keinen Anspruch auf den Thron erheben konnte und dann, als er wieder auftauchte und wir ihm das Reden beigebracht hatten, da haben sie ihn umgebracht. Verstehen Sie?«

Gustav nickte und wischte Hagedorns Hals trocken.

»Und mich haben sie abgeschoben, in dieses Nest hier«, ergänzte Hagedorn wütend und stand mit einer Behändigkeit auf, die Gustav überraschte.

»Herr Hagedorn, eine Frage, bitte noch. Wenn man ein Kind isoliert, stirbt es dann nicht? So ganz ohne Zuwendung?«

»Ja, leider.« Hagedorn wirkte auf einmal misstrauisch, und auch Niedlich schien schlagartig nervös zu werden.

»Sie scheinen ja gar nicht so dumm zu sein«, brummte der Direktor. »Aber belasten Sie sich nicht unnötig mit Dingen, die Ihren Horizont überschreiten! Der Hauser ist auch nicht an Einsamkeit gestorben, sondern durch den Dolch eines bösen Menschen.« Mit diesen Worten erhob er sich und legte Gustav ein paar Münzen auf den Tresen: »Leben Sie wohl, Herr Gäbler.« Keine zehn Sekunden später hatte er mit einem Tippen an den Hut den Laden verlassen, Niedlich direkt auf den Fersen.

»Was war das denn?«, fragte Benedikt entgeistert und ließ die offen auf der Theke liegenden Münzen Hagedorns nicht aus den Augen.

Aber Gustav achtete nicht auf ihn. Nachdenklich stand er neben seinem Sessel, und auf einmal hatte er einen schrecklichen Verdacht. Vielleicht lag er völlig daneben, vielleicht aber hielt er auch den Schlüssel zu Martins Fall in den Händen. Martin war zwar außer Gefecht gesetzt, aber Gustav hatte keine Zeit zu verlieren. Er riss sich die Schürze vom Leib und warf sie achtlos in den Sessel.

»Mach hier weiter!«, stieß er hervor und ließ den verdatterten Benedikt stehen. Dann rannte er auf das Salzgässchen hinaus und nahm Hagedorns Verfolgung auf.

Schnell hatte er Hagedorn und Niedlich wieder eingeholt, und es sah tatsächlich nicht danach aus, als wolle Hagedorn auf eine längere Reise gehen. Niedlich trug ein kleines Köfferchen unter dem einen und eine Mappe unter dem anderen Arm und folgte seinem Gebieter, der mit langen Schritten durch das Gewimmel auf dem Markt zur Katharinengasse hinablief. Dabei kam er kaum hinterher, denn der beleibte Herr war außerordentlich flott unterwegs, und Niedlich blieb mit seinen, wenn auch kleinen, Gepäckstücken im Marktgetriebe andauernd an Ständen und Ellenbogen hängen, von denen er sich ruppig und stolpernd zu befreien und abzustoßen suchte. Der Markt war wieder einmal total überfüllt mit Händlern und Einkaufenden. Hausmädchen holten Gemüse und Obst für ihre Herrschaft ein, Fischhändler zogen zappelnde Hechte und Karpfen aus den Wassertonnen, töteten sie mit einem Hieb in den Nacken, bevor sie in frischem Grünzeug eingebettet in den Körben der Hausfrauen verschwanden. Dazwischen drängte sich Alt und Jung auf der Suche nach einem guten Geschäft. Kleine wendige Transportkarren, gezogen von einem Burschen oder einem kräftigen Hund, die auch nicht immer genau das taten, was sie sollten und vor denen sich Niedlich sichtlich fürchtete, brachten dickbauchige Milchkannen, Mostkrüge und anderes sperriges Gut zu den Ständen.

Niedlich hatte allen Grund zur Vorsicht, denn Hagedorn hatte sich oft genug einen Durchgang mit dem Stock erkämpft, und der schlaksige junge Mann in seinem Kielwasser bekam den Ärger der weggeschubsten oder gerempelten Passanten ab. Aber Hagedorn war offensichtlich nicht gewillt, sich von irgendjemandem aufhalten zu lassen.

Gustav stellte es geschickter an. Der Schlüssel zum Sieg lag in der Bereitschaft, aufzugeben. Wenn man sich gar nicht gegen die ständigen Verkehrshindernisse wehrte, trugen ihn die Strömungen, die sich auf dem Markt von Gasse zu Gasse und über den Platz hinweg gebildet hatten, fast von selbst mit sich. Man musste bloß das Ziel im Auge behalten. Hagedorn und Niedlich waren nun am Gebäude der alten städtischen Waage Ecke Markt und Katharinengasse angekommen, deren Vorbau halbrund und wuchtig in den Marktplatz hineinragte. Dort löste sich die Menschenmenge auf, und als beide jetzt inne hielten, war Gustav froh, etwas auf Abstand geblieben zu sein. Schnell beugte er sich über die Flechtkörbe, die eine junge Marketenderin ihm sogleich anzupreisen begann, hob prüfend einen Zwiebelkorb in die Höhe und beobachtete durch sein Geflecht, wie Hagedorn von Niedlich den Koffer übernahm und beide sich knapp verabschiedeten. Sie standen vor dem Bankiershaus, das alle nach seinem Besitzer nur das Fregehaus nannten, und Hagedorn bestieg nun eine dort wartende Kutsche. ›Ach so, man hatte also vermögende Freunde, die einem das Fuhrwerk liehen.‹

Gustav verbarg seinen Kopf nun noch tiefer in den Körben der Verkäuferin, die mit Engelszungen auf ihn einredete, denn Niedlich kam zurück und passierte ihn hinter seinem Rücken. Der hektische junge Mann glitt an ihm vorbei in Richtung Rathaus. Gustav stellte den Korb ab und folgte ihm. Da es sowieso in die Richtung ging, in der Gustavs Laden lag, gab es keinen Grund mehr, sich übertrieben zu verstecken. Aber Niedlich blickte sich nicht um, sondern verschwand durch den Haupteingang im Rathaus.

Gustav wartete eine halbe Stunde. Dann sah er Niedlich wieder herauskommen. Gustav stutze. Irgendetwas an Niedlichs Äußerem hatte sich verändert, aber er konnte nicht sagen, was es war. Wieder nahm er die Verfolgung auf. Wenn er etwas über das Personal herausfände, was Martin und Kroll half, könnte er vielleicht helfen, Martins neuesten Fall zu einem guten Ende zu bringen. Jetzt liefen sie über den Nikolaikirchhof und an den Fleischerbänken, wo die Metzger ihre Ware auf großen Steintischen feilboten, entlang, nach Norden bis zum Brühl. Es war klar, dass Niedlich zum Sankt Georgen zurückwollte. Und tatsächlich verschwand er vor Gustavs Augen durch das große Eingangstor im Innern des finsteren Gebäudes. Drohend schien der Sandsteinritter über seine Lanze hinweg Gustav zu fixieren und ihm zuzuraunen: ›Bleib wo du bist! Wenn ich mit dem hier fertig bin, kümmere ich mich um dich.‹ Und der Drache zu seinen Füßen ringelte in Stein gewordener Agonie seinen Schwanz in die Höhe wie einen drohenden Zeigefinger, der ihm bedeutete: ›Mach lieber, was er sagt, er meint es ernst.‹

Gustav schnaubte ungeduldig. Er wollte wissen, wo Niedlich abgeblieben war, und möglichst auch Größ. Er konnte nicht alle auf einmal einfangen, aber Hagedorn konnte er ja eh nicht folgen und dessen Spur wieder aufzunehmen, sollte auch nicht das Problem sein. Bankier Frege würde schon wissen, wo seine Kutsche hingefahren war. Vorsichtig drückte er gegen das schwere Eichenholztor, das leise nachgab und unter seinem Druck auf frisch geölten Angeln zurückwich. ›Von wegen‹, dachte Gustav und zwinkerte dem armen Drachen zu. Irgendwie genoss er das Gefühl, mit pochendem Herzen seine Fährte zu verfolgen. ›Gustav‹, dachte er, ›alter Jäger, so kenne ich dich ja gar nicht.‹ Dann verschwand er im Haus.

xxx

Kroll hatte seinen Auftrag erledigt und führte den Wagen in Richtung Peterssteintor. Paul war wahrscheinlich schon wieder in der Stadt. Mein Gott, was der Junge rennen konnte! Aber er, Gottlieb, hatte auch noch ein Weilchen mit den Weyrichs gesessen und geredet. Agnes meinte, in ein paar Tagen wäre Martin wieder auf den Beinen.

Die Kinder hatte er nicht mehr gesehen. Sie waren, als er sich verabschieden wollte, wie vom Erdboden verschluckt gewesen. Egal. Jetzt hing alles an ihm. Das, das wusste er mittlerweile mit Sicherheit, gefiel ihm nicht, und seine Stimmung wurde zusätzlich vom Anblick der vielen Schlote getrübt, die in den letzten Jahren über Leipzig aufzuragen begonnen hatten und ihren Ruß und Gestank in den frischen Sommerhimmel bliesen. Er musste heraus finden, wer den Chef überfallen hatte. Nein, es war ja ein Einbruch gewesen. Also musste er herausfinden, wer in die Wache und in das Büro Martin Helds eingestiegen war und warum. Nach einem Stündchen Fahrt im dichten Verkehr erreichte er das Peterssteintor, zog den Bogen um die Promenade rechts herum und überquerte mit seinem Gespann wieder den Augustusplatz. Es fiel ihm noch immer schwer, den Platz bei diesem Namen zu nennen, seit wenigen Jahren umbenannt nach der neu erbauten Universität, dem Augustaeum. Ihm gefiel es ja nicht, das wuchtige Gebäude, aber sich in Leipzig über Bausünden aufzuregen, war sinnlos. Diese Stadt versank schon seit Jahren im Durcheinander eines fieberhaften Um- und Neubaus. Sie, die Ordnungshüter, hatten sich aus der Politik herauszuhalten, sie hatten nur den Auftrag, das Durcheinander zu kontrollieren.

Über den Nikolaikirchhof führte er sein Gespann, vorschriftsmäßig am Zügel, zum Stall des Polizeiamtes. Dort übergab er es dem Stallknecht und betrat von hinten die Wache. Drinnen erwartete ihn eine handfeste Überraschung. Schon im Flur saß Freytag und flüsterte ihm die Nachricht zu. Gottlieb dankte es ihm aufrichtig, zog seinen Anzug zurecht und räusperte sich noch einmal die Kehle frei, bevor er entschlossen sein Büro betrat. Dort saß auf der Ecke eines Stuhles und mit unglücklichem Gesichtsausdruck der mächtige Ratsherr König und wartete auf ihn.

Kroll erschrak fast ein wenig, als er den großen Herrn jetzt in seinem Büro sitzend vorfand, noch dazu in sichtlich gedrückter Stimmung. Höflich begrüßte er den hohen Besuch, setzte sich dann abwartend König gegenüber hinter seinen Tisch und bemühte sich, den richtigen Tonfall zu treffen: »Herr Ratsherr, was darf ich für Sie tun?«

»Herrn Held haben Sie aus der Stadt gebracht, wie ich höre?«

»Das ist zutreffend.« Gottlieb nickte überrascht.

»Gut, gut. Das haben Sie richtig gemacht. Hören Sie!« Er neigte sich Kroll vertraulich zu. »Wir müssen ihn jetzt schützen.«

Kroll nickte, ohne zu begreifen.

»Bei mir sind einige Bögen Papier abgegeben worden.«

»Von wem?« Kroll versuchte energisch zu wirken, biss sich aber sogleich auf die Lippen, denn er wusste ja noch nicht einmal, was an diesen Bögen so interessant sein sollte.

»Das kann ich Ihnen nicht sagen. Sie sind mir sozusagen auf den Tisch geflattert. Nein, ich erkläre es Ihnen genau. Sie standen in dieser Ledermappe an meiner Tür.«

König hielt eine völlig schmucklose, einfache Ledermappe, die mit einem ebenso einfachen Riemen umschlungen war, in die Höhe.

»Es hat geklopft, ich bin zur Tür gegangen um aufzumachen, aber da war niemand mehr. Bloß die Mappe mit dem hier.« Er hielt Kroll ein paar eng beschriebene Blätter entgegen. »Wussten Sie eigentlich, was ihr Vorgesetzter in seinen freien Stunden so treibt?«

König sah ihn an, als wolle er herausfinden, was Kroll wusste. Aber Kroll wusste nichts dazu zu sagen. Was sollte Held schon treiben. Essen, schlafen, irgendwas. Darüber hatte er noch nie nachgedacht. Wieso auch?

König setzte sich, legte sich die Mappe auf die Beine und fuhr fort: »Er hat Unsinn gemacht. Und wenn das an die Öffentlichkeit kommt, ist er seinen Posten los, und wir haben den besten Polizeichef verloren, den wir je hatten, verstehen Sie?«

Nein, Kroll verstand noch immer nicht. Inwiefern hatte Martin Unsinn gemacht? Aber König schien dessen Schweigen so zu deuten, als wüsste dieser sehr genau, was sein Vorgesetzter angestellt hatte. Vorsichtig tastend fragte Kroll nach. »Was halten Sie jetzt für das Beste, Herr Ratsherr?«

»Nun, wir müssen Paulssen zum Stillschweigen verpflichten. Das wird mit etwas Geld zu machen sein. Dass er diese Kolumne geschrieben hat, all das staatsfeindliche Zeug über die Pressefreiheit in der letzten Ausgabe, ja, ich weiß auch nicht, was er sich dabei gedacht hat.«

Gottlieb Kroll standen förmlich die Haare zu Berge, als er langsam begriff, worum es hier ging. Ja, war Held denn durchgedreht? Andererseits, irgendwie hatte er auf genau so etwas gewartet. Sein Chef hatte schon immer etwas Unberechenbares gehabt.

»Diese Blätter, die er geschrieben hat, seine Handschrift, seine Unterschrift sogar, ich hoffe, dass nur ich die erhalten habe. Aber wissen Sie, ich befürchte das Schlimmste. Sicher gab es mehr von dem Zeug. Es besteht die Gefahr, dass jemand Ihren Chef fertigmachen könnte, wenn mehr davon kursiert. Können sie mir in dem Punkt weiterhelfen?«

Jetzt hatte Gottlieb endgültig begriffen, aber er hob hilflos die Schultern. König nickte, während es in Krolls Kopf drunter und drüber ging. Martin Held war also ein heimlicher Republikaner und im Begriff, seinen Posten zu verlieren. Kroll schüttelte den Kopf, verzweifelt, wütend, aber noch immer nicht in der Lage zu sprechen. Stand König nun wirklich auf Martins Seite oder sollte Gottlieb ihn ihm nur endgültig ans Messer liefern? Er beschloss, abzuwarten. Der Einbruch hatte also dem Diebstahl von Helds Unterlagen gedient. Wer und was mochte dahinterstecken?

»Hat die Revision des Kämmerers im Sankt Georgen schon begonnen?«, fragte er einer plötzlichen Eingebung folgend.

»Davon weiß ich nichts!«, antwortete der Ratsherr und sah ihn überrascht an.

Kroll war überrascht. Der Stadtkämmerer war gewissermaßen der Finanzminister der Stadt und sowohl dazu verpflichtet, einem Verlangen Martin Helds nach der Überprüfung des Waisenhauses nachzukommen, als auch den Rat der Stadt über derlei Dinge, wenn auch diskret, auf dem Laufenden zu halten. Aber König sah ihn noch immer fragend an.

»Hat Herr Held so etwas angeordnet? Aber wenn Sie glauben, unser Stadtkämmerer würde etwas gegen Doktor Hagedorn unternehmen, da täuschen Sie sich ganz gewaltig. Die beiden halten zusammen wie Pech und Schwefel. Das müssen ganz alte Bande sein zwischen den beiden. Sie vermuten einen Zusammenhang?«

›Verflucht‹, dachte Kroll und rieb sich müde die brennenden Augen. ›Ich vermute gar nichts, aber es wird schlimmer sein, als ich es mir ausdenken könnte, wie immer.‹ Er seufzte. Die Sache wuchs ihm über den Kopf. Auch wie immer, im Grunde genommen. Kroll holte tief Luft, horchte in sich hinein, besann sich auf jenen Funken Trotz, jenen Funken Mut vielleicht, den er auf der Fahrt zu den Weyrichs in sich zu spüren geglaubt hatte. Und dann fasste er einen Entschluss und öffnete die Augen wieder. Er würde den Karren aus dem Dreck ziehen. Für Martin. So wie dieser es für ihn tun würde. Und er musste König vertrauen. Was sollte er auch sonst tun? Wenn er Held vernichten wollte, konnte er das auch jetzt schon tun. Andererseits aber konnte nur König Gottlieb helfen, Martin zu retten. Er musste es darauf ankommen lassen.

»Herr König. Versuchen Sie, das belastende Material einzusammeln. Und wenn Ihnen wirklich etwas an Herrn Helds Diensten in der Zukunft liegt, dann scheuen Sie keine Ausgaben. Ich werde derweil den Hintermännern dieser Affäre das Handwerk legen.«

»Das sollen Sie nicht bereuen, Herr Kroll! Ich verlasse mich auf Sie! Und ich werde meinen Teil schon tun, darüber machen Sie sich mal keine Gedanken.«

Da strahlte sie schon wieder hervor, diese natürliche Autorität, die Gottlieb auf seinen Platz verweisen wollte. Aber er hielt dem Blick stand, der prüfend auf ihm lag.

»Gibt es mehr Texte von Herrn Held als diese da?«, fragte Kroll.

»Das sollten Sie herausfinden, guter Mann!«

Also hatte der Informant König mehr Material avisiert oder bereits geliefert. Möglicherweise hatte König noch mehr davon und hielt es im Moment zurück, warum auch immer. Jedenfalls hätte er Krolls nicht bedurft, wenn er sicher gewesen wäre, dass es kein weiteres belastendes Material außerhalb seiner Reichweite gab. Kroll sollte also für König zu Paulssen. Klar. Weil König, sollte er offiziell von der Angelegenheit wissen, selbst aktiv werden musste – und das wollte er nicht. Da sah es für Martin gar nicht ganz so schlecht aus. Dennoch: Kroll fühlte sich von König über den Tisch gezogen und überlegte, wie er seine Vermutung bestätigen konnte. Der Ratsherr lächelte Kroll versonnen an, und dieser entschied sich für einen Test: »Geben Sie mir das bitte!«, forderte Kroll, und tatsächlich reichte König ihm nach einem kurzen Zögern den Artikel aus Martins Feder. Damit war Punkt eins für Gottlieb erwiesen. Das hier war nur der Happen zum Anfüttern, und König hatte bestimmt noch mehr davon zu Hause. Aber Kroll musste mitspielen, durfte sich seinen Verdacht nicht anmerken lassen, musste König signalisieren, dass er es schätzte, dass dieser mit offenen Karten zu spielen schien: »Finden Sie bitte unauffällig heraus, ob die Finanzrevision im Waisenhaus tätig geworden ist oder nicht. Aber sehr diskret, bitte!« Er sah den Ratsherrn direkt an. Jetzt war es an König, zu reagieren und der tat es mit einem anerkennenden Lächeln. »Verstehe. Was ist da los, Kroll? Was haben die gegen Ihren Chef?«

»Im Sankt Georgen?« Kroll zuckte mit den Achseln, versuchte gleichgültig zu erscheinen. Aber der Ratsherr ließ nicht locker: »Wenn wir Hagedorn ablösen, bekommen wir dann Ruhe? Haben die zwei Ärger miteinander gehabt? Ich möchte kein Gerede mehr. Das Waisenhaus fällt in meinen Aufgabenbereich. Und die Polizeiaufsicht auch!«

Gottlieb dachte an den Kleinen, der dort umgebracht worden war. Ärger traf es irgendwie nicht so richtig. Und er war schuld, wegen seiner blöden Beharrlichkeit. Nein, der Mörder war schuld, nicht er. Gab es noch eine Chance, Martins Hals aus der Schlinge zu ziehen? Gottlieb schwirrte der Kopf. Das war deutlich zu viel Politik für seinen Geschmack.

»Ich gehe zu Paulssen«, flüsterte er, und König nickte zufrieden. »Schön, wenn ein Mann loyal ist.« Dann setzte er seinen Hut wieder auf. »Vierundzwanzig Stunden, Kroll. Dann haben Sie Resultate oder ich muss Held festnehmen lassen. Hauen Sie ihn da raus! Lesen Sie mal das über die Pressefreiheit! Ich kann wirklich nicht warten, bis dieser Mist in der Zeitung steht.« Nun schnaubte er wütend und zog sich die Handschuhe über. »Aber ich will Held auch nicht verlieren. Ehrlich nicht!« Er sah Gottlieb mit ernstem Blick an. »Werden Sie das schaffen?«

Kroll nickte: »Ich versuch's.«

König sah ihn noch einmal nachdenklich an. »Vielleicht reicht es ja, wenn wir Herrn Held aus der Schusslinie nehmen. Den Anfang haben Sie ja gemacht. Das war sehr weise, vielleicht auch ein wichtiger Schritt für Ihre eigene Zukunft.«

Kroll lief rot an und fühlte rund um den Hals den Druck eines allzu engen Kragens. Der Ratsherr wusste ja nicht, warum sie Held tatsächlich aus der Stadt geschafft hatten. Er spürte, dass König ihn unverwandt beobachtete, bis ihr Schweigen schließlich unerträglich wurde. »Kroll, ich gebe Ihnen bis morgen Mittag. Sie schaffen mir den restlichen staatsfeindlichen Unsinn her, den Held verfasst hat und die Leute, die mir das zugesteckt haben. Ich werde zeitgleich dem Kämmerer Dampf machen, dass wir die Kräfteverhältnisse zwischen Ihnen und Doktor Hagedorn wieder ins rechte Lot bringen. Ach und nebenbei: Schluss mit den Ermittlungen wegen dieses Waisenkindes. Das kann sicher warten, bis wir das eigentliche Problem gelöst haben, nicht wahr?« König lächelte, und nun sackte Kroll innerlich vollkommen zusammen. Woher wusste der Ratsherr von der Sache? Von Hagedorn selbst? Und auf wessen Seite stand König denn nun? Was hatte er gesagt? Das eigentliche Problem lösen? Darüber, was das eigentliche Problem war, musste er erst mal in Ruhe nachdenken.

Er stand mit weichen Knien auf und nickte, als befände er sich mit dem Ratsherrn im tiefsten Einverständnis. Dann führte er ihn schweigend zur Hintertür, da er davon ausging, dass der hohe Besuch es heute ausnahmsweise einmal vorzog, unerkannt zu gehen. Kroll salutierte zum Abschied und Freytag, der vor der Tür Wache gestanden hatte, geleitete den hohen Besuch hinaus.

Als Freytag wieder zurückkam, saß Kroll zusammengesackt an seinem Tisch. Gut, jetzt war er sozusagen der vorläufige Polizeichef und der Rat der Stadt sah auf ihn. Bloß, was sollte er jetzt tun? Königs Hauptproblem, soweit war er in den zwei Minuten Einsamkeit schon gekommen, war es, dass König in seinem Aufsichtsbereich kein Theater um einen aufsässigen Polizeichef wollte. Darin war er sich mit dem Kämmerer, Hagedorns altem Freund sicher einig.

Wie lautete also der Handel? Ihr stellt die Ermittlungen im Sankt Georgen ein und schafft diese demagogischen Texte aus der Feder eines Polizeichefs aus der Welt und bleibt am Leben? Für Kroll ging es ja wirklich ums Überleben. Wenn er mit in diesen Strudel gerissen würde, der jetzt Martin zu verschlingen drohte, was würde dann aus ihm und seiner siebenköpfigen Familie? Auf der anderen Seite: Wenn er Martin da heraushaute, ginge es Martin und ihm nicht an den Kragen. Zwischenlösung: Martin würde kündigen und er würde Polizeichef. Aber auch nur dann, wenn man den Fall ruhen ließe und das sogenannte Geschreibsel aus der Welt brächte.

Unruhig knetete Kroll das eng beschriebene Papier in seinen Händen. Was stand da eigentlich drin? Aber dann schüttelte er entschieden den Kopf. Nein, er würde es nicht lesen. Verfluchter Mist das Ganze. Tiefe Resignation überwältigte ihn, denn je länger er überlegte, desto klarer wurde ihm: Vierundzwanzig Stunden waren zu wenig Zeit.

Freytag kam herein. Er wirkte tatendurstig. »Und, Chef, was machen wir jetzt?«

Kroll blickte ihn an, wie ein sehr alter Mann einen sehr jungen Mann ansehen mochte. Er wusste es nicht. ›Abwarten‹, dachte er, ›bis der Feind sich bewegt.‹ Was auch immer er tat, es barg immer die Gefahr des Scheiterns. Er hatte nicht übel Lust, vierundzwanzig Stunden zu verschlafen, ließ die Blätter, die noch immer in seiner Hand brannten, im Uniformrock verschwinden und dachte aller lähmenden Resignation zum Trotz weiterhin fieberhaft nach: Held war dem heiligen St. Georg lästig geworden. Woher wusste man im Waisenhaus aber über Helds Schriftstellerei Bescheid? Wer wusste noch davon? Gustav? Unsinn! Ein illoyaler Mitverschwörer Helds? Ein Feind Helds im Polizeiamt? Schuster vielleicht? Gottlieb hieb die Faust auf den Tisch. Natürlich! Paulssen! Er musste herausfinden, ob es eine Verbindung von Paulssen zum Waisenhaus gab. Paulssen wiederum würde ihn zum heiligen St. Georg führen, ach was, nicht zu dem tüchtigen Heiligen, eher zu dem Drachen, dem kindermordenden. Wem war Martin zu nahe gekommen? Er musste den Chef umgehend informieren. Und wo war Paul nur schon wieder?

Jetzt erst bemerkte er, dass Freytag noch immer neben ihm stand und ihn befremdet und abwartend ansah. Natürlich, Freytag. Der junge, stürmische Freytag. Der würde ihm vielleicht helfen können.

»Haben Sie das Büro von Herrn Held untersucht?«, wandte Kroll sich nun an den Kollegen, der wie aus der Pistole geschossen antwortete: »Jawohl! Schuster erwartet Sie mit den Ergebnissen.«

Immerhin etwas, dachte Kroll, und raffte sich, vom Enthusiasmus des Jüngeren getragen, von seinem Schemel auf. »Na dann sehen wir uns das mal an.«

×××

Es war viele Male hell geworden und viele Male dunkel, seit der stinkende Mann das letzte Mal mit frischem Wasser und Brot zu ihnen gekommen war. Auch der Mann, der kein Gesicht hatte, sondern bloß zwei kühl blickende Augen, die aus einem dunklen konturlosen Gesicht auf sie beide herabgestarrt hatte, war lange nicht da gewesen. Sie sehnte sich nach ihm, denn er hatte einen Geruch aus der vergangenen Welt an sich, einen Duft, der in ihr immer das halb verblasste Bild von nickenden, sich im Wind wiegenden Farbtupfen, ja an Licht und Farben überhaupt wach hielt und der sie immer gepflegt hatte, wenn sie krank gewesen waren. Wortlos hatte er das getan und ohne sie von hier unten fortzubringen, aber mit einem Streicheln über den Kopf und einem Klaps auf den Rücken hatte er sie doch als einziges Wesen, das von dort draußen kam, immerhin gelegentlich berührt. Und erinnert an das Draußen mit seinen Farben, der Helligkeit, den Düften. Aber sie hätte keine Worte gehabt für Farben und Düfte und sie fand auch keine, dort wo sie sich befanden, in ihrer Schattenwelt hinter dicken Eichenbohlen und festem Mauerwerk. Ihr einziger Gegenpol in dieser stummen, unbewegten und farblosen Welt war Brüderchen gewesen.

Sie musste Wasser bekommen. Die Farbreste und der Sand, die sie von den Wänden gekratzt und gegessen hatte, hatten ihr Lippen und Zunge aufgerieben und alles Scharren am Boden hatte keine Feuchtigkeit zutage gefördert. Wie sehr sie sich danach sehnte, dass der Schlüssel sich in dem schweren Schloss drehte, dass der stinkende Kerl ihr das Brot und das Wasser hereinschob und ihr die Gelegenheit gab, ihm zu zeigen, was passiert war. Aber der Hunger nagte in ihr und sie konnte schon lange kein Geräusch, nicht einmal ein Krächzen aus ihrer verdörrten, wunden Kehle pressen, um nach Hilfe zu rufen. Nicht dass sie Worte für einen Hilferuf gehabt hätte. Bloß ihr Wimmern. Es war nicht genug.

Neben ihr lag Brüderchen. Erst war es sehr heiß gewesen und hatte geschwitzt und gejammert. Sie hatte es gewiegt und gestreichelt. Dann war es eingeschlafen und sie hatte sich mit ihm beruhigt. Aber es war dann von Stunde zu Stunde kühler in ihren Armen geworden, und nun lag es schon seit vielen Stunden reglos neben ihr und war steif geworden wie ein Stück Holz.

Niemand würde kommen. Sie wusste es.

Zu Tode erschöpft legte sie sich neben Brüderchen und schloss die Augen. Ein tiefer Frieden breitete sich in ihr aus, als die dunkle Welt um sie in noch tieferem Dunkel in ihrem Innern versank.

×××

Amalia fiel es schwer, sich auf die Wäsche zu konzentrieren. Wütend rubbelte sie das triefende Laken auf dem gewellten Stein vor und zurück. Das lag nicht nur daran, dass sie letzte Nacht kein Auge zugetan hatte. Es lag auch nicht daran, dass Herr und Frau Koopmann sie auch heute keinen Moment aus den Augen zu lassen und sich geradezu Aufgaben für sie auszudenken schienen, wenn nichts Ernsthaftes mehr anlag. Schuld war natürlich die Liste aus Direktor Hagedorns Büro, die sie zutiefst beunruhigte.

Konrad war das letzte Opfer gewesen, wenn auch ein untypisches. Größ hatte ihr erzählt, woran Niedlich arbeitete, wenn auch nur sehr vage und als handelte es sich um ein theoretisches Problem. Die mechanische Nachbildung des menschlichen Körpers. Aber mit dem Verdacht im Kopf und dann erst recht mit der Liste in der Hand, hatte sich alles logisch zusammengefügt. Jedes Jahr, seit Hagedorn mit Niedlich hier erschienen war, war ein kleines Kind verschwunden. Nicht verschwunden im eigentlichen Sinne, es war gestorben. Und immer im Alter von genau einem Jahr. Diagnose: Pocken. Oder Scharlach. Oder etwas Ähnliches, was eben vorkam. Gestellt von Niedlich. Vier Kinder in vier Jahren. Und vorletztes Jahr waren es auf einmal Zwillinge gewesen, die zur selben Zeit verstarben. Hinter der Unterschrift Niedlichs, der ja noch kein fertiger Arzt war, der liederliche Vermerk »Für die Richtigkeit: Dr. Hagedorn«. Sie sah ihn förmlich vor sich, wie er gleichgültig für die Vorgänge in seinem Haus, ein Buch zur Sprachforschung oder sonst etwas in der einen Hand, mit der anderen schnell unterschrieb, was der junge Arzt ihm da hingelegt hatte. ›Nur weg damit, ich will wieder in Ruhe studieren.‹

Auch die Zwillinge waren genau im Alter von einem Jahr verstorben. Mochten alle vorherigen Fälle als Zufälle durchgehen, und mochten Zwillinge auch vieles gemeinsam haben: Dass sie jedoch am selben Tag das Zeitliche segnen sollten, so wie sie gemeinsam in die Welt gekommen waren, das ging zu weit. Niedlich brauchte die Körper für seine Experimente. So musste es einfach sein. Auf der Suche nach den letzten Ursachen der menschlichen Bewegung hatte er die Grenze überschritten, die ein Arzt niemals überschreiten durfte. Er hatte sie getötet, um zu forschen. Eigentlich kein Wunder, wenn er das Leben sowieso nur für Mechanik hielt. Was sollte er da noch respektieren?

Amalia schnaubte mit den Stößen, die sie dem Laken verpasste, wütend aus. Wenn sie ihn bloß selbst zwischen die Finger bekäme! Vielleicht wusste Hagedorn doch davon. Er und dieser Professor Fechner! Bloß Größ, der Tölpel, der ihr so naiv den Schlüssel geliefert hatte, die Dinge zu sortieren, der schien nichts zu begreifen. Beeindrucken hatte er sie wollen mit seinen Vorträgen. Der dumme, nette Mensch. Keine Ahnung von seinem Beruf, geschlagen mit einer Frau, die ihm das Leben zur Hölle machte und vielleicht sogar ein bisschen in sie verliebt. Das Bild Martins tauchte vor ihrem inneren Auge auf, aber ihre Wut war gerade ausreichend, um auch diesen lästigen Geist mit einem Hieb auf die nasse Wäsche abzuwehren.

Es hielt sie nicht in der Waschstube. Sie klatschte den nassen Batzen Wäsche noch ein letztes Mal auf den Stein und trocknete sich die Hände. Wie sollte sie die Sache angehen? Wenn sie Konrads Rolle bloß verstünde! Sie hatte gehofft, in Hagedorns Unterlagen etwas über die Ursache seines Todes zu erfahren. Aber das würde sie auch noch herausfinden. Wahrscheinlich hatte er das düstere Geheimnis des Georgenhauses entdeckt und deshalb sterben müssen. Niedlich seine schmutzigen Experimente nachzuweisen war nicht schwer gewesen. Gestern früh hatte sie den Leichendiener abgepasst, einen fürchterlich stinkenden Kerl, als er ins Sankt Georgen geschlichen kam. Auf den Kopf hatte sie es ihm zugesagt, dass er mit drinsteckte, und mit ein paar Drohungen und etwas Kleingeld hatte sie ihn dann auch bald so weit gehabt, dass er sie durch den Hintereingang der Pathologie geschleust hatte. Tränen liefen ihr über das Gesicht, als sie sich daran erinnerte. Da hatte er gelegen, ihr kleiner Konrad. Und der furchtbare Mensch hatte ihm die Hände abgetrennt und sie mit Kupferdrähten, die aus der Tiefe seines Fleisches herauslugten, an einen schwarzen Kasten angeschlossen. Sie hatte dem Leichendiener alles Geld gegeben, das sie hatte, um sein Schweigen für weitere vierundzwanzig Stunden zu erkaufen. Dann hatte sie beschlossen, die Beweissicherung abzuschließen. Heute würde sie zu Held gehen und ihm alles darlegen. Dann könnte er nicht mehr umhin, Hagedorn und Niedlich festzusetzen. Und dann Gnade ihnen Gott, denn der Richter würde keine mit ihnen haben.

Mühsam nahm sie den Korb mit der Wäsche auf. Sie musste damit auf die Bleiche am Mühlgraben. Dort wuschen die Waschweiber die Wäsche aus und legten sie dann zum Trocknen und Aufhellen in die Sonne. Sicher würde sie eine Frau finden, die für eine Stunde auf ihre Sachen Acht gab, damit sie endlich Frau Koopmanns Regiment entkommen und das Polizeiamt aufsuchen konnte.

»Frau Koopmann!«, rief sie in den Flur hinauf.

»Bist du fertig, Amalia?«

»Ich gehe jetzt die Wäsche bleichen.«

»Mach das, Kind! Aber komm ohne Umwege zurück. Wenn die Wäsche nicht ganz trocken wird, macht das nichts. Wir hängen sie auf den Dachboden.« Jetzt kam die alte Dame die Treppe hinab. Sie brauchte inzwischen auch schon einen Stock, so wie ihr Mann.

»Ach, das Rheuma, weißt du. Mein liebes Kind, danke dir. Und sei mir nicht böse wegen der vielen Arbeit.« Sie lächelte Amalia zärtlich an und streichelte ihr über die Wange.

Amalia pustete sich eine Locke aus der Stirn, setzte aber den Korb nicht ab. Nachher überlegte Frau Koopmann sich es doch wieder anders und sie käme wieder nicht davon.

»Es tropft mir schon auf die Füße. Ich muss los.« Sie ging leicht hintenübergeneigt los, um zu demonstrieren, dass es ihr Ernst war mit dem Aufbruch. »Ich beeile mich!«, rief sie noch.

Frau Koopmann winkte ihr nach und lächelte. Nur aus den Augenwinkeln noch sah sie, wie ein Schatten von Besorgnis das Gesicht der alten Frau überwölkte. Als gäbe es etwas, das sie vorausahnte und nicht zur Ruhe kommen ließ. Was war es nur, das Frau Koopmann umtrieb, seit Tagen schon? Aber nein, sie würde sie später danach fragen. Nur jetzt nicht, nicht jetzt, wo es Dringenderes zu tun gab.

Entschlossen wandte Amalia sich der Tür zu, schritt dann kräftig aus und trug ihre schwere Last die Gasse hinab.

Keine zwei Straßenecken weiter hielt sie verwundert inne. »Fräulein Amalia! Wie schön, Sie zu treffen. Darf ich Ihnen helfen?« Galant lupfte der Herr den Hut und fegte in einem eleganten Schwung mit dem linken Fuß das Pflaster hinter sich.

»Sie schickt der Himmel. Hören Sie mit dem Dienern auf und nehmen sie mir den Korb ab! Mal sehen, was sie so stemmen«, lachte Amalia. Er lachte freimütig zurück und tat, wie ihm geheißen.

»Dann wollen wir mal«, trällerte er munter und trabte vor ihr her. Amalia musste, barfuß wie sie war, um die dreckigen Lachen auf der Gasse hin und her hüpfen. Sie lachte dabei vor Freude und für einen Moment kam ihr das Leben wieder leicht und fröhlich vor.

×××

»Es ist ja doch alles egal, es hat nicht funktioniert. Fünf Versuche, weißt du, und es hat nicht geklappt.« Er hatte ihr einen stinkenden Lappen in den Mund gesteckt und darüber eine Binde um den Kopf geschlungen. Verschnürt wie sie war, musste sie nun auch noch diesem Wahnsinnigen zuhören. Ihr Herz pochte schmerzhaft in der Brust. Zwei schlaflose Nächte, und die Aussichten waren bescheiden. Aber Angst, nein Angst hatte sie eigentlich nicht. Und alles hing davon ab, dass sie verstand, was hier eigentlich vor sich ging. Vielleicht hatte sie schon zu viel Angst gehabt in den letzten achtundvierzig Stunden, dass sie jede Form der Angst inzwischen hinter sich gelassen hatte. Nun war sie nur noch Ratio, kühle, beobachtende Vernunft, die verstehen wollte.

Ihre Hände waren gefesselt, nicht anders als die Füße. Sprechen konnte sie nicht. Er hatte sie in ein Loch gerollt und war dabei, sie an eine Kette zu legen. Eine aussichtslose Lage? Sie hatte immerhin den Vorzug, bei klarem Verstand zu sein, und davon konnte ihr Kerkermeister nur träumen. Leise hörte sie draußen das Glockenspiel der Waisenhauskapelle. Wenn man ihr Verschwinden bemerkte, war es möglich, dass man sie auch hier suchte. Wie oft hatte die Uhr geschlagen? Sechs Mal, sieben Mal?

»Zwillinge! Zwillinge, das war's. Ein zwingender Gedanke, nicht wahr?«, trumpfte er auf und zog die Fesseln fester. Langsam dämmerte ihr, wovon er sprach.

»Ein Kind allein, das ging nicht. Sie starben. Weil sie allein waren. Aber zwei, die einander am Leben hielten, füreinander sorgten, miteinander reden würden, verstehen Sie, reden würden sie!«

Er war offensichtlich besessen davon, dass sie ihn verstand. Sie nickte heftig mit dem Kopf. Mit ihm reden, Kontakt aufbauen, das war es. Bloß wie?

Er schüttelte sie. »Hör zu!«

Wieder nickte sie heftig und versuchte Geräusche zu machen. Vielleicht würde sie ihn so weit bekommen, den Knebel wieder herauszuziehen, den er ihr nach dem Schlag über den Schädel zwischen die Kiefer gepresst hatte. Er nahm ihr die Augenbinde ab und nun sah sie schlagartig aus nächster Nähe in das vom Wahnsinn verzerrte Gesicht des jungen Lehrers.

»Zu zweit würden sie anfangen zu reden. Dachte ich. Und was machen diese bösartigen Viecher? Sie leben drei Jahre auf meine Kosten und alles, was dabei herauskommt, ist ein bisschen Quieken und Knurren. Das ist doch kein Erfolg, sage ich Ihnen. Das ist Humbug!« Er hatte fast geschrien. Erst jetzt bemerkte sie die zwei nackten, albinoweißen Kinder, die sich im hintersten Winkel des Raumes befanden. Eines lag still, das andere starrte sie mit aufgerissenem Mund an. Sie hatten lange Nägel und starrten vor Dreck und Ungeziefer. Amalia verstand, und das Herz zersprang ihr im Leib. So viel Grausamkeit. So viel Leid. So viel Schmerz.

»Ach, hast du sie gesehen? Die edlen Wilden unserer Herrn Rousseau und so weiter? Darf ich vorstellen: Kaspar und Kasparine Hauser. Die unverdorbensten Wesen dieser Erde. Keine Sorge. Dem Auswurf passiert nichts. Ich lasse sie heute Nacht im Czermaks Garten laufen, die kleinen Häschen. Und morgen hat die Welt wieder eine Sensation. Ein Humbug alles, ein Humbug, sage ich dir. Aber du, du würdest reden, wenn man dich ließe, nicht wahr?«

Jetzt schüttelte Amalia den Kopf. Sie verstand schon, worauf das hinauslief.

»Schade«, sagte er. »Wirklich schade. Diese verdammte Sentimentalität bei euch Weibern. Weißt du, Konrad hätte vielleicht auch geredet.«

Amalia sah ihn mit weit aufgerissenen Augen an.

»Ja, ja, Konrad! Ich habe ihn erwischt, als er hier unten an der Tür gelauscht hat. Ich habe ihm seine Chance gegeben, es wiedergutzumachen. Du willst doch bestimmt auch mal Forscher werden, habe ich gesagt. Du bist doch ein aufgeweckter Bursche! Aber er hat es nicht kapiert.« Wütend zerrte er an ihren Fesseln und zog sie dabei noch fester an. Amalia meinte, Trauer in seiner Stimme zu hören, nicht bloß Wut.

»Wenn er nicht versucht hätte abzuhauen! Alles hätte unter uns bleiben können und er hätte nichts zu befürchten gehabt.«

Amalia schauderte, der Anflug von Mitleid, das sie für einen Moment mit ihm gehabt hatte, verflog im Nu und wich kalter Verachtung.

»Ich habe ihn dann erst mal dort oben eingesperrt. Ich wollte ihm nichts tun, wirklich nicht. Dachte, er besinnt sich. Aber dann hat er sich über Schöpfs Gerüst abseilen wollen.«

Niemals, dachte Amalia. Niemals hätte Konrad sich aus dieser Höhe abzuseilen versucht. Wie auch? Er war doch nur ein kleiner verängstigter Junge gewesen. Wütend schnaubte sie, wollte widersprechen, doch der Knebel in ihrem Mund hinderte sie daran.

Größ hatte sie auch so verstanden, er lachte leise. »Ach, du glaubst mir nicht? Es stimmt aber. Er hatte das Fenster geöffnet, dein kleiner Engel. Ich weiß nicht, wie er das geschafft hat. Aber als ich wieder hereinkam, um nach ihm zu sehen, war er gerade auf das Fensterbrett gestiegen. Vielleicht wollte er auch nur anfangen, dort oben herumzubrüllen. Ich wollte ihn herunterholen und bin auf ihn zu gesprungen. Aber dann bin ich über etwas gestolpert und anstatt ihn zu greifen, habe ich ihm einen ordentlichen Schubser verpasst.« Bedauernd schüttelte er den Kopf und das Haar flog ihm wirr ins Gesicht. »Ein Unfall, wirklich, bloß ein blöder Unfall!«

Amalia glaubte ihm kein Wort. Größ hatte Konrad hinabgeworfen, und jetzt wollte er sich vor ihr herausreden. Als käme es darauf noch an, wenn er sie doch umbringen wollte. Oder ob er noch hoffte, mit ihr zusammen von hier fortzukommen? Aus dieser idiotisch aussichtslosen Lage? Warum sollte er?

Und auf einmal erschien Größens vor der Zeit gealterte, stets keifende Frau vor ihrem inneren Auge – und sie begriff, welche Hoffnung Größ heimlich nährte.

Noch einmal sah er sie schweigend an und lächelte.

›Er weiß, dass ich's begriffen habe‹, dachte sie und hielt völlig still.

Er ließ sie in Ruhe. Mit einem Nicken zog er sich zurück, robbte rückwärts aus der Höhle und schmetterte die Stahltür zu. Dunkel.

Und eines der Wesen, die nicht von dieser Welt waren, begann leise zu quieken, zu meckern und zu flöten.

×××

Nur Niedlichs extremer Eile hatte er es zu verdanken, dass er überhaupt so leicht ins Haus gekommen war. Gustav wusste, dass man die Tür normalerweise verschlossen vorfand und man erst mal an dem grimmigen Hausmeister vorbeimusste, wenn man hineinwollte. So aber war er erst sehr vorsichtig über die Flure geschlichen, hatte dort aber nichts gefunden und dann gleichfalls erfolglos die oberen und mittleren Stockwerke abgesucht. Schließlich kam er erneut im Erdgeschoss an, doch noch immer war niemand zu sehen. Größ nicht, Niedlich schon gar nicht. Wie vom Erdboden verschluckt.

Dann entdeckte Gustav doch noch den wuchtigen Rücken des Hausmeisters. Durch ein Fenster im Erdgeschoss sah er ihn im Innenhof auf den Knien umherrutschen und das Unkraut aus dem Pflaster ziehen. Da auch kein Kind in den Fluren unterwegs war, vermutete Gustav sie in den Arbeitsräumen, wo sie gemeinsam mit den Verbrechern und den arbeitsfähigen Irren etwas zu ihrem Lebensunterhalt beitrugen mochten.

Es war geradezu gespenstisch still. ›Eine aberwitzige Konstellation‹, dachte er. Die Idee eines Zuchthauses war es wohl, Kindern ohne Eltern Zucht beizubringen, damit sie als anständige Menschen ins Leben hinausgingen. So weit, so gut. Aber wessen Zucht würden sie wohl kennenlernen in der Gesellschaft von Mördern und Dieben?

Gustav beschloss, nun noch im Keller nachzusehen. Wenn jetzt Niedlich, Größ oder einer der Wächter um die Ecke käme, hätte er ohnedies Schwierigkeiten, seine Anwesenheit zu erklären.

Äußerst vorsichtig schlich er die Treppe in die Kellerräume hinab. Das Treppenhaus hier war nicht weniger hoch und geräumig als in den oberen Stockwerken, aber die Luft war feucht und roch moderig. Der Anstrich der Wände war hier unten zumeist längst abgeblättert und die Ziegel schwitzten Salpeter und Nässe aus. Gustav glitt immer tiefer in die Dunkelheit. Ob sein Verdacht sich erhärten ließe?

Ob Hagedorn tatsächlich einen zweiten Kaspar Hauser hier unten gefangen hielt? Einen, der als Experiment taugte? Gustav grinste bitter. Ein menschliches Wesen als Experiment zu betrachten. Unerträglich. Oder ob das nur so dahingesagt gewesen war? Der alte Doktor Hagedorn machte eigentlich nicht den Eindruck, ein kalter, gefühlsloser Mensch zu sein. Und im Falle Hausers hatte er alles getan, um dem Jungen das Sprechen beizubringen, ihm zu helfen, im normalen Leben Fuß zu fassen. Trotzdem. Er hatte ein dummes Gefühl. Das Sankt Georgen war eine Schlangengrube, eine Drachenhöhle, und irgendwer, der hier ein und aus ging, war in der Lage gewesen, ein Kind ... wie hatte Martin gesagt? ... aus dem Fenster zu schleudern. Nur wer war es, wenn nicht Hagedorn selbst? Einer der vielen Wärter? Einer der jungen Männer, die hier als Arzt und Hauslehrer arbeiteten? Der grobschlächtige Hausmeister?

Es schauderte ihn, je tiefer er ins Dunkel vordrang, aber Gustav ging zitternd weiter in den kalten Keller hinab. ›Immerhin fällt es mir altem Trottel nicht allzu schwer, mich langsam und lautlos zu bewegen‹, dachte er mit unpassender Fröhlichkeit. Schritt für Schritt stieg er in den Keller hinab. Hörte er dort unten tatsächlich ein gedämpftes Stöhnen und Geräusche wie von leisem Pochen an einer Tür?

Aber das sollte er nicht mehr herausfinden. Die Zeit, die ihm blieb, den Luftzug über seinem kahler werdenden Schädel zu erahnen, reichte gerade noch aus, um zu begreifen, dass er die Lage grundsätzlich falsch beurteilt hatte. Nicht Jäger, Gejagter war er. Krachend ging der Knüppel auf seinen Scheitel nieder und Gustav versank in einem Meer von funkelndem Schmerz.

×××

Martin hatte noch einmal geschlafen. Lange geschlafen, bestimmt vier Stunden. Dann hatte er sich vom Bett erhoben und verkündet, er müsse bald los. Agnes hatte ihn nur ausgelacht, aber dann begann sie zu begreifen, dass er es ernst meinte. Albrecht stand neben ihr auf dem Hof und hörte sich ihr Schimpfen nun schon seit einer halben Stunde an. Anfangs hatte er gelacht, aber das hatte sie schnell unterbunden.

»Was hast du denn erwartet, du kennst ihn doch«, füllte er eine der seltenen Pausen zwischen ihren Tiraden. Er wusste ja, sie sorgte sich bloß um ihren Patienten.

»Wenn er in dem Zustand losreitet, kann er jeden Moment wieder ohnmächtig werden. Er könnte vom Pferd stürzen. Ich verstehe gar nicht, wie er so lange auf den Beinen sein kann. Er geht jetzt schon seit einer Stunde mit den beiden umher.«

Das stimmte. In zwei Stunden würde es dunkel werden, und wenn Martin noch loswollte, sollte er sich mal langsam Gedanken darüber machen, wie er an Agnes vorbeikäme. Albrecht zog zweifelnd die Stirn in Falten. Außerdem könnte ein Pferd nichts schaden. Er schob seine Wampe heraus, steckte einen Daumen in den Hosenbund, zog an seiner Pfeife und beobachtete das kleine Grüppchen an seinem Karpfenteich. Agnes hatte recht; es war eine Torheit, was Martin vorhatte. Dennoch würde Albrecht recht behalten: Martin machte es trotzdem.

Im Moment allerdings ging Martin ohne erkennbare Unruhe mit einem Kind an jeder Hand spazieren; sie schlenderten um den Teich herum und Greta und Martin redeten abwechselnd aufeinander ein.

»Was will er wohl von ihnen?«, fragte Albrecht seine Frau. Agnes stellte den Korb mit dem Futtergetreide ab und ignorierte die Hühner, die hungrig um ihre Waden hüpften und versuchten, einander die Augen auszuhacken.

»Ist mir egal. Wir müssen ihn wieder ins Bett bekommen. Nach so einem Hieb kann die Wirkung auch erst nach ein paar Stunden eintreten. So mancher ist erst am Tag danach plötzlich tot umgefallen, weil er sich nicht geschont hat.«

Albrecht sah sie ungläubig an, aber er wusste, in Gesundheitsdingen war Verlass auf seine Frau. Und nicht nur darin. Er nahm sie um die Schulter und drückte sie an sich. »Mach dir keine Sorgen! Er weiß, was er tut.«

Aber sie schüttelte ihn ab und wandte sich abrupt dem Haus zu. Albrecht spuckte aus und ging gemessenen Schrittes zu den dreien hinüber.

»Na, was habt ihr denn so Spannendes zu bereden?«

»Wusstest du schon, dass Greta und Benjamin auch mal im Sankt Georgen waren, Albrecht?« Martin saß in der Hocke und hatte Greta auf ein Knie genommen.

»Stimmt das, was Onkel Martin sagt?«, fragte Albrecht die Kleine und Greta bohrte mit dem Finger in der Nase und nickte zum Boden hin.

»Warum habt ihr das nie erzählt?«, fragte Albrecht weiter, aber es kam keine Antwort. Benjamin stützte sich auf Martins Schulter und lehnte seufzend seinen Kopf an das bandagierte Haupt des Onkels.

Die beiden Erwachsenen warteten ab. Und als Greta keinen Anfang fand, begann Martin mit einem Mal zu erzählen: Wie er zum Waisen geworden war. Wie seine Eltern verbrannt waren, in der Völkerschlacht vor über dreißig Jahren. Und wie ihn ein Bauer halb tot ins Lazarett geschleppt hatte, in die Thomaskirche zu all den anderen Verletzten.

»Und da habe ich Onkel Gustav kennengelernt. Der hat mir geholfen. So wie ich euch geholfen hätte, wenn ich gewusst hätte, was mit euch los ist.«

Er hatte sich ins Gras gesetzt, und Albrecht setzte sich neben die beiden Kinder und hörte zu. Benjamin schmiegte sich an Martin und Greta an Albrecht.

»Klar«, brummte Albrecht, »Onkel Martin und Onkel Gustav, die kriegen alles hin, wenn man sie nur fragt. Das kann ich euch bestätigen!«

»Aber uns hat er nicht geholfen!«, widersprach Greta.

»Als ich euch kannte schon!«, korrigierte Martin sie und sah sie ernst an. »Das müsstest du noch wissen.«

Sie nickte.

»Und wenn ich wüsste, was damals im Sankt Georgen los war, dann könnte ich losgehen und dafür sorgen, dass ihr nie wieder Angst haben müsst! Ihr habt nämlich Angst, darum sagt ihr nichts, richtig?«

Greta zweifelte sichtlich, und Benjamin begann plötzlich, wimmernd vor und zurück zu wippen. Dann begann er zu zittern, und auf einmal stieß er einen Schrei aus und warf sich seinem Ziehvater Albrecht in die Arme. Wie verrückt schluchzte er los, Greta fiel sofort ein und beide klammerten sich nun wie Ertrinkende an Onkel und Vater, die schützend ihre Arme um das kleine heulende Grüppchen gelegt hatten, die Kinder umfangen hielten und sanft hin und her wiegten.

Über den Köpfen der Kinder hinweg trafen sich Martins und Albrechts bestürzte Blicke. Greta und Benni waren Straßenkinder gewesen, hart im Nehmen, hatten vieles gesehen, das sie niemals hätten sehen sollen. Nie würde Albrecht die vielen Nächte vergessen, in denen er oder Agnes oder sie beide an den Betten der Kinder gesessen, sie gewiegt und getröstet hatten. Es war ihnen ein Geschenk gewesen, als die Kinder sich ihnen Schritt für Schritt öffneten, Ängste zuließen, Vertrauen fassten. Es war nicht leicht gewesen, das sicherlich nicht. Irgendwann hatten die beiden begonnen, Agnes und ihn auszutesten. Hatten kleine Dinge gestohlen, kleine Lügen gestreut. Hatten schließlich getobt und gewütet.

Agnes und Albrecht waren ruhig geblieben: Streng, aber gerecht. Irgendwann, nach einem ermüdenden Tobsuchtsanfall um eine Nichtigkeit, hatte Greta für sich und Benni, seinen stummen Großen, zugleich gefragt »Wir müssen nicht mehr von euch weg, oder? Wir dürfen wirklich hierbleiben, ja?«

»Ja«, hatte Agnes gesagt. »Ja. Ihr seid unsere Kinder. Mein halbes Leben habe ich auf euch warten müssen. Ihr glaubt doch nicht im Ernst, dass wir euch je wieder gehen lassen!« Dann hatte sie laut gelacht und beide Kinder an sich gepresst.

Die Erinnerung machte Albrecht glücklich, denn in diesem Gespräch war der Knoten geplatzt und sie waren endlich eine wirkliche Familie geworden. Umso mehr erzürnte ihn die Gegenwart. Wer hatte seinen Kindern so viel Leid zugefügt? Was war ihnen damals geschehen, damals, als er sie noch nicht hatte schützen, als er und Agnes – und auch Martin und Gustav – sie noch nicht durch ihre Liebe hatten abschirmen können gegen Trostlosigkeit und Kälte? Fest drückte er Benni und Greta an sich, war glücklich zu spüren, dass auch Martins Sorgen um die Kinder aus tiefstem Herzen kam, und irgendwann beruhigten sich die beiden. Benjamin strampelte sich aus der Umarmung von Vater und Onkel frei; Greta steckte den Daumen in den Mund und krabbelte an Albrecht hoch, bis sie die kurzen Arme um seinen Hals legen konnte. Sie wartete ab, was der große Bruder tun würde, und Benjamin holte tief Luft. Dann stand er auf, öffnete sein Hemd und zog einen kleinen Lederbeutel heraus. Martin und Albrecht tauschten erstaunte Blicke.

»Du willst uns dein Amulett zeigen?«, fragte Martin.

Benjamin nickte: »Wenn du dafür den Mann einsperrst, kannst du es behalten!«

Stille.

Ungelenk hatte seine Stimme geklungen, etwas krächzend. Aber klar, deutlich und bestimmt. Eine schöne Stimme. Benjamins Stimme. Benjamin hatte gesprochen!

Albrecht, Martin und auch Greta fielen vor Schrecken fast die Augen aus dem Kopf.

»Benjamin!«, schrie Greta direkt an Albrechts Ohr. »Du sprichst ja!«

Albrecht erstarrte, der Unterkiefer fiel ihm herunter, und obwohl er den Namen seiner Frau rufen wollte, gelang es ihm nicht.

»Er redet, er redet!«, lachte Greta und klatschte in die Hände. Dann griff sie mit einem breiten Grinsen nach Albrechts Kinn und klappte es einfach wieder zu.

Auch Martin war völlig perplex und saß stumm da, so als wäre Benjamins Makel auf ihn übergewechselt. Dann aber besann er sich. »Dann rede, Junge, komm!« Er griff nach Benjamins Hand und der ließ sich wieder auf den Hintern sacken. Aber anstatt etwas zu erklären, zog er den Beutel auf, in den noch niemand hatte hinein sehen dürfen.

»Was hast du da?«, fragte Martin.

»Er wollte mich umbringen, als ich abgehauen bin. Ich hatte gesehen, was sie mit den Kindern machen.« Benni sprach sachlich, präzise. Als hätte er die Worte in all den Jahren wieder und wieder im Geiste geprobt und nur gewartet, bis ihre Zeit gekommen war. »Wenn wir reden, bringt er die Zwillinge um, hat er gesagt. Es ist egal, wie weit weg wir sind; wenn wir reden, bringt er sie um.« Seine Schwester war verstummt und zitterte. Albrecht rieb ihr den Oberarm, als würde sie frieren und drückte sie an sich.

»Erst bin ich abgehauen. Da hat er mich festhalten wollen. Aber ich habe mich losgerissen und bin davongekommen.« Nun liefen Benjamin die Tränen, während er weitererzählte, aber er stockte nicht und wehrte Albrecht ab, der ihn zu sich ziehen wollte; ganz so, als brauche er all seine Konzentration, um weitersprechen zu können, es zu Ende zu bringen. »Und dann, ein paar Tage später, habe ich Greta geholt. Aus dem Schlafsaal. Da gibt es eine lockere Stange im Fenster.«

Albrecht nickte und sah seinem Sohn fest in die Augen. ›Ich bin bei dir. Ich verstehe dich.‹

Dann streckte er langsam die Hand aus und griff sanft nach Benjamins Beutel. Der Junge nickte stumm und ließ ihn gewähren. Albrecht nahm den Gegenstand heraus, der ihnen alles erklären sollte, und hob ihn ans Licht. Es war ein Knopf aus Horn. Klein und unscheinbar lag er in Albrechts schwieliger Pranke.

Martin nickte. Offenbar hatte er verstanden.

Albrecht nicht, aber das war ihm gerade weniger wichtig. Er stand auf und, Greta noch immer auf dem Arm, zog seinen Sohn empor und legte ihm die Hand auf die Schulter, fest und sanft. Und dann brach es endlich aus ihm heraus: »Agnes!«, rief er, »Agnes! Unser Junge kann sprechen!«

»Ein Pferd!«, sagte Martin.

»Wie bitte?«, fragte ein tränenüberströmter Albrecht.

»Ich brauche sofort ein gesatteltes Pferd!«

Albrecht nickte und lief los. Instinktiv warf er noch einen Blick zurück: Martin sah zum Himmel auf. Die Sonne war schon über den Zenit hinaus. Langsam sah er Martins Hände an den bandagierten Kopf wandern. Dann fielen sie wieder herab wie nasse Säcke, sackte der ganze Körper nach, sah Albrecht Martin schwanken und fallen. Mit einem dumpfen Geräusch kam sein Freund auf dem Boden auf und rührte sich nicht mehr.

×××

Dieses Mal kam Kroll in anderer Stimmung ins Sankt Georgen. Er hatte mit Paulssen gesprochen. Ja, natürlich gab es eine Verbindung zwischen Paulssen und dem Waisenhaus. Paulssen beschaffte Hagedorn regelmäßig die neuesten Fachpublikationen aus den Gebieten der Seelenkunde und auch politische Schriften, die nicht einmal in Leipzig über der Ladentheke zu haben waren. Hagedorn schien ein glühender Jakobiner zu sein. Und Paulssen hatte bei einem Glas oder auch einer Flasche zu viel tatsächlich auch seinen neuesten Coup ausgeplaudert. Martin Held als Autor einer Kolumne. Paulssen sah nichts Schlimmes darin, zumal er Kroll die neueste Ausgabe seiner morgen erscheinenden Zeitung unter die Nase halten konnte und Helds handschriftliche Autorisierung zur Veröffentlichung. Der Artikel Martin Helds über die Waisenpflege auf Seite zwei, mit vollem Namen. Der ging ja noch, stellte Gottlieb fest, als er die Zeilen hektisch überflogen hatte. Aber dann kam der Hammer. Ein Bote hatte morgens um sechs, also vor etwa fünf Stunden, noch einen Artikel nachgeliefert. Über die Pressefreiheit in Sachsen. Und der stand als Kommentar in der rechten Spalte auf der Titelseite.

Eine Sensation, jubelte Paulssen. Eine Katastrophe, urteilte Kroll und beschlagnahmte die komplette Auflage, ohne bisher zu ahnen, was die logische Folge dieser polizeilichen Maßnahme sein würde. Die Verhaftung des Autors? Die Suspendierung des Offiziers Kroll wegen Überschreitung seiner Kompetenzen? Die Rettung Helds? Was war Königs Wort wert? Welche Zusagen Königs hatte er denn eigentlich erhalten? Kroll lächelte bitter. Oder würde sein Vorgehen schlicht das Vertrauensverhältnis zwischen ihm und Held zerstören und ihnen eine gemeinsame Zusammenarbeit für alle Zukunft unmöglich machen? Loyalität! ›Was für ein schönes Wort‹, dachte Gottlieb. ›Wem hat denn nun meine Loyalität zu gelten?‹

Aber darüber konnte er ein anderes Mal nachdenken. Jetzt hetzte er zum Waisenhaus. Hagedorn hatte von Helds Achillesferse gewusst. Das war alles, was ihn jetzt interessierte. Niemand würde sich ihm, Gottlieb Kroll, in den Weg stellen und niemand würde mehr mit Samthandschuhen angefasst werden. In seinem Schlepptau gingen Freytag, Koslic und Hanschmann, dazu Schuster, der mühsam Schritt hielt. Kroll war entschlossen, alle da drin festzunehmen und dann einen nach dem anderen zu verhören, bis er endlich die Wahrheit aus ihnen herausgeholt hätte, ohne Umwege, wenn nötig auch unter Einsatz von Gewalt. Er musste den Knoten durchschlagen, der ihn nun seit dem Leichenfund gebannt hatte. Der Schlüssel lag nun mal im Sankt Georgen. Das lag ja auf der Hand. Er musste ihn nur endlich finden.

Die nutzlose Tatortbesichtigung im Büro Martins hatte ihm Zeit zum Nachdenken gegeben. Er hatte so getan, als würde er Schuster zuhören, der sich langatmig über den Einbruch ausgelassen hatte, doch während die Kollegen ihn ansahen und darauf gewartet hatten, dass er irgendeine durchschlagende Erkenntnis zu dem Vortrag formulierte, war er in Gedanken ganz woanders gewesen. Sicher hatten sie ihn wieder für entscheidungsschwach und passiv gehalten, so wie er dagestanden hatte. Woher hätten sie auch wissen sollen, dass er sich in dem Moment, als sie ihn frustriert beobachteten, in Wirklichkeit innerlich zu der Entschlossenheit und Festigkeit einer Kanonenkugel zusammenballte. Er pfiff auf den Ratsherrn König. Martin Held kannte er länger und besser, und König zu trauen hatte er keinen handfesten Grund. Dann war da noch ein totes Kind. Darum ging es ihm im Zentrum. Und deshalb würde er diese Bude ausräuchern. Jetzt!

Was danach kam, daran dachte er nicht, wollte er nicht denken. Sein Mut hatte gesiegt, erstmals gesiegt. Es war richtig so, das spürte er. Auch wenn ihn sein entschlossener Schritt in den Untergang trüge: Er würde zumindest aufrechten Hauptes zum Schafott schreiten. Das war er Martin schuldig. Seiner Familie. Seiner Stadt. Dem kleinen Jungen, der gestorben war.

Und auch sich selbst.

Aber es kam anders. Sie hatten gerade den Brühl überquert, als ihnen Schöpf entgegengerannt kam. Der schwere Mann war wie von Sinnen und klammerte sich an Krolls Uniform fest, riss den Polizisten fast zu Boden. »Meine Tochter ist verschwunden, so helfen Sie mir doch, meine Tochter!«, rief er. Ohne Krolls Uniformjacke aus den Händen zu lassen, schüttelte er den Polizisten, und die anderen

Beamten mussten ihn mit Gewalt von Kroll lösen, ehe der Mann vor ihnen auf der Straße zusammensackte und weinend auf dem Kopfsteinpflaster saß. Neugierig bildeten schon erste Passanten einen Kreis um sie, aber Freytag und Koslic schickten die Gaffer sofort energisch wieder ihrer Wege. Schon zeigte Kroll sich wieder von seiner weichen Seite und zog den verstörten Hausmeister vom Pflaster hoch. »Beruhigen Sie sich, Mann! Sie haben also eine Tochter?«

Schöpf schnaubte sich mit den Fingern die Nase frei und nickte unter Tränen. Schuster reichte ihm ein Taschentuch hin. Kroll blickte ihn überrascht an, aber der Alte hatte schon wieder den Kopf gesenkt und stand so unbewegt da, als wäre der freundliche Mann eben, der einem Verzweifelten mitfühlend zur Seite stand, ein anderer gewesen.

»Das haben Sie ja noch gar nicht erzählt«, setzte Kroll, an Schöpf gewandt, nach.

»Sie haben sie doch gesehen, als sie das letzte Mal bei mir waren. Die Kleine mit den roten Zöpfen. Was haben Sie denn gedacht, wer das ist?«

Kroll wurde rot, winkte aber ab und fragte: »Wo ist sie denn hin, die Tochter?«

»Ja, fort ist sie, das sage ich doch!«, rief Schöpf, nun schon wieder fast außer sich. »Sie war nicht im Schlafsaal heute früh, und in der Schule ist sie auch nicht aufgetaucht. Herr Größ kam gerade zu mir und fragte nach ihr.« Schöpf war am Ende. Flehentlich rang er die Hände und sah Kroll an, als könne dieser ihm sagen, wo das Kind geblieben sei.

»Haben Sie alles abgesucht?«

»In der Küche war ich, in den Schlafsälen der Mädchen und der Jungen, bei Herrn Hagedorn auch; dem hat sie manchmal aufgewartet.«

»Im Dachgeschoss ... waren Sie schon oben?«, fragte Kroll und ihn erfasste eine düstere Ahnung.

»Wieso denn dort?«

»Ach, manchmal haben junge Damen so ihre Launen und brauchen einen Rückzugsort, wissen Sie!«, versuchte Kroll ihn zu beruhigen und fuhr fort: »Wieso wohnte sie denn überhaupt im Waisenhaus? Was macht denn Ihre Frau?«

»Sie ist gestorben.« Schöpf bekreuzigte sich. »Schon vor vielen Jahren. Herr Hagedorn hat uns aufgenommen. Ich arbeite gewissermaßen als Gegenleistung für unsere Unterkunft und die Ausbildung meiner Tochter.«

Kroll nickte entschlossen und fest. Der staunende Blick seiner Kollegen prallte an ihm ab. »So, dann lassen Sie uns mal gemeinsam suchen. Auf geht's!« Und damit nahm er den zitternden Vater um die Schulter, ging mit ihm die Stufen des Zucht- und Waisenhauses hinauf und betrat mit den Männern das Haus.

Drinnen umfing sie sofort wieder die gruftartige Kühle und ließ Kroll erschaudern. Auch den anderen schien unbehaglich zu sein. Im Gänsemarsch folgten sie Schöpf und Kroll, die nun zielstrebig die Treppen erklommen, hinauf zu den einzigen Räumen, die Schöpf noch nicht in Betracht gezogen hatte. Und einmal mehr binnen weniger Tage schloss der Hausmeister des Waisenhauses Sankt Georgen die Zwischentüre zum Dachboden auf.

»Sehen Sie!«, sagte er. »Hier kann sie nicht sein.«

Doch Kroll hielt hier inzwischen alles für möglich und schob sich an Schöpf vorbei. Die letzten Stufen nahm er mit wenigen Sätzen und stieß die Tür zu dem Unglückszimmer auf.

»Um Gottes willen!«, stieß er hervor und schlug die Tür hinter sich zu, noch ehe ihm jemand folgen konnte. Hinter dem Schrank steckte eine lange Baubohle, wie man sie zum Gerüstbau benutzte. An ihrem sichtbaren Ende hatte sie zwei Bohrungen, durch welche man sie mit Seilen fixieren konnte. Durch diese Bohle lief ein Seil. Es lief unter Spannung vom Ende der Bohle, die senkrecht hinter dem Schrank eingekeilt war, über die Vorderkante des deutlich über mannshohen Schrankes.

Das Brett und das Seil. Das war es gewesen, was ihm nicht eingefallen war, als er Martin Bericht erstattet hatte. Ja gut, auch die Fahnenstangen. Aber er hatte dem wohl keine Bedeutung beigemessen und es dann auch schon wieder vergessen gehabt. Dieses Brett hatte unter der Decke gehangen, an zwei Nägeln, die durch die Löcher gelugt hatten. Und unter dem Schrank, da hatte das Seilende hervorgeschaut. Jetzt war das Seil in seiner ganzen Länge zu sehen. Es reichte von dem Ende der Baubohle über die Kante des Schrankes und war gerade lang genug, um eine Schlinge zu bilden, die den Hals des rothaarigen Mädchens umfing. Ihre Füße hingen etwa so hoch über dem Boden, wie die Sitzfläche des umgestoßenen Stuhles sein mochte, der vor ihr im Raum lag. Von Verzweiflung übermannt, ließ Gottlieb sich an der Tür herabgleiten, saß am Boden und starrte auf die geschlossenen Augen, die leuchtenden Haare, das angstverzerrte Gesicht. Sie war so jung gewesen. So jung.

Nach einigen Minuten konnte Kroll die hämmernden Faustschläge hinter sich nicht mehr ignorieren. Er öffnete die Tür einen Spalt weit und rief zuerst Schuster herein. Der sah sich den Schlamassel an und verstand. Als Kroll sicher war, dass Schuster Schöpf weggeführt hatte und sich nun wohl bemühte, ihm die Sache schonend beizubringen, öffnete er den Kollegen die Tür. Eilig traten sie herein, sahen sich schweigend um.

Hanschmann brach das Schweigen als Erster: »Diese Bohle und dieses Seil waren nicht im Raum, als ich mit Herrn Held hier war. Da bin ich sicher!«

»Aber sie waren hier, als ich zum ersten Mal hier war«, sagte Kroll. Die Kollegen blickten überrascht auf, und Kroll wusste warum. Er schämte sich, aber die Wahrheit ging vor. Niemand kommentierte seinen Fehler.

»Könnte gut sein, dass der erste Fall jetzt wieder futsch ist«, positionierte sich Koslic. »Wenn der Kleine mit der Bohle da versucht hat, von dem Raum hier auf das Dach zu entkommen, dann kann er ohne weiteres weit genug gefallen sein. Die Beweisführung vom Chef ist keinen Pfifferling mehr wert.«

Kroll gab ihm innerlich Recht. Seine Entscheidung, die Suche nach dem Mörder über alle politischen Überlegungen zu stellen, würde ihm nun nicht nur den Hals brechen, sie war auch noch falsch gewesen. Es gab keinen Mord. Jedenfalls nicht an dem kleinen Konrad. Vielleicht.

»Wie soll denn so ein kleiner Kerl die riesige Bohle da hinausbekommen?«, warf Freytag ein.

»Na, du weißt doch, wie ordentlich der Schöpf immer alles wegräumt. Und wenn er gerade wieder auf Taubenjagd war …?« Koslic blickte fragend in die Runde.

»Also war Konrad wahrscheinlich doch ein Ausreißer und ist auf seiner Flucht verunglückt«, schlussfolgerte Bernd Freytag im Sinne seines Freundes. Die Umstehenden nickten zustimmend.

»Aber wir haben definitiv einen neuen Fall«, murmelte Kroll, der sich nicht an der Diskussion beteiligt und sich stattdessen vor die Erhängte gekniet und ihre geballten Fäuste geöffnet hatte. Statt einer Erklärung hob er ihnen entgegen, was er gefunden hatte. Überrascht wandte sich ihm die Runde zu.

»Ein Knopf«, stellte Bernd Freytag zutreffend fest. »Na und?«

»Hirschhorn. Den hatte sie in der Hand. Und sehen Sie mal, was der Chef heute Morgen in der Hand hatte, als er aufgewacht ist.« Kroll hob nun auch den anderen Knopf hoch, den er vor wenigen Stunden aus der Hand des schlafenden Martin Held genommen hatte. Die Kollegen machten große Augen.

»Die sind identisch!«, triumphierte Kroll.

Die anderen nickten grinsend. Das hätten sie auch ohne seine Erklärung gesehen. Er las in ihren Augen, was sie dachten: Jetzt war der Alte vollends durchgedreht. Aber Kroll hatte keine Lust, als Idiot dazustehen: »Na kommen Sie, Hanschmann! Sehen Sie sich mal den Hals des Mädchens an«, sagte Kroll und winkte den blonden Kollegen heran, der ihn mit offener Abneigung betrachtete. Hanschmann gehorchte. Kroll hatte den Strick weggeschoben, sodass man die Würgemale sah. Sie umliefen ihren Hals, wie dies nur von zwei menschlichen Händen herrühren konnte. Kroll und Hanschmann brauchten nicht miteinander zu sprechen, um dasselbe zu sehen. Die Fasern des Hanfstricks befanden sich nicht auf den Würgemalen, wo sie hätten sein müssen, sondern oberhalb der Druckmale. Der Strick war an einem leblosen Hals emporgeglitten, als jemand das tote Mädchen in die Höhe zog. So überraschte es die erfahrenen Kriminalisten auch nicht mehr, als sie unter dem Strick selbst keine

Blutergüsse mehr fanden. Das Mädchen hatte sich den Strick weder selbst umgelegt noch war es von diesem Stuhl gesprungen, der vor ihr am Boden gelegen hatte. Anders als Konrad hatte sie diesen Raum definitiv nicht auf ihren eigenen Beinen betreten.

»Na?«, fragte Kroll halblaut.

»Ist schon klar«, antwortete Hanschmann. »Mord!«

»Und Herr Held hatte heute früh den gleichen Knopf in der Hand wie das arme Kind hier.« Die Kollegen begriffen, was er sagen wollte.

Es klopfte an der Tür. »Jetzt nicht!«, brüllte Kroll. Aber die Tür hatte sich schon geöffnet und Pauls rothaariger Wuschelkopf ragte herein.

»Herr Kroll, es ist wichtig!«

»Was denn?« Kroll hatte genug.

»Fräulein Amalia ist verschwunden!«, keuchte der Junge.

»Was?« Kroll verstand nicht.

»Herr Held hat mich mit einem Billett zu Koopmanns geschickt und ihnen aufgetragen, Fräulein Amalia auf keinen Fall aus dem Haus zu lassen.«

»Ja und?«

»Ich habe die Nachricht überbracht. Aber sie war schon verschwunden. Wir haben sie überall gesucht und ich habe ...«

»Wer ist ›wir‹?«, fragte Koslic nach.

»Die Koopmanns und ich. Aber wir haben bloß ihren umgestoßenen Wäschekorb in einer Gasse zwischen Koopmanns Wohnung und der Bleiche gefunden. Von ihr keine Spur.«

»Auch das noch«, stöhnte Kroll.

»Die Koopmanns sind außer sich. Ich wollte Herrn Gäbler holen.«

›Gute Idee‹, dachte Kroll. ›Gustav hat so etwas Beruhigendes. Der täte mir jetzt auch gut.‹

»Aber stellen Sie sich vor, der ist auch weg!«, setzte Paul hinzu. »Benedikt hat ihn seit kurz nach acht nicht mehr gesehen. Er sagt, er sei Hagedorn hinterhergegangen und seitdem nicht wieder aufgetaucht.«

»Also doch Hagedorn«, sagte Kroll in den Raum hinein, aber er erhielt nur ratlose Blicke zur Antwort. ›Vielleicht‹, dachte er, ›ist es am besten, wir verschwinden auch.‹ Doch dann gab er sich einen Ruck. Es half ja alles nichts. Er hatte es begonnen, er musste es beenden. Und wenn er allein dazu nicht in der Lage war, dann musste er sich eben eingestehen, dass er Hilfe brauchte: »Kommen Sie, Freytag, wir müssen hinaus zu Herrn Held. Er muss herkommen.«

Aber Hanschmann war skeptisch: »Und Schöpf? Hagedorn, Gustav, Fräulein Amalia? Wer kümmert sich darum?«

»Tatort sichern, das Mädchen abnehmen und zurechtmachen und dann können Schuster und Koslic erst mal langsam anfangen, Schopf aufzuklären. Danach suchen Sie Hagedorn. Der Rest findet sich dann von selber«, ordnete Kroll an.

Hanschmann widersprach noch immer: »Nee, Chef. Das wäre wie die Suche nach der Stecknadel im Heuhaufen. Entweder er hat sich abgesetzt, dann kriegen wir ihn jetzt eh nicht, oder er hat nichts mit alledem hier zu tun und kommt irgendwann einfach nach Hause. Nee, nee. Schöpf übernehmen Sie mal schön selber. Ich suche mit Paul von Koopmanns aus nach Amalia Bernhardt, Koslic kümmert sich um den Tatort und Freytag reitet zu Herrn Held. Ich glaube, dass wir hier ohne den Chef nicht weiterkommen.«

Kroll wurde blass. Er wagte es nicht, seinen Befehl durchzusetzen. Der Mann hatte ja recht. Von elf bis halb eins hatte seine Autorität gehalten, keine Minute länger.

Resigniert ließ er den Kopf hängen. Das Fünkchen Mut erlosch. Er gab auf.

×××

Es war kalt. Das war Gustavs erste bewusste Wahrnehmung. Kalte Hände, kalte Füße. Und es stank. Er lag auf der Seite im Dunkeln und seine Hände waren auf dem Rücken gefesselt. Gustavs Atem ging stoßweise und er spürte aufkommende Panik. »O Herr«, betete er. »Aus der Tiefe meiner Not bete ich zu dir. Lass mich nicht zuschanden werden!«

Langsam beruhigte er sich und fuhr fort seine Lage zu analysieren. Seine Augen versuchten sich an die Lichtverhältnisse anzupassen, aber hier war es anders als sonst im Dunkeln. In jeder Situation, die man für gewöhnlich für dunkel hält, erwacht nach einigem Zuwarten doch eine Wahrnehmung von Restlicht, das sich auf der Netzhaut breitmacht und das Dunkel nach einiger Eingewöhnung zum Halbdunkel relativiert. Schließlich ist das Auge am Ende fast immer in der Lage, zumindest in groben Zügen das zu ermöglichen, wofür es geschaffen ist, nämlich die Orientierung im Raum. Hier war es anders. Gustav sah gar nichts, sosehr er den Kopf auch drehte und wendete. Seine Nase adaptierte sich mit größerem Erfolg an die Verhältnisse als das Auge und er war dankbar dafür. Der Gestank, mit dem er hier eingesperrt war, war trotzdem auch nach einigen Minuten der Anpassung noch immer schwer erträglich.

›Hier? Wo ist hier?‹, fragte sich Gustav. ›Wo bin ich?‹, wollte er sagen, aber ein Lappen, der ihm tief im Mund steckte, hinderte ihn daran. Der Versuch, die Hand zum Mund zu führen und sich von dem Knebel zu befreien, scheiterte ebenfalls kläglich. Hände und Füße waren gefesselt und erst jetzt begriff er, dass die Dunkelheit von einem Sack herrührte, der ihm über dem Kopf gezogen worden war. ›Jute‹, dachte er, ›ein Sack aus Jute.‹ Er spürte das raue Gewebe an seiner Nase und auf seiner Glatze. ›Zumindest werde ich nicht ersticken‹, dachte er. ›Noch nicht.‹

Schon jetzt hatte Gustav eine Kette von Frustrationen zu verdauen. Aber das Schlimmste war, es roch wie in einem Abort, der lange nicht geleert, dafür aber andauernd in Benutzung war. Gustav konnte nicht anders, als einer Art Fluchtimpuls zu folgen. Er warf sich hin und her, um dem Mief zu entkommen, bis er völlig erschöpft war.

Seltsam. Er fühlte sich viel schwächer, als er nach der Anstrengung hätte sein dürfen. Und jetzt spürte er, dass seine Hände feucht waren. Feuchtwarm. Und dieses Warme, Feuchte glitt über seine Handgelenke, wieder und immer wieder. Etwas leckte an seinen Handgelenken und diese schmerzten nicht bloß von den Stricken, die sie gebunden hielten. Es pulste dort schmerzhaft unter der leckenden Zunge.

Blankes Entsetzen erfasste Gustav. Er war Feldscherer gewesen und wusste die Symptome zu deuten. Er verblutete. Jemand hatte ihm die Adern geöffnet, ihn gefesselt hier hineingeworfen. Es war nur eine Frage der Zeit, bis er das Bewusstsein wieder verlieren würde, um es nie wiederzuerlangen. ›Was für ein feiger Mörder‹, dachte er. ›Er hat nicht mal den Mumm gehabt, mich mit einem Mal zu erledigen.‹ Verzweifelt begann er erneut, sich hin und her zu werfen und für eine Weile hörte zumindest das Lecken an seinen Wunden auf. Was war das? Ein Tier? Lag er auf einem Acker und die wilden Tiere machten sich schon an ihm zu schaffen? Aber nein, der Widerhall seiner Bewegungen deuteten eher auf einen geschlossenen Raum hin.

Er wunderte sich über die Nüchternheit, mit der er seine Lage analysierte. Er lag in einem engen geschlossenen Raum, war gefesselt, verblutete und ein undefiniertes Wesen leckte seine Wunden. Gut. Immerhin hatte es ihn nicht gebissen. Was gab es denn noch Interessantes in seinem kleinen Kosmos? Mit Schwung rollte er sich vom Bauch auf den Rücken. Mattigkeit und Übelkeit überwältigten ihn für einen Augenblick und er zwang sich zur Ruhe. ›Wenn ich mich übergebe, war's das‹, stellte der Mediziner in ihm wieder nüchtern fest. ›Dann ersticke ich an meinem eigenen Saft. Ruhig, Alter.‹ Aber schon bald rollte er sich weiter, und wieder eine Rolle, und bald wieder eine. Endlich kam er an eine Wand.

›Großer Erkenntnisgewinn‹, dachte Gustav. Dann erforschte er die andere Richtung und bemerkte dabei, dass ihm das stumme Wesen, das sich an ihm zu schaffen gemacht hatte, immer wieder nahe kam, um dann wieder auszuweichen, wenn er sich bewegte. Es schien nicht akut gefährlich zu sein.

›Wie viel Zeit bleibt mir‹, dachte er. ›Wie schnell verblute ich?‹

Jetzt wünschte er sich fast, dass derjenige, der ihn hier deponiert hatte, ihn auch ordentlich stramm gebunden hatte, zumindest an den Händen, sodass die Blutzirkulation schön langsam ginge.

Wie lange noch? Er wusste es nicht. ›Was fange ich an mit meiner Zeit‹, fragte er sich und begann wieder zu rollen. Er hatte sich inzwischen ausgerechnet, dass seine Zelle etwa zehn Fuß in der einen

Richtung maß. Was gab es wohl in der anderen Richtung? Gustav wunderte sich über sich selber. Was war nur mit ihm los? Eine eigenartige Heiterkeit benebelte sein Hirn. Er konnte einerseits sehr klar denken, andererseits hätte er seinen Gemütszustand von außen betrachtet, als unangemessen heiter, ja albern bezeichnet. ›Haschischöl‹, dachte er. ›Mein Jäger will mir den Abgang leichter machen.‹

Wie eine Antwort auf diese Erkenntnis schickte sein Körper ihm auf einmal die Empfindungen der Müdigkeit und des Desinteresses an der Gegenwart. ›Nichts da‹, sagte sein Kopf. Er nahm kräftig Schwung und rollte gleich zwei Umdrehungen auf einmal in die neue Richtung. Auf einmal stieß er auf ein Hindernis. Es war klein und hatte in etwa die Form eines kleinen Holzstapels. Er bemerkte es erst, als er darüber hinweggerollt war. Auf einmal prasselten wütende Schläge auf seinen Körper ein, aber die Schläge waren zu schwach, um ihn zu verletzten. Er grunzte wütend und sofort hörten die Schläge wieder auf. Er hörte das Wesen das kleine Hindernis von ihm weg in die entfernteste Ecke des Raumes zerren. Er rollte weiter, bis er auf ein neues Hindernis rumpelte. Dieses Hindernis lebte. Es zuckte und warf sich wütend gegen ihn. Dabei grummelte es erregt in einer hohen Stimmlage, aber unartikuliert. Diese Hindernis war also lebendig und schien gefesselt zu sein wie er und es hatte ebenfalls die Hände nicht frei, um auf ihn einzuschlagen. Und es hatte, wie Gustav mit einem Anflug erwachenden Optimismus konstatierte, ausgeprägt weibliche Formen.

›Und?‹, dachte er. ›Was habe ich nun davon?‹

Erschöpft von seiner Erkundung schlief er ein.

×××

›Sterbe ich?‹, fragte sich Martin verwundert. Er hörte Stimmen, die ihn riefen und sah ein helles Licht, das ihn hinaufzusaugen schien, immer höher, schwebend in einer milchige Substanz, die seinen Körper umfangen hielt. ›Wie schrecklich‹, dachte Martin. ›Man stelle sich vor, ich läge tatsächlich auf dem Totenbett und neben mir auf dem Nachttisch das Buch, das ich gerade lese. Und ich bin erst in der Mitte und werde nie mehr erfahren, wie es ausgeht.‹

Bedauernd hing er dem Gedanken nach und spann ihn weiter. ›Und ich hätte nicht einmal jemanden an meinem Bett stehen, der mir vielleicht eine kurze Zusammenfassung gäbe. Nicht einmal Gustav? Doch. Gustav wäre da. Aber Gustav las nur in der Bibel. Amalia, ja, die las alles, was ihr in die Finger geriet!‹ Aber Amalia würde nicht an seinem Bett stehen. Die wäre froh, dass er fort wäre und vielleicht sogar feiern, wenn er stürbe.

Martins Bedauern vertiefte sich zu tief empfundenem Selbstmitleid. Ob Amalia dem kleinen Konrad wohl ein Märchen der Gebrüder Grimm vorgelesen hatte, abends zum Einschlafen? Wenn der doch ihr besonderer Schutzbefohlener gewesen war. Und ob Konrad vielleicht auch dort im Dachfenster im Angesicht seines Todes gestanden hatte und sein letzter Gedanke wäre gewesen: Und? Was wurde nun aus Hänsel und Gretel? Hatten sie sich retten können aus der Gewalt der Hexe oder nicht?

Er, Martin, jedenfalls würde niemals erfahren, ob der verrückte Franzose, dessen Buch am Bett in seiner Leipziger Wohnung lag, den Sturz über die Niagarafälle in seinem Fass überstanden hatte oder nicht. Nein! Es ging einfach nicht an, dass er jetzt den Löffel abgab. Schon aus Solidarität mit dem kleinen Jungen, den sie umgebracht hatten und auch, um sein eigenes Buch zu Ende lesen, komme was wolle. Mit einem Ruck öffnete er die Augen und sah in die aufgerissenen Augenpaare von Albrecht und einem Mann, den er wohl kannte, aber nicht sofort einordnen konnte. Wie hieß er doch gleich? Ein Polizist, so wie er selbst, ja. Jung, mit dichten Koteletten und blitzenden Augen. Ein Energiebündel und voller Humor. Wie hieß er bloß?

»Herr Held, hören Sie mich? Ich bin es. Freytag. Aufwachen, Chef, wachen Sie auf!«

Schlagartig wurde Martin klar im Kopf. Freytag. Natürlich. Er war gestürzt. Draußen am Teich. Die Kinder. Albrecht. Die Erinnerung kam brockenweise zurück und dann auch der eine, entscheidende Gedanke: Größ! Benjamins Knopf hatte erwiesen, dass Größ der Mörder war. Er hatte Kinder eingesperrt und mit ihnen irgendetwas veranstaltet, was sie nicht überlebten. Aber Benjamin hatte fliehen können, anders als Konrad. Jetzt erinnerte er sich auch zum zweiten Mal daran, was ihn auf Größ gebracht hatte. Die schlampige Strickjacke, die der Lehrer getragen hatte, als er im Waisenhaus gewesen war und Amalia da im Klassenzimmer hatte stehen sehen. Wütend, stolz, verunsichert. Und genau so schön und unerreichbar wie damals.

An Größens Jacke hatte nicht nur ein Knopf gefehlt, es fehlten mehrere. Auch sonst war die Jacke keine Zierde gewesen. Aber wie das so ist mit Lieblingskleidungsstücken. Es ging vor allem darum, sich in ihnen wohlzufühlen. Und dazu musste man sie nicht unbedingt zuknöpfen können. Zwei Knöpfe, dachte Martin. Klar. Einen hatte Benjamin erwischt, als er sich damals von seinem Verfolger losriss und geflohen war, und einen hatte er heute Morgen in der Hand, als er aufgewachte. ›Wo ist das Ding geblieben‹, fragte er sich überrascht und begann, seine Taschen zu durchsuchen. Aber da stand Benjamin.

Benjamin! Er lächelte den Jungen an, der blass und verschreckt hinter Freytag stand und der ihn, wie Freytag, Albrecht und Agnes, erwartungsvoll ansah. ›Der nächtliche Einbrecher oder zumindest einer der Einbrecher war Größ gewesen. Und Größ hat meine Texte und kann genau einschätzen, was er damit anfangen kann‹, dachte Martin. ›Was mag er in meinem Büro gesucht haben? Die Unterlagen zum Mordfall im Sankt Georgen natürlich. Und mehr Material gegen mich. Verdammt frech, der Kerl. Oder verzweifelt.‹

»Chef? In der Stadt ist der Teufel los. Wir haben einen neuen Todesfall. Ein Mädchen, die Tochter von Schöpf ist im Waisenhaus umgebracht worden. Dafür ist nun nicht mehr sicher, ob Konrads Tod ein Mordfall war. Und Fräulein Bernhardt ist verschwunden. Und Gustav auch. Und Hagedorn ist abgehauen. Ach, wie sollen Sie das verstehen, so durcheinander, wie ich das berichte. Chef, hören Sie mir überhaupt zu?« Freytag hatte Martins Schultern gefasst und ihn geschüttelt.

»Schluss jetzt!«, ging Agnes Weyrich nun energisch dazwischen, zog Freytag zurück und beugte sich über Martin: »Wie ist es? Kannst du aufstehen?«

Martin nickte und stemmte sich mühsam hoch. Amalia? Gustav? Was zum Teufel war da los? Zutiefst beunruhigt schwang er sich ächzend über die Bettkante und unterdrückte den Schwindel, der ihn gleich wieder umzuwerfen drohte.

»So, Freytag, jetzt noch mal der Reihe nach. Rapport bitte! Aber ganz langsam.«

Der junge Polizist sprang auf und knallte die Hacken zusammen. Die Erleichterung, einen klaren Befehl zu erhalten, stand ihm ins Gesicht geschrieben. Und dann begann er seinen Bericht.

Kurz darauf trabten zwei Gäule vom Hof der Weyrichs in Richtung Stadt. Auf dem einen saß Freytag, auf dem anderen ein schwankender Martin Held. Es war gegen zwei Uhr Nachmittag. Weder die Weyrichs, die in der Stube saßen und die Ereignisse des Vormittags besprachen, noch die Polizisten bemerkten, dass noch ein weiteres Pferd vom Hof ritt und den beiden Männern in gemessenem Abstand folgte. Auf dem Pferd, das normalerweise bloß Pflüge und Heukarren zog, saß ein kleiner Junge. Er hatte eine Riesenwut im Bauch. In seinem Gürtel steckte Albrechts Rübenmesser, ein abgebrochener Reiterdegen aus der Völkerschlacht vor dreißig Jahren, den Albrecht auf seinem Acker gefunden hatte. Benjamin hatte beschlossen, ihn zu nutzen. Der Knoten war ein für alle Male geplatzt.

Es war genug.

×××

Martin Held saß hinter seinem demolierten Schreibtisch. Die Kollegen hatten, als er mit Freytag auf der Wache erschien, alles stehen und liegen gelassen und schnell sein Büro freigeräumt, sodass es sich wieder als Treffpunkt der Ermittlungsgruppe eignete. Fast schon gemütlich saß man zusammen. Koslic und Freytag nebeneinander auf zwei Stühlen, leise ins Gespräch vertieft, denn man wartete noch immer auf Hanschmann, der sich durch Paul aber für die nächsten Minuten angekündigt hatte. Der Junge werkelte hinten am Ofen herum, obwohl nichts zu tun war. ›Er will wohl den spannenden Teil nicht verpassen‹, dachte Martin amüsiert und sah ungeduldig auf die Uhr. Drei war es schon. Amalia war seit fünf Stunden unauffindbar, Gustav seit sieben. Herr Koopmann saß draußen in der Wachstube und rang die Hände, seine Frau wartete zu Hause, in der Hoffnung, dass Amalia doch noch auftauchen würde und weil ihr behinderter Sohn nicht alleine bleiben konnte. Schuster war im Sankt Georgen geblieben. Einerseits konnte man Schöpf nicht alleine lassen, andererseits hoffte man, dass einer der Verantwortlichen des Hauses, also insbesondere Hagedorn, Größ oder Niedlich sich doch noch dort blicken ließen, obwohl Martin inzwischen nicht mehr damit rechnete.

»Paul!«, rief Martin den Jungen heran.

Der verstrubbelte Bursche kam zu ihm und sah ihn erwartungsvoll an. »Ja, Herr Held?«

»Ich gebe dir jetzt einen wichtigen Auftrag. Kann ich mich auf dich verlassen?«

»Natürlich, Herr Held.« Paul stand stramm. Die Polizisten hinter ihm grinsten angesichts des eifrigen Jungen in seiner abgewetzten Baumwollhose, wie er mit durchgedrücktem Kreuz vor seinem Idol salutierte.

»Ich möchte, dass du ins Sankt Georgen gehst. Du holst auf dem Weg den Pfarrer ab, der da in der Kapelle predigt. Wie heißt er gleich?« Hilfe suchend blickte er in die Runde.

»Bratsch!«, sekundierte Kroll. »Er heißt Bratsch, wie die Bratsche ohne ›e‹. Und er wohnt Ritterstraße 15.«

»Danke, Gottlieb. Also, Paul, dem erklärst du, was los ist. Bloß das mit der Tochter vom Schöpf. Er soll Schuster ablösen. Der soll im Haus Patrouille gehen. Wenn einer von den Gesuchten dort auftaucht, kommst du sofort und machst Meldung. Kannst du dir das merken?«

Paul nickte.

»Na dann, ab!«, befahl Martin, und der Junge wischte durch die Tür hinaus in die Wachstube und war verschwunden.

Im selben Augenblick kam Hanschmann durch die Tür. Er war gerannt und verschwitzt, aber sichtlich zufrieden. Triumphierend schwenkte er einen Bogen Papier über dem Kopf. »Hier«, keuchte er, »das habe ich in Fräulein Bernhardts Zimmer gefunden. Er legte das Blatt Papier zu den drei Knöpfen, die in einer Reihe auf Martins Tisch lagen. Der nahm den Bogen auf und begann zu lesen.

Voller Spannung warteten die Anwesenden auf seine Erklärung. Aber Hanschmann war schneller: »Sie hat eine Liste der Todesfälle im Sankt Georgen angefertigt. Für die letzten fünf Jahre. Seit Hagedorn da ist, gibt es einen eklatanten Anstieg der Todesrate, und alle verstorbenen Kinder sind etwa ein Jahr alt. Nur vorletztes Jahr, da waren es auf einmal Zwillinge, die zugleich gestorben sein sollen. Stellt euch das mal vor. Zwillinge sterben zur gleichen Zeit, mit einem Jahr. Dass das bisher niemandem aufgefallen ist, ich verstehe es nicht. Und danach kein totes Kind mehr, bis zu unserem Konrad. Das ist doch lächerlich!«

Martin blickte auf und schüttelte den Kopf: »Das ist gar nicht lächerlich. Da steckt System drin und Fräulein Bernhardt hat herausgefunden, was dahinter steckt. Aber Benjamin hat nichts davon gesagt, dass die Zwillinge tot sind. Im Gegenteil. Größ hat ihn damit unter Druck gesetzt, dass er sie töten würde, wenn er von den eingesperrten Kindern erzählt. Ich denke, zumindest in diesem einen Fall ist die Liste fehlerhaft. Ich hoffe es zumindest.«

»Wieso sperrt Größ einjährige Kinder ein?«, fragte Kroll verständnislos.

»Keine Ahnung!«, erwiderte Martin. »Aber das werden wir noch früh genug erfahren. Jetzt zerlegen wir das ganze verdammte Sankt Georgen, bis es keine noch so kleine Zelle mehr gibt, in der man auch nur eine Maus verstecken könnte. Auf, Männer!« Und damit stemmte er sich hoch, wieder mit dem Schwindel kämpfend.

Die Männer sprangen hoch, und ein weiteres Mal machten sie sich auf den Weg hinüber zum Brühl, entschlossener jetzt, ihr Ziel klar vor Augen.

×××

Benjamin hatte lange gebraucht, um in die Stadt zu kommen, und daran war das Pferd schuld gewesen, das sein Vorankommen ja eigentlich hatte beschleunigen sollen. Der alte Wallach aber dachte gar nicht daran, schnurstracks voranzuschreiten, wie Benjamin das gerne gehabt hätte. Stattdessen hielt er lieber an, wenn es etwas Leckeres am Wegesrand gab, und das gab es jetzt im Frühsommer an vielen Stellen. Benjamin war verzweifelt. Er war jetzt schon fast eine Stund unterwegs und das Pferd hatte, wenige Hundert Schritt vor der Stadtmauer, wieder einmal seine Liebe zum frischen Birkengrün entdeckt. Der Junge konnte dem Gaul die Hacken in den tonnenförmigen Rumpf keilen, sooft er wollte: Unbeeindruckt reckte das Tier seinen Kopf zu den zarten grünen Blattspitzen, dass der mächtige Hals vor Benjamin in das leuchtende Grün hinaufragte, und zupfte und kaute gemächlich vor sich hin.

Benjamin war wütend und begriff, dass das Tier ihn nicht ernst nahm. Albrecht war der Chef, nicht er und das wusste der alte Klepper genau. Schließlich rutschte er von dem breiten Rücken des Tieres hinab. »Dann eben nicht!«, schimpfte er, noch immer ungeübt im Sprechen, aber ob er sprach oder nicht, war dem Tier einerlei. Ein Auge drehte sich zu ihm herab, aber das Maul blieb im Himmel und nur der Schweif des Tiers fegte Benjamin einmal über den Nacken.

Der Junge nahm den Zügel und zerrte den widerstrebenden Gaul noch näher an die Birke heran. Dort machte er ihn fest und hoffte, dass er ihn dort später wieder vorfinden würde. Aber obwohl er gelernt hatte, dass man sein Eigentum niemals aus den Augen ließ, diesmal gab es Wichtigeres. Kaum war der Knoten geschlungen, rannte er los. Er brauchte nicht mehr sehr lange, bis er in das vertraute Gewühl der Innenstadtgassen eingetaucht war. Jahrelang hatte er hier mit seiner Schwester und den anderen Straßenkindern seiner Bande selbst seinen Lebensunterhalt erwerben, ja erkämpfen müssen, damals in den Zeiten, die zwischen seinem Ausbruch aus dem Waisenhaus und der Aufnahme bei den Weyrichs gelegen hatten. Wie ein Fisch, der zurück ins Wasser geworfen war, glitt er durch die Massen der Mägde, Flaneure, Bettler, Kaufleute, die alle ihren Geschäften nachgingen und dabei von Kindern wie ihm verfolgt, gemieden oder bestohlen wurden. Er kannte alle Tricks, sich hier über Wasser zu halten, aber heute ging er an den Ort, den er wie alle anderen Straßenkinder normalerweise weiträumig umgangen hätte. Das düstere Haus mit dem steinernen Ritter über der Tür war sein Ziel, das Sankt Georgen, aus dem er nur mit knapper Not entkommen war, mit Greta zusammen, die er am langen Arm aus dem Fenster des Mädchenschlafsaals hatte hinabgleiten und dann auf die Böschung hatte fallen lassen. Mit seiner Schwester, die ebenso fast vor Angst starb. Aber noch mehr Angst hatten sie damals davor gehabt zu bleiben, als die Risiken der Flucht und des Straßenlebens auf sich zu nehmen. Jetzt also kehrte er zurück, auf dem gleichen Wege, auf dem er damals von hier verschwunden war. Er würde von hinten in die Drachenhöhle einsteigen.

Schon kroch er über die Böschung an der Rückseite des Hauses empor und erklomm unter Einsatz aller Kraft das raue Mauerwerk bis zu dem Fenster, in dem nach seiner Erinnerung die lose Stange steckte. Und wirklich, sie war noch immer beweglich. In der Hoffnung, dass ihn niemand beobachtete, drehte er die Stange heraus und schlug mit ihr, auf dem Sims kniend, das Fenster ein. Hätte er nicht besser Onkel Martin informiert, ihm geholfen, hier einzudringen und gemeinsam die Sache abgeschlossen? ›O nein‹, dachte Benjamin. Er war zwar noch keine vierzehn Jahre alt, aber er wusste Bescheid. Onkel Martin würde ihn erstens nicht mit hineinnehmen und zweitens würde er ihn nicht das tun lassen, was er tun wollte. Doch wer nur einen kleinen Jungen in ihm sah, der täuschte sich. Benjamin war durch eine harte Schule gegangen und in der langen Zeit in der Obhut der Weyrichs hatte er dennoch nie vergessen, was Größ ihm angetan hatte und er hatte auch nie vergessen, dass er sich vorgenommen hatte, eines Tages wiederzukommen und Rache zu nehmen. Es hatte noch ein weiteres Schwesterchen gegeben neben Greta. Ein Schwesterchen, das verschwand, als es ein Jahr alt gewesen war.

Jetzt war er drin. Kein Mucks war im Schlafsaal zu hören. Benjamin wusste, dass die Kinder alle in den Werkstätten sein mussten, außer ein paar wenigen, die vielleicht im Haus Aufträge erfüllten. Auf Zehenspitzen flitzte er zur Tür des Schlafsaals, kontrollierte noch einmal, ob man seinen Dolch auch nicht sah, und dann ging es hinaus auf den Flur.

Alles ging gut. Die Flure waren unbeleuchtet und es war jetzt am helllichten Nachmittag schon halbdunkel im Erdgeschoss. Leise eilte er von Tür zu Tür und suchte immer wieder Deckung in den Türstürzen. Er wollte in den Keller. Er wollte zuallererst die Zwillinge befreien und dann wollte er Größ suchen und ihm diesen Dolch in den Leib rammen. Ihm war klar, was Onkel Martin dazu gesagt hätte. Es war ihm gleich.

Endlich war es so weit. Er wusste, wo er suchen musste. Alle Kinder des Georgenhauses wussten, wo sie hätten suchen müssen. Wenn Größ sie nicht über Jahre hinweg mit der Angst, ebenfalls dort unten zu landen, terrorisiert hätte, hätte sich sicher auch schon jemand anderes auf diesen Weg gemacht. Aber gegen die Erwachsenen wären sie aus dem Inneren des Hauses heraus niemals angekommen. Niedlich, der unsichere Arzt, der mit Größ unter einer Decke steckte, beobachtete sie immerzu. Hagedorn, von dem man unterhalb des zweiten Stocks nie etwas hörte und sah, war zu weit weg von dem, was hier unten lief. Und dann waren da noch der schrecklich stinkende Hausdiener, der den Geruch der Pathologie in jeder Pore seines ungewaschenen Leibes mit sich herumtrug, und die bestochenen Wärter, die einen ohne Weiteres zu den Irren verschleppen konnten, wenn man aufmuckte. Aber Benjamin war zurück, und er war nicht mehr der kleine verschüchterte Junge, als der er sich damals weggeduckt hatte wie alle anderen auch.

Er zog den Dolch heraus und trug ihn offen vor sich her wie eine Fackel. Dann hatte er den Treppenabgang gefunden und stürmte, jede Vorsicht aufgebend, die Stufen hinab. Noch ein Gang, noch einmal um die Ecke, durch einen hallenartigen von Säulen gestützten Vorraum und dann war er dort, wo er hingewollt hatte. Die dicken Eichenbohlen, die das Verließ versperrten, wackelten in den Fugen.

Was war da los? Das klang nicht nach kleinen Kindern, die vorsichtig an einer mannsdicken Holzbarriere kratzten. Da drinnen war etwas Größeres und es war damit beschäftigt, im gleichmäßigen Takt gegen das Holz zu treten. Gegen das Vorhängeschloss, das pfundsschwer im geschmiedeten Riegel hing, konnten die Tritte, die der

Gefangene da drin austeilte, nichts ausrichten, aber als Signal an die Außenwelt waren sie ziemlich effektiv. Wer mochte das sein?

Benjamin steckte sein Rübenmesser hinter den Bügel und versuchte, das Schloss aufzuhebeln. So konzentriert war er, dass er gar nicht hörte, wie sich jemand von hinten angeschlichen hatte. Auf einmal spürte er, wie sich zwei Arme um seinen Brustkorb und seine Oberarme legten und ihn in die Höhe rissen. »Na, wen haben wir denn da?«, keuchte eine vertraute Stimme heiser an seinem Ohr.

»Nein!«, brüllte Benjamin und schlug und strampelte um sein Leben.

»Doch, doch, mein Kleiner. Na, das haben wir gleich.« Und dann spürte Benjamin einen feuchten, stinkenden Lappen auf seinem Gesicht.

Mit einem flauen Gefühl im Magen sackte er weg und verlor das Bewusstsein.

×××

Martin Held, Hanschmann und die anderen Männer hatten sich durch das Gewühl der Innenstadt gekämpft. Nun standen sie ratlos vor dem verschlossenen Sankt Georgen, Schöpf und Schuster mitten unter ihnen. Schuster hatte Schöpf hinausbegleitet. Der arme Mann wollte nicht mehr in dem Haus bleiben und hatte sich auf die Stufen gesetzt, über denen der steinerne Ritter seinen drohenden Blick auf alles richtete, was da stand und ging. Die Tür war hinter ihnen ins Schloss gefallen und dann musste drinnen jemand zugesperrt haben. Schuster hob die Schulter, als Held ihn fragte, wer das wohl gewesen sei.

»Keine Ahnung, Chef. Ich sitze hier schon eine ganze Weile, aber darauf habe ich gar nicht geachtet.«

Pfarrer Bartsch stand unnütz herum und sah verärgert aus. Kroll kratzte sich unschlüssig am Kopf und schaute Martin erwartungsvoll an.

»Na kommen Sie, Schöpf!«, sagte Schuster. »Schließen Sie mal auf!«

Schöpf probierte wohl zehn Mal alle seine Schlüssel an dem schweren Eichentor aus, aber ohne Erfolg. Irgendetwas blockierte das Schloss in seinem Innern. Martins Kopf schmerzte und pochte noch immer. Erbittert biss er die Zähne zusammen; seine Zipperlein waren jetzt nicht so wichtig.

»Was ist los?«, rief er und wickelte sich den Verband, der ihm bei ihrem wilden Lauf in Ringen um die Brust gefallen war, nun vollends ab. »Warum steht ihr hier herum?«

Die Männer sahen ihn unentschlossen an: »Größ ist der Einzige, der noch drinnen sitzt. Er hat wahrscheinlich die Flure mit den Irren und den Häftlingen abgesperrt. Nun sitzen die Wächter genau wie die Gefangenen drin. Sie kommen nicht heraus. Und wir kommen nicht hinein.« Die Kollegen sahen Martin beschämt an.

Martin sah an der Fassade empor und entdeckte ein Fenster im dritten Stock, das nur angelehnt schien. Er zeigte nach oben, und die Kollegen sahen es auch. Martin fluchte: »Zu hoch, verdammt!«

Aber da stürmte Hanschmann los und sprang auf das Sims der unteren Fensterreihe. Die Fenster lagen in den tiefen Sandsteinrahmen etwas zurückversetzt, sodass man auf dem Fensterbrett, vorausgesetzt man erreichte es, gut stehen konnte. Er stemmte sich scheinbar mühelos in die Hocke und keilte sich, noch ehe er wieder zurückkippen konnte, wie ein Schornsteinfeger in den Fensterkasten. Die Beine vor dem Körper und die Hände hinter dem Rücken an den rauen Stein pressend, stemmte er sich nun abwechselnd mit den Händen und den Füßen hinten und vorn ab und schob sich in die Höhe.

Die Kollegen liefen zum Gebäude und versuchten, ihn mit Rufen und Bitten zum Umkehren zu bewegen, aber Hanschmann hatte bereits den oberen Rand des Fensterkastens erreicht. Todesmutig setzte er einen Fuß nach hinten, beließ den anderen vorne und stemmte sich ein. Dann reckte er die Hände in einer dynamischen Aufwärtsbewegung dem kühlen Ritter entgegen und griff nach dessen Lanze. Mit zitternden Beinen richtete er sich auf und drückte sich mit den Stiefeln in die Höhe, während er mit einem Griff der Linken die steinerne Lanze fester zu fassen bekam. Einen schrecklichen langen Moment baumelten seine Beine in der Luft, und die

Passanten, die sich inzwischen unter der Fensterfront zusammengerottet hatten und ihm zusahen, schrien vor Schrecken auf. Aber der junge Mann ließ die rettende Lanze nicht los, sondern zog sich mit barbarischer Kraft ganz auf das Steinrelief hinauf. Flach an das Gemäuer gepresst und auf dem Kopf des Drachens stehend, griff er mit der Rechten weit über sich, erreichte und überkletterte sogleich das nächste Fenstersims und fuhr von dort aus fort, sich in der schon bewährten Weise den zweiten Stock hinaufzukämpfen.

Das Publikum hielt den Atem an. Nur ein einzelnes Kind war zu hören, als es seine Mutter laut fragte: »Und was ist, wenn der Onkel runterfällt?«

Martin hoffte, dass Hanschmann die laute Frage des Kindes nicht gehört hatte. Dies war nun wirklich nicht mehr der richtige Moment, um ihn zur Besinnung zu bringen. Er konnte den Blick kaum mehr von dem kletternden Hanschmann lassen, der nun tatsächlich die Kante des Fenstersimses im dritten Stock zu packen kriegte. Dennoch bemerkte er, dass im Blick der Frau neben ihm Bewunderung und Tränen standen.

»Komm, Gottlieb!«, raunte Martin seinem Kollegen zu und lief, so schnell er konnte, davon. Gottlieb Kroll schien erst nicht zu begreifen, aber dann sah Martin über die Schulter, dass er ihm den Brühl entlang bis zum Augustusplatz folgte. Hier wendete Martin, und sie rannten gemeinsam den Schwanenteich entlang. Die Männer mühten sich den steilen Hang zur Rückseite des Georgenhauses hinauf und erreichten die Stelle unter einem tief liegenden Fenster, die Martin gesucht hatte. Martin war sich sicher. Das musste dasjenige sein, von dem Benjamin ihm erzählt hatte. Eine der Eisenstangen, die der Abwehr von Ein- und möglicherweise auch von Ausbrüchen dienen mochte, fehlte bereits.

»Deine Schulter!«, verlangte er und Kroll gehorchte, stemmte die Füße in den Hang und lehnte die Hände an die Mauer. Martin stieg unsicher über seinen gebeugten Rücken empor. Jetzt erst, und mit läppischen zwei Metern Luft unter dem Hintern, ergriff ihn ein Grausen in Gedanken an Hanschmanns Tat, aber er hielt sich nicht länger damit auf und begann entschieden, an den Gitterstäben zu rütteln, bis auf einmal ein weiterer wie von selbst herausgeschossen kam. Weich prallte die Stange über Martins Rücken und schlug wohl gegen Krolls Wade, denn dieser ging beinahe in die Knie und ließ einen halb unterdrückten Schmerzensschrei hören. Schon hatte Martin sich geistesgegenwärtig an den anderen Gitterstangen festgehalten, zog sich an ihnen empor und stieg ins Haus. Als er nun von drinnen herausschaute, stellte er fest, dass er eine Kleinigkeit vergessen hatte. »Tut mir leid, Gottlieb!«, rief er dem Freund leise zu. Gottlieb blickte entrüstet zu ihm hoch und begriff natürlich sofort, was das Problem war.

»Wir sehen uns später! Lauf vor und gib Bescheid!«, flüsterte Martin hinab und hinkte los.

An der Tür des Schlafsaals hielt er inne, zog die Waffe und drückte leise die Tür auf. Er lauerte auf Geräusche auf dem Flur und versuchte sich zu orientieren. Dann schlich er hinaus und den Gang entlang in die Richtung, in der er den Treppenabgang nach unten vermutete. Plötzlich hörte er ein Geräusch. Schritte, nicht weit vor ihm. Sofort drückte Martin sich in einen Winkel und stand mit gezogener Waffe mucksmäuschenstill. Als es wieder ruhig geworden war, blickte er um die Ecke und sah gerade noch ein Blitzen von goldenen Tressen auf schwarzem Rock die Treppe vor ihm hinabgleiten. Hanschmann! Hatte der Teufelskerl es tatsächlich geschafft!

Martin grinste und glitt dem jungen Kollegen hinterher die Treppe hinunter. Bloß niemanden erschrecken. Hanschmann brachte es in seiner Gemütslage fertig und schoss auf ihn mit der gleichen Begeisterung wie auf alles andere, das sich ihm in den Weg stellen mochte.

Dann war Martin endlich unten angelangt und sah, dass die Jagd nun dem Höhepunkt zustrebte. Leise glitt er zur Seite und schob sich die Wand entlang. Hanschmann stand zwischen zwei der Säulen, die das Kellergewölbe trugen, breitbeinig Größ gegenüber. Hatten sie beide doch richtig vermutet, dass man die Gefangenen hier unten festhielt. Schön weit ab vom Publikumsverkehr. Größ hatte eine kurzläufige Handwaffe auf Hanschmann gerichtet, in seinem anderen Arm hing der erschlaffte Körper eines bewusstlosen Jungen. Martin glaubte nicht, was er da sah, seine Augen begannen erst, sich an das schummerige Licht zu gewöhnen. Benjamin! Wie zum Teufel kam der Bursche bloß hierher?

Größ kicherte überdreht. Er hatte Hanschmann offensichtlich gerade gestellt und sah aus, als beratschlagte er mit sich selber, was er nun tun sollte. Hinter Größ versperrte eine dicke Holztür einen Keller und jemand da drinnen donnerte pausenlos von innen gegen diese Tür, ohne sonst einen Laut von sich zu geben. Martin hatte so eine Ahnung, wer da drinnen steckte und hätte nichts lieber getan, als sofort diese Tür aufzubrechen und sich Gewissheit zu verschaffen.

»Nein!«, brüllte Martin, denn er konnte Hanschmanns Rücken geradezu ablesen, was dieser in diesem Moment beschlossen hatte. Er konnte ihm nur noch taktische Unterstützung geben, nichts mehr verhindern. Zugleich mit Hanschmann stürzte Martin brüllend auf Größ los. Der zog den Hahn durch und Hanschmann wurde im vollen Lauf getroffen. Der Aufprall des Projektils wirbelte seinen athletischen Körper im Kreis. Dann lag der junge Kollege still. Martin hielt sofort an und hob die Hände, denn inzwischen richtete sich Größens Waffe auf ihn. Es war eine zweiläufige Gendarmeriepistole, eine schöne Waffe. Martin hatte auch so eine. Aber Größ hatte seine in der Hand und Martin wusste, dass in dem Moment, als er den zweiten Hahn gespannt hatte, Pulver automatisch auf die Zündpfanne gelangt war. Das war keines von diesen altertümlichen Dingern, die man nach jedem Schuss von Hand nachladen musste. Es sah schlecht aus. Hanschmann brauchte sofort einen Arzt. Benjamin schien unverletzt, die Eingesperrten konnten warten. Zeit zum Verhandeln.

»Herr Größ!«

Größ kicherte und wedelte mit der Waffe in seine Richtung. Ob das Pulver noch auf der Pfanne lag? ›Nichts riskieren‹, dachte Martin.

»Herr Größ! Das Haus ist umstellt. Sie kommen hier nicht heraus. Geben Sie auf!« Er ging einen Schritt auf Größ zu, hob die Handfläche. »Geben Sie mir die Waffe!«

Doch Größ dachte gar nicht daran aufzugeben. Er drehte die Waffe und setzte sie an Benjamins Schläfe. Martin wurde es schwindelig und er spürte, wie ihm das Blut aus dem Kopf sackte.

»Tun Sie das nicht! Es ist doch bloß ein Kind.«

»Bloß ein Kind!«, lachte Größ spöttisch. »Von wegen. Sehen Sie mal hier, was Ihr Kind dabeihatte.« Und damit ließ er den bewusstlosen Jungen zu Boden fallen und hob den Militärdolch hoch, den Martin schon so oft in Albrechts Hand gesehen hatte, beim Holzspalten, beim Rübenhacken. Er verstand, wie und warum Benjamin hierher gekommen war und seufzte. Hätte er sich nur noch etwas mehr Zeit mit den Kindern genommen! ›Albrecht‹, dachte er wütend. ›Du blöder Hund! Pass doch besser auf deinen Jungen, verdammt!‹

»Es hat keinen Sinn, Größ!«

»Na und!« Größ lachte hässlich. »Was hat schon Sinn?« Er legte die Klinge an Benjamins Hals und sicherte die Pistole. Mit einer gleitenden Bewegung verschwand die Pistole in seinem Gürtel und Größ zog den Jungen auf die Füße.

Benjamin stöhnte, öffnete die Augen und schien die Situation sofort zu erfassen. Martin sah es in seinem Blick, der erst verzweifelt, dann fragend und schließlich beschwörend Martins Blick suchte.

»Der kleine Lump bedeutet Ihnen etwas, nicht wahr?«, fragte Größ mit flackerndem Blick.

Martin schwieg.

»Dann machen Sie jetzt mal schön Platz.«

»Sie kommen hier nicht raus, Größ!« Martin versuchte, fest zu klingen. »Hinten stehen Kollegen, vorne auch. Alle Fluchtwege sind besetzt.«

»Das werden wir ja sehen. Weg da!«

Martin blieb keine Wahl. Er gehorchte. Er musste auch an Hanschmann denken, der in einer immer größer werdenden Blutlache lag und stöhnte. Seine Uhr lief rückwärts. Er brauchte einen Arzt. Er musste Größ so oder so gehen lassen.

Und so trat Martin beiseite und ließ Größ vorbei, der mit seiner Geisel davoneilte, sah hilflos zu, wie die beiden rückwärts die Treppe hinaufliefen, konnte sehen, wie der Stahl schon eine feine blutige Linie über Benjamins Hals zog. Aber Martin wusste, dass Benjamin, verglichen mit Hanschmann, im Moment in geringerer Lebensgefahr war. Er war Martins Patenkind – und Größens Lebensversicherung.

Kaum dass Größ verschwunden war, beugte sich Martin über Hanschmann: »Wie geht es Ihnen?«

»Es geht, es geht. Er hat mich am Bein erwischt. Ich wollte ihm keinen Anlass geben, noch mal zu feuern, aber machen konnte ich auch nicht mehr viel.«

»Hast dich tot gestellt? Guter Junge! Ich hole Hilfe, bleib hier!«

»Hauen Sie ab, Chef. Ich komme schon zurecht!« Hanschmann nickte und ließ sich zurückfallen. Weh tat das bestimmt trotzdem, auch wenn er sich nicht lebensbedrohlich getroffen fühlte.

Held nickte und gab ihm sein Halstuch. »Abbinden! Sie verlieren sonst zu viel Blut.«

»Ja, ja! Los jetzt!« Hanschmann schickte ihn mit einem Winken fort und Martin machte sich auf den Weg. Als Erstes schloss er oben den Eingang auf. Die Kollegen kamen hereingestürmt und er brachte sie kurz auf den neuesten Stand. Koslic lief mit dem Auftrag, den Kerker zu öffnen und sich um Hanschmann zu kümmern, in den Keller hinab, während man Pfarrer Bratsch nach einem Arzt schickte.

Dann teilten sie sich auf, um das Gebäude zu durchkämmen. »Seid vorsichtig«, rief Martin ihnen noch zu. »Denkt an den Jungen!«

Die Männer liefen los, und Martin blieb allein zurück. Wie zur Bestärkung dessen, was er gerade gesagt hatte, hörte er auf einmal einen gellenden Schrei durch das Gebäude hallen. Das kam von ganz oben. Er hinkte mit schussbereiter Waffe los und hoffte leidenschaftlich, er käme dieses Mal zum Schuss. Hier oben sah er besser und musste vielleicht nicht unbedingt fürchten, den Jungen zu treffen. Hinauf musste er, in den dritten Stock.

xxx

Benjamin war völlig klar im Kopf. Das Betäubungsmittel war verflogen und die Benommenheit, die er im ersten Moment des Erwachens noch verspürt hatte, hatte seine Wirkung verloren, als die Situation eskaliert war. Sein wummerndes Herz durchspülte ihn mit Kraft und Wut. Aber er gab sich schlapp und versuchte, Größ möglichst lästig zu sein. Stolpernd und taumelnd ließ er sich von seinem Entführer die Treppen hochschleifen. Er wusste, dass Größ ihn jetzt weder töten noch zurücklassen würde. Er wusste auch, dass Größ ihn unterschätzte. Das waren zwei Pluspunkte. Ein Minuspunkt war das Messer, das er an der Kehle spürte.

Hätte er es doch bloß gemacht wie früher auf der Straße und hätte sich nur auf seine Fäuste und Grips verlassen. Die konnte einem der Gegner nicht abnehmen und gegen ihn wenden.

Zu spät.

Sie kamen in das Dachgeschoss und Größ schloss mit der freien Hand die Tür zu den Speicherräumen auf. Er konnte doch nicht über das Dach fliehen, dachte Benjamin. Er will sich hier oben verbarrikadieren und verhandeln.

Einen Moment lang musste Größ seine Hand von Benjamins Mund lassen und die nutzte Benjamin, um zu schreien, so laut er konnte. Vielleicht hörte ihn sein Onkel ja und wusste jetzt zumindest, wo sie waren. Fieberhaft überlegte er, was er tun konnte, während er sich von Groß in das Dachzimmer zerren ließ wie eine Gans in den Fuchsbau.

×××

Martin hatte Probleme mit den Stufen. Aber er kam voran. Jetzt war er im dritten Stock, und stieg dem Schicksalszimmer entgegen, in dem er mit Amalia einen Apfel aus dem Fenster geworfen hatte. Amalia. Er lächelte. Sie war das im Keller. Die Energie mit der sie gegen die Tür getreten hatte, war unverkennbar. Zumindest war sie sehr lebendig, beruhigte er sich. Sehr schlecht gelaunt, aber am Leben. Größ musste sie aus dem Weg geschafft haben, als er gemerkt hatte, dass sie ihnen auf die Schliche gekommen war. Was wäre bloß aus ihr geworden, wenn sie sie nicht gefunden hätten? Ihm grauste bei der Vorstellung. Inzwischen würden die Kollegen sie dort unten herausgeholt haben.

Zusammen mit den Zwillingen? Er wusste es nicht und in seine Neugierde mischte sich große Besorgnis, was sie dort in der Gruft vorfinden würden. Ob die Kinder lebten, ob sie gesund waren? Ob sie überhaupt noch menschliche Wesen waren, nach dem was sie dort unten zu erleiden gehabt hatten? Noch immer wusste er nicht, wozu Größ sie dort eingesperrt hatte, und er beschloss, ihn erst dann zu erwürgen, nachdem dieser es ihm erklärt hatte.

Grimmig schnaubend zog er sich am Geländer entlang. Seinen Stock hatte er schon an der Böschung unter dem Einstiegsfenster zurücklassen müssen, und das Gehen fiel ihm zunehmend schwerer. ›Wenn bloß der Schwindel nicht wäre‹, dachte er, und zog sich wieder eine Stufe weiter hinauf.

Hinter ihm rumpelte es die Treppen herauf. Gott sei Dank. Da hatten die Kollegen den Ruf auch gehört. Aber dann wurde er weggestoßen, und es war kein Kollege, der ihn überholte. Es war der Hausmeister, Schöpf trampelte an ihm vorbei wie ein wildgewordener Stier. Martin begriff sofort, was der Mann vorhatte.

»Nein! Nicht, Herr Schöpf!«, brüllte er, aber der Mann war schon an ihm vorbei und brach im vollen Lauf durch die Tür in das Dachzimmer ein. Martin hörte Tumult von drinnen, aber er brauchte noch zwei Schritte, ehe auch er drinnen war, und dann blendete ihn die plötzliche Helligkeit, die durch das Fenster fiel. Schließlich aber stand er hinter Schöpf, der wie festgenagelt im Raum Größ fixierte, der wiederum Schöpf fixierte, mit dem Rücken zum geöffneten Fenster. Über die Schulter Schöpfs hinweg sah Martin, dass Größ das Messer wieder eingesteckt hatte und nun die Pistole auf Schöpf richtete.

Martin, der wusste, was nun geschehen würde, ließ seine Waffe fallen und versuchte, Schöpf an den Schultern festzuhalten, aber ebenso gut hätte er versuchen können, eine anfahrende Eisenbahn anzuhalten. Der Mann riss ihn mit nach vorn.

Der Schuss krachte und bremste den brüllend vorwärtsdrängenden Mann für die Dauer eines Lidschlags, ohne ihn stoppen zu können. Martin kam es so vor, als hätte er den gewaltigen Mann zusätzlich gegen die Kugel gedrückt und stabilisiert und entsetzt ließ er dessen Schultern fahren und stürzte nun seitlich vor, warf sich in die Richtung des einzigen Ziels, das er noch erreichen, das er noch retten konnte: Bennis Körper, Bennis Beine, Benni, den Größ noch immer am Schlafittchen gepackt hielt, die Augen fest auf den heranfliegenden Schöpf gerichtet, das Gesicht starr, wie schon nicht mehr in dieser Welt.

Schöpf und er erreichten die beiden am Fenster gemeinsam, umklammerten ein jeder denjenigen, der ihnen am wichtigsten war in diesem Raum außerhalb von Vernunft und Zeit. Mit aller Macht umschlang Martin den Leib seines Patenkindes, riss ihn nach unten. Ein Ruck, geführt mit der Kraft der Verzweiflung, und der Junge ging zu Boden.

Im Sturz sah Martin, wie Schöpf nun auch Größ umarmte und mit ihm zusammen über das Fensterbrett in die Tiefe hinausstürzte. Kein Schrei. Nur ein dumpfes Klatschen. Und dann ein Schrei aus Hunderten von Kehlen.

Martin achtete nicht darauf, entknäulte sich aus dem Leib mit dem wummernden Herzen unter ihm, vorsichtig, behutsam. »Benni?«, fragte er leise und legte dem zitternden Jungen dann schützend den Arm um die Schultern. Schluchzend lehnte der Junge sich an ihn und Martin wiegte ihn sanft hin und her. Dann öffnete Benjamin eine seiner geballten Fäuste und hielt Martin etwas auf der Handfläche entgegen.

»Was hast du denn da?«, fragte Martin überrascht und gab den Jungen ein wenig frei, aber nur ein wenig.

Der Bursche lächelte ihn mit tränennassen Augen an und hielt ihm die Handfläche noch etwas näher entgegen. Und dann sah Martin, was Benjamin ihm zeigen wollte und grinste: »Sein letzter, was?«

Benjamin nickte. In seiner Hand lag ein Knopf aus Hirschhorn. Den Blick auf diesen Knopf gerichtet, ging nun ein Schauder durch den Körper des Jungen, und kurz befürchtete Martin, Benni würde den Verstand verlieren. Dann aber begriff er, dass der Junge lachte.

Lauter, immer lauter.

Hell.

Befreit.

Und unendlich glücklich.

Epilog

»Wissen Sie, Held, ich habe Sie schon seit Längerem beobachtet und ich weiß, wie sehr Sie an den politischen Zuständen leiden. Glauben Sie mir, das geht mir nicht anders als Ihnen. Aber ich werde Sie etwas über die Freiheit lehren, das Sie noch nicht wissen.« König hatte sich vor Martins neuem Schreibtisch aufgebaut und zu seinem Vortrag den Zeigefinger über dem Kopf in der Luft geschwenkt.

Amalia lächelte amüsiert. Sie stand hinter Martin und hatte ihre Hände auf seine Schultern gelegt. Auch Martin hörte dem Ratsherrn entspannt und einigermaßen gleichgültig zu und genoss dabei die ganze Zeit die Berührung seiner frisch Angetrauten. Die letzten Wochen waren turbulent gewesen. Sie hatten einen ziemlich müden, aber nicht ernsthaft verletzten Gustav und eine fuchsteufelswilde Amalia aus dem Keller gezogen. Dazu ein totes Kind und eines, das von Sinnen war, mehr Tier als Mensch. Das Rätsel um den Verbleib der Kinder war gelöst. Größ hatte versucht, mithilfe der isolierten Kinder an die Ursprache der Menschen heranzukommen. Er sah sich als genialen Sprachforscher. »Völliger Blödsinn!«, hatte Fechner geurteilt. »Fragen Sie Grimm!«

Aber Martin hatte nicht gefragt. Es interessierte ihn nicht.

Ihn interessierte lediglich, wie er zu diesem armen Mädchen Kontakt aufnehmen konnte, das sie aus dem Keller befreit hatten und das sie seitdem allein in einem abgedunkelten Raum hatten unterbringen müssen, weil es das Licht und jeden Kontakt zu anderen Menschen scheute. Jeden Abend setzte sich Martin nun schweigend eine halbe Stunde zu ihm in dieses stille Zimmer und wartete ab, wann es wohl zu ihm kommen würde. Noch wartete er vergebens.

Niedlich hatte die Körper der verstorbenen Kinder für seine Experimente genutzt. Er strebte danach, seinem großen Vorbild Du Bois-Reymond den Rang abzulaufen und das Geheimnis der menschlichen Mechanik zu entschlüsseln. Niedlich und der Leichendiener saßen im Gefängnis und warteten auf ihren Prozess. Die Liste der Anschuldigungen war lang. Und die Wissenschaftler alle wahnsinnig in Martins Augen. Einer wie der andere. Aber er wusste, dass er falsch lag. Sie waren nicht wahnsinnig. Sie dachten bloß in einer Weise vom Menschen, die ihn entsetzte. Und sie verachteten solche wie ihn für ihre Sentimentalität und dachten nicht im Traum an Reue.

»Herr Held«, fuhr König fort, »Sie sind jetzt frei. Als Leiter des Waisenhauses müssen Sie keine solch armseligen Rücksichten mehr nehmen wie als oberster Ordnungshüter dieser Stadt. Mann, wie konnten Sie das alles nur ohne mein Wissen tun?« König schnaubte, aber es war inzwischen ziemlich der Dampf heraus aus seinem Schnauben.

Martin sah ihn mit tief empfundener Dankbarkeit an. König war verflucht loyal gewesen. Er musste ja eigentlich annehmen, Held selbst hätte den Artikel über die Zensur autorisiert. So war es Paulssen von dem Boten, der ihm den Text gebracht hatte, ja auch suggeriert worden. Doch der Bote war natürlich Niedlich gewesen, im Auftrag von Größ. Man hatte Held aus dem Weg räumen wollen. Das wäre ja auch fast gelungen.

König aber hatte das einzig Richtige getan. Er hatte die Auflage gekauft und Paulssen hatte am Tag nach den katastrophale Ereignissen im Waisenhaus einen Kommentar auf Seite eins der Tageszeitung gesetzt, der eigentlich für die Seite zwei des Vortages vorgesehen gewesen war. Autor: Martin Held. Thema: Die Reform des Waisenwesens. Held war am Tag nach den Ereignissen im Waisenhaus auf einmal der Mann der Stunde. Es war König leicht gefallen, Martins Versetzung sogar als Beförderung erscheinen zu lassen.

»Denken Sie endlich mal wirklich politisch, Held! Um irgendetwas durchzusetzen, brauchen Sie Mehrheiten, auch wenn das in unserem Land nicht so aussehen mag. Und denken Sie in allem, was Sie tun, nicht bloß an sich, an Ihre eigenen Eitelkeiten, sondern an die Bedürfnisse derer, die von Ihnen abhängen, auf Sie hoffen und die zu Ihnen aufsehen. Es ist nicht die Macht, die die Freiheit einschränkt, wie Sie vielleicht noch immer glauben. Es ist die Verantwortung, die sie beschränkt.«

Martin dachte über Königs Worte nach. Hatte er nicht recht? Nun ja, als Waisenhausdirektor hatte er ja nun genug Verantwortung und Zeit, Erfahrungen zu sammeln.

Flüchtig streifte ihn der Gedanke an das arme Kind aus der Gruft, das sie vorerst in die Irrenabteilung hatten überführen müssen. Er hoffte, dass das nicht die letzte Etappe in dessen Leben werden würde. Aber er war skeptischer als seine Frau. Gleich heute Abend würde er wieder nach dem Kind sehen.

»Mut haben Sie, und Mut gehört zur Freiheit. Aber auch das Maß, auch die Mäßigung gehören dazu, auch wenn es wehtun mag. Ihren Mut haben sie ausreichend nachgewiesen.«

Amalia drückte Martins Schulter. Das stimmt, sollte der leichte Druck wohl heißen, und König war für einen Moment außen vor. Martin selbst fand, dass seine mutigste Tat in den letzten Wochen gewesen war, endlich zu Amalia zu gehen und sich mit ihr auszusprechen. Aber was auch immer sie ihm in dieser heimlichen Stunde gebeichtet haben mochte, es interessierte ihn nicht mehr als Polizist, nur noch als ihr Geliebter. Damit waren alle Fragen nach Loyalitäten beantwortet. Der Rest ergab sich fast von selbst. Sie hatten am 10. Juli geheiratet und Gustav zum glücklichsten Trauzeugen gemacht, der je in die Nikolaikirche eingezogen war.

König unterbrach Martins Erinnerungen. »Aber nun stürzen Sie sich nicht bloß gleich wieder mutig in ihren Untergang. Die Welt erwartet mehr von Ihnen. Und ich auch!«

Dann hatte Ratsherr König seine Predigt beendet, und Martin nickte ihm stumm zu. Danke, sollte das heißen. Danke. Laut sagte er: »Wie geht es Kroll?«

»Ach, ganz gut«, lachte der Ratsherr. »Er geht voll in seiner Rolle als Tröster und Familienvater auf.« Martin lächelte. Kroll hatte Größens Witwe die Nachricht von dessen Tod überbracht, aber er hatte sie nicht nur einmal besucht. Irgendwie war zwischen den beiden im Laufe der nächsten Wochen wohl eine Verbindung entstanden, die niemand vorhergesehen hatte. Kroll war ein mitfühlender Mensch. Vielleicht war diese weiche Seite, die ihm die Arbeit oft so schwer gemacht hatte, genau die, die ihn nun dazu befähigte, eine Frau mit vier Kindern zu umarmen und vor dem Absturz ins tiefste Elend zu bewahren und dabei auch endlich selbst sein Glück zu finden.

»Und wie macht sich Hanschmann?«

König lächelte und verstand: »Oh, hervorragend. Ein guter Nachfolger. Und Schuster ist endlich in den Ruhestand gegangen, haben Sie das gehört?«

Nein, hatte Martin nicht. Schuster im Ruhestand. Wie Hagedorn. Es interessierte ihn nicht allzu sehr. Dieses Kapitel seines Lebens war abgeschlossen. Er würde nichts davon vergessen, aber nun ging es nicht mehr um die Vergangenheit.

Voller Zärtlichkeit strich er seinerseits über den Handrücken seiner Frau. ›Noch sieben Monate‹, dachte er. ›Sieben lange Monate und dann beginnt das größte Abenteuer meines Lebens.‹

Er war bereit.